卡尔维诺经典 | ITALO CALVINO

ITALO CALVINO (1923-1985)

ULTIMO VIENE IL CORVO · ITALO CALVINO
伊塔洛·卡尔维诺 | 最后来的是乌鸦

马小漠/译

译林出版社

图书在版编目（CIP）数据

最后来的是乌鸦 /（意）伊塔洛·卡尔维诺著；马小漠译.—南京：译林出版社，2021.11
（卡尔维诺经典）
ISBN 978-7-5447-8779-6

I.①最… II.①伊… ②马… III.①短篇小说－小说集－意大利－现代 IV.①I546.45

中国版本图书馆CIP数据核字（2021）第126380号

Ultimo viene il corvo by Italo Calvino
Copyright © 2002, The Estate of Italo Calvino
This edition arranged with The Wylie Agency (UK) LTD
Simplified Chinese edition copyright © 2021 by Yilin Press, Ltd
All rights reserved.

著作权合同登记号　图字：10-2018-427号

最后来的是乌鸦　[意大利] 伊塔洛·卡尔维诺 ／著　马小漠 ／译

责任编辑	金　薇
装帧设计	合和工作室
插　　画	Riccardo Verde
校　　对	王　敏　戴小娥
责任印制	颜　亮

原文出版	Arnoldo Mondadori Editore S. P. A., Milano, Italia, 1994
出版发行	译林出版社
地　　址	南京市湖南路1号A楼
邮　　箱	yilin@yilin.com
网　　址	www.yilin.com
市场热线	025-86633278
排　　版	南京展望文化发展有限公司
印　　刷	江苏凤凰新华印务集团有限公司
开　　本	850毫米×1168毫米　1/32
印　　张	9.125
插　　页	4
版　　次	2021年11月第1版
印　　次	2021年11月第1次印刷
书　　号	ISBN 978-7-5447-8779-6
定　　价	59.00元

版权所有·侵权必究

译林版图书若有印装错误可向出版社调换。质量热线：025-83658316

本版编者注

《最后来的是乌鸦》一书最早于一九四九年八月出版,收录于埃伊纳乌迪出版社的"珊瑚"丛书,丛书附有一张目录卡,几乎可以肯定是切萨雷·帕维塞写的。为了向本书的读者介绍《最后来的是乌鸦》的第一版,这里我们使用了一段匿名卷头语,以及签有"I.C."缩写字符的前言,这是卡尔维诺在此书后来两个不同版本中添加的(而有可能是帕维塞写的目录卡则被引用在该简介的注释里)。

一九七六年版卷头语

《最后来的是乌鸦》在"新珊瑚"丛书这一版中的内容与一九四九年出版的"珊瑚"丛书中的第一版（当时只印刷了一千五百册）完全一致，包含了伊塔洛·卡尔维诺从一九四五年夏天到一九四九年春天写下的三十个短篇小说①。

---

① 《最后来的是乌鸦》小说集是经过了严格挑选的，我们现在一起来看看它是如何澄清并界定卡尔维诺的诗性世界的。这是一个特别澄净、清爽的世界，没有被愤怒感和厌倦感所污染，也没有被冲突所激化，即使冲突在那样的世界里也是存在的。在他创造的这个世界里，你能呼吸到纯净的空气，尽管这些短篇的主题时常是微妙而棘手的；在这里，是不存在病态的成就感的，卡尔维诺可以讲述步兵托马格拉与黑纱寡妇的奇遇，或者描摹裹挟着妓女、美国人和美元的混乱，但同时又能确保没有任何浑浊的东西会让他的创作丧失那种从容的狡黠。在海边开心玩耍的英雄（《装螃蟹的船》），裹着香喷喷皮衣的乞丐巴尔巴加罗（《十一月的欲望》），因为专注于舔奶油糕点而互相忘了对方的小偷与警察（《糕点店里的盗窃案》），背着步枪的孩子和惊恐地目睹了他那百发百中枪法的德国佬（《最后来的是乌鸦》），重复着父辈举止的无能儿子（《懒儿子》《与收割者共度午后时光》），靠每出租半小时床垫赚五十里拉的狡猾小摩尔人（《像狗一样睡觉》），长着昆虫嘴的大个子黑市女商贩和穷困潦倒的没落贵族老先生（《食堂见闻》），"风情万种"、"漂亮宝宝"、服硫酰胺的女人米莱娜，还有长着洋葱脸的小伙子（《美元和老妓女》），总是打不中野兔的有福人巴奇琴（《荒地上的男人》）——这些都只是小说集这台旋转木马上无数让人心疼，同时又让人意外的形象中的几个。

这三十篇中的二十篇于一九五八年被作者收录在题为《短篇小说集》的另一部在主题上更为宽泛的小说集中。

同样是"珊瑚"丛书系列,新版《最后来的是乌鸦》又于一九六九年出版了,这一版的选集以全新的顺序,列入了第一版中的二十五个短篇以及作者后来创作的五个短篇。

然而一九七六年的这一版却以同样的顺序,重新收入了一九四九年的三十个短篇,包括作者在之后几版选集中否定了的个别篇目。那几篇小说就好像时代的见证,是伊塔洛·卡尔维诺于一九四五年最早创作的一批短篇,是在"解放日"之后的几个月中写出来的(《血液里的同一种东西》《在酒店里等死》《营房里的焦虑》),作者因为考虑到"抵抗运动"的经历是通过一种情绪上的参与表现出来的,而这与他之后的创作风格不是很一致,于是考虑过不再重新发表这几篇内容。

一九六九年版前言

一九四九年的时候，埃伊纳乌迪出版社以《最后来的是乌鸦》为题出版了我第一部短篇小说集，它囊括了我从一九四五年至一九四八年期间写的三十篇短篇小说，而这其中的大部分也已经刊登在报纸上。

二十年后，我又被请来重新出版同一个选集，我只能说，一九五八年出版那套在主题上更宽泛的《短篇小说集》时指导我进行挑选的准则在现今仍然适用。但是这种选择不仅仅是价值取向上的选择——这在今天还会更为严格，人们从这个新版本中所期待的是一个基调被定性的时代，想读到一段特殊时期的特定风格，就算是走了模仿主义的路线也是可以接受的。

我于是只能再次删除第一版中的几个短篇——那几篇在风格上显得有些格格不入，然后再替换上之后几年中写的几篇（后来也都被收录在《短篇小说集》中），因为这后来的几篇总体上还属于之前的风格。

如果有人希望我从文献学上解释得更准确一些，我现在就来说说一九四九年那一版和这一版的区别。我删除了一九四五年写的三个短篇（《营房里的焦虑》《血液里的同一种东西》《在酒店里等死》），这是第二次世界大战结束后我的第一批作品，那是给刚刚结束的经历找出其特定叙述方式的尝试，其时我的回忆还太情绪化；一九四六年的两个短篇也是这样（《秃枝上的拂晓》《父传子承》），不过这两篇更倾向于一种具有博物主义风格的乡村地方主义。

不过我还收入了几个写于一九四八年以后的短篇（一九四八年以后我写短篇的兴致减弱了，而且写作也开始分成两个流派：一方面，我的作品局限于带有表现主义讽刺漫画风格的政治寓言——都是一些专门为报刊而写的作品，从未被收录在任何选集中；另一方面，我的另一种写作风格也在日趋成熟，这种风格更为复杂但也更自由，这首先是从《一个士兵的奇遇》一文开始的，这也是一九四九年唯一一个被收录在第一版小说集中的作品），但以下这几篇我们还可以认为是老的写作手法：《一张过渡床》（写于一九四九年末），《大鱼，小鱼》，《好游戏玩不长》，《不可信的村庄》（这几篇分别写于一九五〇年，一九五二年和一九五三年，但是这几篇是重拾了几年前的创作灵感）。在第一版中没有被收入的另一篇是《你这样下去就不错》，这是从一九四七年一部失败的小说中抽取出的片段，后来作为一个独立的小说发表。

而在第一版中题为《很快就要重新出发了》和《与收割者共度午后时光》的两篇，被我改名成《巴尼亚思科兄弟》和《主人的眼睛》，此二篇已分别于一九四七年和一九四八年以改后的名字刊登在报纸上。

在第一版中，短篇是根据互相之间的密切程度来排序的，但没有被分组处理；而在一九五八年的《短篇小说集》中，短篇的安排在结构方面更为讲究。在这里我更倾向于把这一版的短篇分为三部分，以此来突出我那些年在三个主题上的创作主线①。第一个是"抵抗运动"的主线（或者也可以说是战争篇或是暴力篇），读起来像是悬念奇遇或是恐怖冒险小说，那个年代我们很多作家都是这种叙述风格。第二条主线在那几年的叙述风格中也很普遍，那就是第二次世界大战后的流浪汉冒险题材，说的都是一些形形色色的边缘人物，谈的都是他们生理上的基本需求。在第三条主线中，利古里亚海岸的景色占主导地位，那里满是年轻人、少年和动物，好似一种带有明显个人色彩的"记忆文学"。而如果你们发现这三条主线时常是重合的，那也是再正常不过的了。

一九四七年至一九四八年间写的三个短篇，也就是第一版小说集结尾的那三篇，也放在了这一版的最后一部分②，因为比起其他短篇，在这三篇小说中的政治寓言意图压过了直接的观察和描写。这些"过时的"的短篇（或者也许，说到底整本书都是这样），在今天读起来，可以作为一种带有新表现主义意味的文献，这在那些年间意大利很多文艺作品中都是很常见的。

伊塔洛·卡尔维诺（I.C.）
一九六九年，十月

---

① 第一部分：《去指挥部》《路上的恐慌》《最后来的是乌鸦》《雷区》《三个人中的一个仍活着》《贝韦拉河谷的饥荒》《牲口林》《不可信的村庄》。第二部分：《糕点店里的盗窃案》《食堂见闻》《美元和老妓女》《像狗一样睡觉》《你这样下去就不错》《十一月的欲望》《一张过渡床》《一个士兵的奇遇》。第三部分：《荒地上的男人》《巴尼亚思科兄弟》《蜂房之屋》《主人的眼睛》《一个下午，亚当》《装螃蟹的船》《懒儿子》《与一个牧羊人共进午餐》《被施了魔法的花园》《好游戏玩不长》《大鱼，小鱼》。
② 第四部分：《法官的绞刑》《猫和警察》《谁把地雷丢进了海里？》。

目录

一个下午,亚当	1
装螃蟹的船	15
被施了魔法的花园	23
秃枝上的拂晓	30
父传子承	40
荒地上的男人	47
主人的眼睛	55
懒儿子	63
与一个牧羊人共进午餐	70
巴尼亚思科兄弟	79
蜂房之屋	86
血液里的同一种东西	92
在酒店里等死	101
营房里的焦虑	112

路上的恐慌	125
贝韦拉河谷的饥荒	135
去指挥部	145
最后来的是乌鸦	153
三个人中的一个仍活着	160
牲口林	170
雷区	179
食堂见闻	186
糕点店里的盗窃案	193
美元和老妓女	203
一个士兵的奇遇	217
像狗一样睡觉	228
十一月的欲望	237
法官的绞刑	247
猫和警察	258
谁把地雷丢进了海里？	266
后记	274

一个下午,亚当

　　新来的园丁是一个长头发的小伙子,他的头上有一个布制的小十字扣,用来卡住头发。他刚上了林荫道,拎着装得满满的喷水壶。为了保持平衡,他伸着另一只胳膊。他缓缓地给水田芥洒水,就好像是在倒牛奶咖啡:在土里,在小植物的底部,一摊深色积水扩大开来;当这摊水足够扩散且松软的时候,小伙子扶起喷水壶,换另一株植物浇。园丁应当是个好活,因为做所有的事都能悠着来。玛利亚-安农齐亚塔正从厨房的窗子里望着他。他已经是个大小伙子了,但还穿着短裤。那头发长得像个姑娘。玛利亚-安农齐亚塔放下正在冲的碗,敲了敲玻璃窗。

　　"小伙子!"她说。

　　园丁抬起头,看见玛利亚-安农齐亚塔,笑了。玛利亚-安农齐亚塔也开始笑,既是为了回应他,也是因为她从来没见过一个小伙子头发留这么长,还戴着那样一个十字扣。然后小伙子-园丁向她做了个"你过来"的手势,玛利亚-安农齐亚塔因为他那个打手势的滑稽样子继续笑着,然后就连她也开始做一些手势来向他解释自己还有盘子要洗。但小伙子-园丁还是一只手做着"你过来"的动作,另一只手指着大丽花的花瓶。他指着大丽花的花瓶做什么?玛利亚-安农齐亚塔稍稍打开玻璃窗,把脑袋伸到外面。

"什么呀?"她笑着说。

"你说,你想不想看一个漂亮东西?"

"什么东西?"

"一个漂亮东西。你过来看看。快点。"

"告诉我是什么。"

"我把它送给你。我送给你一个漂亮东西。"

"我还有盘子要洗。待会儿夫人来,会找不着我的。"

"你想要还是不想要?来,来吧。"

"你在那边等着。"玛利亚-安农齐亚塔说,关上了窗户。

当她从便门里出来的时候,小伙子-园丁还一直在那儿浇水田芥。

"你好。"玛利亚-安农齐亚塔说。

玛利亚-安农齐亚塔好像要更高一点,因为她穿着有软木底的漂亮鞋子。在干活的时候也穿着这鞋子真是可惜,但她喜欢这样。她有一张娃娃脸,黑色的鬈发中间,是一张小小的脸,她的腿还很细,还没发育好,但在围裙褶皱下的身子已然丰满,就跟成人一样了。她总是在笑:对别人说的每一件事情,或是对她自己说出来的事情,都要笑。

"你好。"小伙子-园丁说。他有着深棕色的皮肤,脸上,脖子上,胸前,也许是因为他一直半裸着身子。

"你叫什么名字?"玛利亚-安农齐亚塔问。

"里贝莱索。"小伙子-园丁说。

玛利亚-安农齐亚塔笑着反复念叨:"里贝莱索……里贝莱索……这里贝莱索是什么名字呀?"

"这是一个埃斯佩朗多语①名字,"他说,"在埃斯佩朗多语中是自由的意思。"

"埃斯佩朗多语,"玛利亚-安农齐亚塔说,"你是埃斯佩朗多人?"

"埃斯佩朗多是一种语言,"里贝莱索解释道,"我父亲说埃斯佩朗多语。"

"我是卡拉布里亚②人。"玛利亚-安农齐亚塔说。

"你叫什么名字?"

"玛利亚-安农齐亚塔。"她又笑了。

"为什么你总在笑?"

"那你为什么叫埃斯佩朗多呢?"

"我不是叫埃斯佩朗多,而是叫里贝莱索。"

"为什么呢?"

"那你又为什么叫玛利亚-安农齐亚塔呢?"

"因为这是圣母玛利亚的名字呀。我的名字跟圣母玛利亚的名字一样,我兄弟的名字跟圣若瑟的名字一样。"

"圣朱瑟?"

玛利亚-安农齐亚塔爆笑起来:"什么圣朱瑟呀!若瑟,不是圣朱瑟!里贝莱索!"

---

① Esperanto,埃斯佩朗多语,即世界语。——译注,后同
② 卡拉布里亚为意大利南方一个大区。

"我兄弟,"里贝莱索说,"叫杰尔米纳尔[①],我的姐妹叫奥姆尼亚[②]。"

"那个东西呢,"玛利亚-安农齐亚塔说,"让我看看那个东西。"

"过来。"里贝莱索说。他放下喷水壶,牵起她的手。

玛利亚-安农齐亚塔不肯走:"先告诉我是什么。"

"你会看到的,"他说,"你得答应我会好好保管这个东西。"

"你真要把它送给我?"

"对呀,我真是要送给你。"他把她带到靠着花园围墙的一个角落里。那里有一些大丽花,装在花盆里,跟他们一般高。

"在那里。"

[①] 世界语里"萌芽"的意思。
[②] 世界语里"万物"的意思。

"什么呀?"

"等一下。"

玛利亚-安农齐亚塔从他的肩后探着脑袋看。里贝莱索俯身挪开一个花盆,把另一个花盆抬到墙边,然后指了指地上。

"那里。"他说。

"什么呀?"玛利亚-安农齐亚塔问。她什么也没看见,就是一块荫翳中的角落,有一些潮湿的叶子和松软的土。

"看它是怎么动的。"小伙子说。于是她就看见一块树叶般的石头在动,一个湿乎乎的东西,有眼睛有脚——是一只癞蛤蟆。

"我的妈呀!"玛利亚-安农齐亚塔踩着她那漂亮的软木底鞋子,在大丽花丛中跳着逃开了。里贝莱索蹲在癞蛤蟆旁边,笑着,深棕色的脸上牙齿白白的。

"你怕什么!就是一只癞蛤蟆呀!你为什么害怕?"

"是一只癞蛤蟆呀!"玛利亚-安农齐亚塔呜咽着。

"是一只癞蛤蟆。过来。"里贝莱索说。

她用手指指着癞蛤蟆:"快弄死它。"

小伙子双手摊向前,几乎是要保护它:"我不想。它很好。"

"是只好蛤蟆?"

"蛤蟆都很好。它们吃害虫。"

"哦。"玛利亚-安农齐亚塔说,但还是没靠近。她咬着围裙的领子,试着斜着眼睛看。

"看它多漂亮。"里贝莱索说,然后放下手。

玛利亚-安农齐亚塔靠过来,不再笑了,张大嘴巴看着:"不!别碰它!"

里贝莱索用一根手指抚摸着癞蛤蟆那灰绿色的背,它背上长满了流着水的疣粒。

"你疯了吗？你不知道摸它的话会烧手吗，而且你的手也会肿的！"

小伙子把自己深棕色的大手给她看，他的手心覆着一层黄色的老茧。

"我没事呀，"他说，"它真漂亮。"

他拎住癞蛤蟆的后颈，就像拎一只小猫那样，然后把癞蛤蟆放在自己的手心上。玛利亚-安农齐亚塔咬着围裙上的领子靠过来，挨着他蹲下。

"我的妈呀，这是什么感觉呀？"她问。

他俩都蹲在大丽花的后面，玛利亚-安农齐亚塔玫红色的膝盖蹭着里贝莱索那擦破了皮的深棕色双膝。里贝莱索不停地用手心和手背抚摩癞蛤蟆的后背，每当癞蛤蟆要滑下来时他还不时地接住它。

"你也来摸摸它，玛利亚-安农齐亚塔。"他说。

小姑娘把手藏在怀里。

"不。"她说。

"怎么？"他说，"你不想要它吗？"

玛利亚-安农齐亚塔垂下双眼，然后看了看癞蛤蟆，旋即垂下眼睛。

"不想。"她说。

"是你的呀。我送给你的。"里贝莱索说。

玛利亚-安农齐亚塔两眼迷茫，现在的情况是：要拒绝一个礼物让人很难过，从来没有人给她送过礼物，但她实在讨厌癞蛤蟆。

"如果你想要的话，就把它带回家。它会给你做伴的。"

"不。"她说。里贝莱索把癞蛤蟆放回地上,它立马跳开,躲到树叶里去了。

"再见,里贝莱索。"

"等一下。"

"我得把盘子洗完。夫人不想我到花园里来。"

"你等一下。我想送你什么东西。一个非常漂亮的东西。过来。"

她开始跟着他,在铺着鹅卵石的小道上走着。他是个奇怪的小伙子,里贝莱索,长头发,还把癞蛤蟆捧在手里。

"你多大,里贝莱索?"

"十五。你呢?"

"十四。"

"已经十四了还是要满十四?"

"我是圣母领报节那天过生日。"

"已经过了吗?"

"什么呀,你不知道圣母领报节是哪天吗?"

她又开始笑了。

"不知道。"

"圣母领报节,就是有游行队伍的那天。你不去参加游行吗?"

"我不去。"

"在我的家乡,所有人都去,因为有很多漂亮的游行队伍。我的家乡和这里不一样。那里有大片的田地,地里都是香柠檬树,除了香柠檬什么都没有。所有的工作就是从早到晚地摘柠檬。我们原来有十四个兄弟姐妹,大家都要摘柠檬,有五个很小就死了,我妈妈又害了破伤风,为了到卡尔梅娄舅舅那里,我们坐了一个星期的火车,在舅舅那里八个人睡在一个大车库里。说说,你为什么留那么长的头发?"

他们停在一个开满马蹄莲的花坛前。

"因为就是这样啊。你也留着长头发呀。"

"我是个女孩。你要是留长头发,就跟女孩一样。"

"我不是女孩那样的。又不是根据头发才能看出来一个人是男还是女。"

"怎么不是从头发上看出来的?"

"不是从头发上看出来的。"

"为什么不是从头发上看出来的?"

"你想不想我送你一个漂亮的东西?"

"想。"

里贝莱索在马蹄莲花丛中踱来踱去。花都已经开了,喇叭状的白花直冲着天。里贝莱索往每一朵马蹄莲的花朵里面看去,他用两根手指在花朵里拨弄了一番,然后把什么东西藏进攥紧成拳头的手里。玛利亚-安农齐亚塔并没进花坛,她看着他,静静地笑着。他在做什么?他已经把所有的马蹄莲花都查了个遍。然后他走过来,把手伸在前面,一只手包着另一只手。

"把手打开。"他说。玛利亚-安农齐亚塔虽然把手掬成了窝状,但还是害怕把自己的手放在他的手下。

"那里面是什么?"

"一个漂亮的东西。你会看到的。"

"先让我看看。"

里贝莱索稍微松开了点手,让她往里瞧。他装了一手的甲虫——各种颜色的甲虫。最漂亮的是那些绿色的,然后也有些暗红色的、黑色的,还有一只深蓝色的。它们有的嗡嗡作响,有的从别的甲虫壳上滑下来，黑色的脚在空中乱蹬。玛利亚-安农齐亚塔把手藏在围裙下。

"拿着，"里贝莱索说，"你不喜欢吗？"

"喜欢。"玛利亚-安农齐亚塔说，但她的手仍收在围裙下。

"把它们握在手里的时候痒痒的，你想感受一下吗？"

玛利亚-安农齐亚塔把双手伸向前，战战兢兢地，里贝莱索就把那小瀑布般的各色昆虫倒在她手里。

"勇敢点。它们不咬人的。"

"我的妈呀！"她还没想过它们会咬她呢。她打开手，这些被放到空中的甲虫张开了翅膀。很快那些漂亮的颜色就消失了，只剩下一群黑色的鞘翅，飞舞或静止在马蹄莲中。

"真可惜，我想送你一个礼物，你却不想要。"

"我要去洗盘子了。如果夫人找不着我，要叫的。"

"你不想要礼物吗？"

"你送我什么呢？"

"过来。"

他牵着她的手，继续领着她在花坛间走。

"我得赶紧回厨房，里贝莱索。然后我还得拔小母鸡的毛呢。"

"呸！"

"为什么呸？"

"我们不吃死动物的肉。"

"你们总在斋戒吗？"

"什么？"

"你们吃什么？"

"很多东西啊，洋蓟，莴苣，番茄。我父亲不喜欢我们吃死动物的肉。咖啡和糖也不吃。"

"用证领的糖也不吃吗?"

"这糖我们卖给黑市。"

他们来到一挂瀑布般的多肉植物前,植物上红色的花儿星罗棋布。

"好漂亮的花儿,"玛利亚-安农齐亚塔说,"你从来没采过花儿吗?"

"做什么用?"

"为了把花带给圣母玛利亚啊。花是用来带给圣母玛利亚的。"

"松叶菊。"

"什么?"

"这种植物在拉丁语里叫松叶菊。所有的植物都是用拉丁语来命名的。"

"弥撒也是拉丁语。"

"我不知道。"

这会儿里贝莱索正在墙上那弯弯曲曲的枝蔓间仔细地盯着什么。

"就在那里啦。"他说。

"什么?"

一条绿蜥蜴,待在阳光下,全身发绿,绿中还有些黑色的花纹。

"我这就去逮它。"

"不要。"

但他已经向绿蜥蜴靠过去了,他张着双手,小心翼翼地,然后一个猛冲。逮住了。这下他笑得可开心了,笑容是白色和深棕色的。"你看它还想逃!"从他合上的手里时而冒出迷惑的小脑袋,时而露出尾巴。连玛利亚-安农齐亚塔也笑了,但每次她一看见绿蜥蜴露出来,就会往后跳几步,双手紧攥着膝间的衬裙。

"总之,你就是不想要我送你任何东西吗?"里贝莱索说,有点儿怏怏不乐。他慢慢地把绿蜥蜴放在一小垛墙上,蜥蜴箭也似的跑了。玛利亚-安农齐亚塔低垂着双眼。

"跟我来。"里贝莱索说,又牵起她的手。

"我会喜欢一小管口红,喜欢在星期天的时候给嘴唇涂上口红去跳舞。然后还要有一面黑纱来裹头,去参加之后的祝福式。"

"星期天的时候,"里贝莱索说,"我和我的兄弟去森林里,我们装上两袋子的松果。然后,晚上的时候,我父亲大声地读埃里塞奥·雷克吕斯①的书。我父亲的长头发披到双肩,胡子拖到胸膛。他夏天和冬天都穿短裤。而我给意大利无政府联合会的宣传橱窗画画。那些戴着大礼帽的是金融家,那些戴着法国圆顶军帽的是将军,那些戴着圆帽的是神父。然后我用水彩给画上色。"

那边有只水缸,缸里浮着些睡莲的圆叶。

"嘘——"里贝莱索说。

水下有只青蛙,正在往水面游,绿色的腿一蹬一收。它浮出水面后,就跳到一片睡莲叶子上,端坐于中央。

"这里!"里贝莱索说,伸手就去捉它,可玛利亚-安农齐亚塔大叫一声:"哇!"青蛙跳进水里去了。但里贝莱索把鼻子紧贴在水面上,还在寻找它。

"在那下面。"

他把手伸到水下,把攥成拳头的手拿出水面。

"一次两只,"他说,"你看。是两只,--只在另一只身上。"

---

① 雷克吕斯,法国地理学家,作家,无政府主义思想家和活动家。

"为什么?"玛利亚-安农齐亚塔说。

"公的和母的粘在一起,"里贝莱索说道,"看看它们是怎么弄在一起的。"

他想把青蛙放在玛利亚-安农齐亚塔的手上。玛利亚-安农齐亚塔不知道自己害怕是因为它们是青蛙,还是因为它们是粘在一起的公蛙和母蛙。

"让它们自己待着去吧,"她说,"没必要碰它们呀。"

"公的和母的,"里贝莱索重复道,"然后会产蝌蚪。"

这时一朵云遮住了太阳。玛利亚-安农齐亚塔突然担心起来。

"天晚了。夫人肯定在找我。"

但她一直没有离开。他们继续在花园里转悠,太阳也没了。这回是一条蛇。在一排竹子后,有一条小蛇,一条玻璃蛇。里贝莱索把蛇缠在自己的胳膊上,摸着它的小脑袋。

"我曾经驯过蛇,我有过十来条呢,还有一条长长长长的,黄色的,水蛇属的。然后它蜕了皮,逃了。你看这条,张开嘴了,你看这分叉成两半的舌头。你摸摸它,不咬人的。"

但是玛利亚-安农齐亚塔也怕蛇。于是他们就去了石头砌成的小水槽边。他先给她看了喷水的泉眼,还打开了所有的小龙头,她很高兴。然后他给她看一条红色的鱼。这是一条孤独的老鱼,鱼鳞已经开始泛白了。是了,玛利亚-安农齐亚塔喜欢红鱼。里贝莱索用双手在水里捞,想要抓到它,这还挺麻烦,但捉住后玛利亚-安农齐亚塔就可以把这鱼放在小水缸里了,还可以放在厨房里。他抓住了那条鱼,但为了不使它窒息没有把它拿出水面。

"把手放下来,摸摸它,"里贝莱索说,"你会感到它在呼吸。它的鱼鳍就跟纸一样,鱼鳞有点扎人,但就一点点。"

但玛利亚-安农齐亚塔连鱼也不想摸。

在一个矮牵牛花的花坛里，有一处肥土很松软，里贝莱索用手指在土里抓来抓去，拔出来一些长长软软的蚯蚓。

玛利亚-安农齐亚塔小声尖叫着逃开了。

"把手放过来。"里贝莱索说，指着一棵老桃树的树干。玛利亚-安农齐亚塔不明所以，但还是把手放上去了。然后她惊叫起来，赶紧跑去把手浸到水盆的水里。她是从一堆蚂蚁上把手抽出来的。桃树上满是来来往往的、极小极小的"阿根廷蚂蚁"。

"你看！"里贝莱索说着，把一只手撑在树干上。眼看着这些蚂蚁爬上他的手，但他并没把手拿走。

"为什么？"玛利亚-安农齐亚塔说，"为什么你让蚂蚁爬满你的手？"

他的手已经黑了，蚂蚁已经爬到了手腕处。

"挪开手，"玛利亚-安农齐亚塔呻吟道，"你让所有的蚂蚁都爬到你身上去了。"

蚂蚁爬上了他的光膀子，然后是胳膊肘。现在整条膀子都覆盖着一层密密麻麻的、攒动着的小黑点；接着蚂蚁爬到了胳肢窝，但他还是没有挪开手。

"把手拿开，里贝莱索，把膀子放到水里去！"

里贝莱索笑着，有几只蚂蚁已经通过脖子爬到脸上了。

"里贝莱索！你想要怎样就怎样！你送我的所有礼物我都要！"

她把手伸到他脖子上，给他赶蚂蚁。

这下里贝莱索才把手从树上拿下来，露出白色和深棕色相间的笑容，满不在乎地掸了掸自己的膀子。但能看得出，他还是挺激动的。

"那么，我要给你一个大礼物，我决定了。一个我能送你的最大的礼物。"

"什么?"

"一头豪猪。"

"我的妈呀……夫人!夫人叫我了!"

玛利亚-安农齐亚塔听到一块小石子砸在玻璃窗上的时候,已经洗完碗了。里贝莱索在窗下,拎着个大篮子。

"玛利亚-安农齐亚塔,让我上来。我要给你一个惊喜。"

"你不能上来。你那里面装了什么?"

但就在这时夫人摁铃了,玛利亚-安农齐亚塔消失了。

当她回到厨房时,里贝莱索不在了。不在里面,也不在窗户下边。玛利亚-安农齐亚塔走到水池前。她看到了惊喜。

在每一个放在那里风干的盘子上都有一只蹦蹦跳跳的蛙,一条蛇盘在平底锅里,大汤碗里则全是绿蜥蜴,湿乎乎的蜗牛在玻璃柜子上留下了一道道彩虹色的痕迹。装满水的洗衣盆里游着那条红色孤独的老鱼。

玛利亚-安农齐亚塔退了一步,但她两脚之间却有只癞蛤蟆,一只很肥的蛤蟆。甚至,应该是只母的,因为它后面跟着一整窝蛤蟆,五只小蛤蟆排成队,在黑白相间的地砖上一步一小跳地前进着。

装螃蟹的船

多罗里广场①的小伙子,每年都是在四月里的一个星期天第一次下海游泳的,那一天的天空是崭新而碧蓝的,太阳是愉悦而年轻的。他们从小巷子里跑下来,打满补丁的线裤飘呀飘的,有些人已经踩上了木屐,在石子路上嚌里啪啦地走着,更多人是光着脚的,这样就可以省去之后得把袜子穿在湿脚上的麻烦。他们冲向堤道,跳过铺在地上的渔网,于是这延伸到远方的网,就从蹲伏在那里补网的渔夫那赤裸而长满老茧的脚边扬了起来。他们在路边的礁石间脱下了衣服,一闻到陈腐海藻的酸味,一看到飞翔的海鸥试着把那片大得夸张的蓝天填满,就感到无比兴奋。他们把衣服和鞋子藏在礁石的洞穴里,把小螃蟹搞得东逃西窜;他们赤着脚、裸着身,从一块礁石上跳到另一块礁石上,就看谁决定第一个跳下水去了。

水面很平静,但不清澈,那是一种浓厚的蓝色,荡漾着生冷的

---

① 多罗里广场,位于意大利西北部大区利古里亚的圣雷莫城。圣雷莫是卡尔维诺的故乡。

绿色倒影。贾马里亚,人称马利亚萨,爬上一块高高的礁石顶部,像拳击手那样,对着鼻子下面的大拇指吹了口气。

"加油!"他说着,合掌伸向自己前方,头朝下跳进水去。然后从几米以外的地方吐着水泡冒出来,浮在水面上一动不动。

"水冷吗?"他们问他。

"暖和极了!"他大声回答道,却疯狂地划动着胳膊,好让自己不被冻僵。

"伙计们!跟我一起来!"奇琴说,一副首领的模样,尽管没人听他的话。

所有的人都跳进水去了:皮埃尔·林杰拉是翻着筋斗跳下去的,邦波洛来了个肚子拍水,接着是保乌洛、卡鲁巴,最后还有非常怕水的梅宁,他用手指捂住鼻子,脚朝下跳了进去。

在水里,皮埃尔·林杰拉是最厉害的,他害得每个人都会轮流喝上好几口水,于是所有人就商量好,他们一起也让皮埃尔·林杰拉喝上几口。

就在那时,人称马利亚萨的贾马里亚建议道:"船!我们到那艘船上去!"

那艘船是在战争期间被德国人拦下来并打沉的,仍横在港口。准确地说,是两艘船,一艘架在另一艘之上,那艘能看见的船是倚在另一艘完全被淹没的船身之上的。

"走啊!"别人都这么说。

"能上去吗?"梅宁问,"那可是埋了雷的。"

"胡说!什么埋了雷啊!"卡鲁巴说,"阿雷内拉①的那些家伙

---

① 这是该城的另一个街区。

想什么时候上去就什么时候上去,还在上面玩打仗的游戏呢。"

他们于是往那船的方向游去。

"伙计们!跟我一起来!"想当头儿的奇琴说,不过其他人都比他水性好,早就把他远远地甩在了后面——当然除了梅宁,梅宁游的是蛙泳,永远是最后一个。

他们来到船下,刷着老旧焦油般的黑色舷墙高耸在崭新、碧蓝的天空下,舷墙上光秃秃的,霉迹斑斑,船的上体已经彻底毁坏了。腐烂海带的须根爬上了船,铺满了龙骨以上的船体,陈旧的油漆大片大片地脱落。小伙子们在这船的周围一圈圈地游着,然后停在船尾下,看着那一行全被抹掉的名字:*Abukir*,*Egypt*①。船上还斜拉着锚链,不时地随着潮汐涌动摆来摆去,在那生了锈的巨大铁环之间吱嘎作响。

"我们别上去。"邦波洛说。

"呵!"皮埃尔·林杰拉已经手脚并用地抓住了铁链。他像一只猴子似的爬了上去,其他人也都跟着他往上爬。

邦波洛爬到一半的时候,滑了下去,又是肚子朝下掉进海里;梅宁连上都上不去,所以还得过来两个人把他拉上去。

他们在甲板上一言不发地逛了起来,在那艘被摧毁的船上,他们找起了舵轮、汽笛、船舱口、小艇,以及所有那些一条船上应有的东西。但这艘船荒凉得就像一只木筏子,只是被海鸥白色的粪便覆盖着。船上先前有五只海鸥,栖在舷墙上;听到一帮顽童赤着脚的脚步声,它们就用劲扑打着翅膀,一只接着一只地飞了起来。

---

① 意为"阿布基尔,埃及"。阿布基尔是埃及地中海沿岸的一座城市。

UN BASTIMENTO CARICO DI GRANCH

"哇!"保乌洛叫了一声,朝最后一只海鸥扔去一颗刚拾起的螺钉。

"伙计们,我们去机舱!"奇琴说。在机舱或是货舱里玩当然更有意思。

"我们可以下到下面那艘船里去吗?"卡鲁巴问。如果行的话,那可是妙极了——待在那底下,他们都关在那里面,一切都是封闭的,四周和上方全是大海,就像在一艘潜水艇里。

"底下的那艘船是埋了雷的!"梅宁说。

"你才是给埋了雷的呢!"他们对他说。

于是他们就从一截楼梯上下去了。没下几级就停住了——黑色的海水已经没过了他们的脚面,在那个密封的空间里拍击着船体。多罗里广场上的小伙子们呆呆地望着,一声不吭;在那片水体的底部,一片黑色的刺状物在不断闪烁:那是刺海胆的集群缓缓地张开了刺。整个周围的船壁上都镶满了帽贝，帽贝的贝壳上长满了胡须般的绿色海藻，它们攀缘到船壁那像被腐蚀了一般的铁皮上。在水的边缘，熙熙攘攘全是螃蟹，成千上万的螃蟹，形貌万千，"老少"各异，有的挥动着自己那蜷曲发光的爪子，有的咬磨着自己的螯脚，有的探伸着那毫无神采的眼睛。大海沉闷地冲洗着铁墙围出的四方形，舔舐着螃蟹那扁平的肚子。也许整艘船的货舱里都爬满了在黑暗中摸索的螃蟹，或许有一天，这艘船会在螃蟹爪子的驱动下移动起来，还会在大海中行走。

他们又爬到甲板上去，来到船首。就在那时，他们看见了一个女孩。他们之前并没有看到她，但她好像一直就在那里一样。这是一个六岁左右的女孩，很胖，头发既长又卷。她全身给晒成了古铜色，身上只穿着白内裤。搞不清楚她是从什么地方到这里来的。她甚至都没看他们。她的全部注意力都集中在木头地板上一只被翻过来的水母上，它湿软的齿形触角零落地散在周围。女孩正试着用一根木棍，把它的圆盖翻到上面来。

多罗里广场上的小伙子们停在她周围，瞠目结舌。马利亚萨第一个往前走了一步。他抽了一下鼻子。

"你是谁？"他说。

女孩抬起她那胖乎乎的黑脸上天蓝色的眼睛，然后又用木棍在水母底下捣鼓起来。

"她应该是阿雷内拉那一伙的。"熟悉情况的卡鲁巴说。

阿雷内拉的小伙子们会带着小女孩们跟他们一起游泳，一起玩球，还一起用芦竹打闹。

"你，"马利亚萨说，"你是我们的囚犯。"

"伙计们！"奇琴说，"你们把她活拿下来！"

女孩继续摆弄着水母。

"有敌情！"保乌洛不经意地转了一下身，突然大喊道，"阿雷内拉那伙人！"

当他们正专注于这个女孩时，成天在水中度日的阿雷内拉小伙子们已经从水下游到了船边，并且悄悄地顺着锚链爬上了船，又阒然无声地跨过舷墙，出现在他们面前。他们是些又矮又壮的小伙子，柔软得就跟猫一般，头发都给剃光了，皮肤黝黑。他们的裤子不是像多罗里小伙子的裤子那样，黑色修长、松弛下垂，他们的裤子只是用一条白色的帆布做成的。

他们打了起来。多罗里广场的小伙子，除了邦波洛是个大肚腩，个个苗条精瘦，但他们对打架有一种狂热，而且他们常年在老城区窄小的巷子里对战圣西罗和加尔蒂内第①帮派，早就锤炼出来了。阿雷内拉的那伙人在刚开始的时候，因为来了个出其不意而处了上风，但很快，多罗里的小伙子们就一直驻守在楼梯上，他们万万不能被从楼梯上赶走，也绝对不能被赶到舷墙附近，因为那里很容易被弄下水。最后，伙伴中最强悍，也是年纪最大的皮埃尔·林杰拉，那个还跟他们混在一起只是因为留级的家伙，终于把阿雷内拉那伙人中的一个逼到船舷边，并把他推下了海。

于是多罗里的小伙子们就转为进攻方：阿雷内拉那群在水里才得意起来的人，很务实，脑子里也没什么死要面子的概念，于是就一个接着一个地逃脱了敌人，跳进水中。

"如果你们有胆量，就来水里抓我们呀！"他们叫嚷着。

---

① 圣西罗和加尔蒂内第是该城的另外两个街区。

"伙计们！跟我来！"奇琴叫着，已经准备跳下去了。

"你傻呀？"马利亚萨把他拦住，"在水里面他们想怎么赢就怎么赢。"于是就对那些逃兵吼了些傲慢无礼的话。

阿雷内拉的那伙人从底下往上泼起了水。他们泼得很用劲，以至于船上没有一处没被他们泼上来的水浇湿。最后他们泼累了，只能弃船而逃，他们缩着头，弓着胳膊，不时喷着小水花抬起头来换气。

多罗里广场的小伙子们就成了这里的主人。他们来到船首，女孩还在那里。她终于把水母给翻过来了，现在正试着用木棍把它给举起来。

"他们留下了一个人质！"马利亚萨说。

"伙计们！一个人质！"奇琴兴奋地说。

"懦夫！"卡鲁巴在那些逃兵后面嚷道，"把女人留在敌人的手上！"

他们多罗里广场的人感到一种非常分明的荣誉感。

"你跟我们来。"马利亚萨说，刚想把一只手搁在她肩上。

女孩做了一个"别动"的手势，她就要把水母举起来了。马利亚萨俯下身来看。就在那时，女孩举起了棍子，水母被平衡地顶在上面，她继续把棍子往上举，再往上举，然后把水母拍在了马利亚萨的脸上。

"猪！"马利亚萨唾骂道，按住自己的脸。

女孩看着大家笑。然后转过身，径直走到船首最高处，抬起胳膊，合并双手，来了个天使式跳水[①]，头也不回地游走了。多罗里

[①] 意大利的"天使式跳水"即中国的"燕式跳水"。

广场的小伙子们一动不动地站在那里。

"喂,"马利亚萨摸着自己的脸颊问,"水母是不是真的烧皮肤啊?"

"你等等不就知道了,"皮埃尔·林杰拉说,"不过你最好赶紧跳到水里去。"

"好啊!"马利亚萨说着,和其他人一起往船舷走。

然后他停下来说道:"从现在开始,我们帮里也要有一个女人!梅宁!你让你妹妹过来!"

"我妹妹傻得很。"梅宁说。

"没关系,"马利亚萨说,"走啊你。"他推了梅宁一把,把他扔下了海,因为反正他也不会跳水。然后大家都跳了下去。

被施了魔法的花园

乔万尼诺和塞雷内拉在铁道上走着。下面是波光粼粼的大海,海的蓝色深浅相间,上面是蒙上了一条条淡淡白云的天空。炽热的铁轨闪闪发光,滚烫灼人。铁道上的路很好走,还可以玩很多游戏:两人手拉手走在两条平行的钢轨上,他走一条,她走另一条,就像走平衡木那样,或者是从一条枕木跳到另一条枕木上,脚不能碰到枕木间的石头。乔万尼诺和塞雷内拉之前已经捉过了螃蟹,现在决定来勘探一下这条一直延伸到隧道里的铁路。跟塞雷内拉玩很有意思,因为她跟其他女孩都不一样,别的女孩总是怕这怕那,连搞个恶作剧都要哭。但乔万尼诺说"我们去那里",塞雷内拉总是二话不说地跟着他走。

突然传来"噔"的一声。他们吓了一跳,抬头望去。原来是杆顶的道岔信号盘"咔嗒"一蹦,就像一只铁鹳突然合住了嘴巴。他们仰着鼻子看了一会儿:没有看到那一幕太可惜了!它不会再来一遍了。

"火车要来了。"乔万尼诺说。

塞雷内拉并没从轨道上挪开。"从哪个方向来?"她问。

乔万尼诺看看四周,一副很在行的样子。他指了指那时而清晰时而模糊的隧道黑洞,那是由从石子间扬起的透明热气振颤造成的。

"从那边。"他说。就好像已经感到从隧道里喷来的阴郁喷气,并看到踩着烟雾与火苗的火车突然出现在眼前,用车轮无情地吞噬着铁轨。

"我们去哪里,乔万尼诺?"

通往海边的路上有着大株的灰色龙舌兰,那叶子上的刺多得密不透风,就像是一道道晕圈。通往山上的路边是一排甘薯篱笆,上面沉沉地挂着还没开花的叶子。现在还听不到火车的声音:也许火车头正在熄着火、不出声地奔驰着,然后会一下子从他们上头跃过去。但是乔万尼诺这会儿在篱笆间找到一处裂缝。"这边。"

攀缘植物覆盖下的篱笆,是一面摇摇欲坠的旧金属网。它在靠近地面的一个地方,像书页一角被翻开似的被掀了开来。乔万尼诺已经钻进去一半,眼看着整个人都要溜进去了。

"你帮我一把,乔万尼诺!"

他们这才发现自己是在一个花园的角落里,两个人匍匐在一个花坛里,头发上全是干树叶和软土。四周一切寂静无声,连树叶都一动不动。

"我们去看看。"乔万尼诺说。塞雷内拉回应道:"好。"

那里有好些高大古老的肉色桉树,还有砾石铺出的小路。乔万尼诺和塞雷内拉踮着脚尖在小路上走着,小心不使脚步下的砾石发出窸窣声。如果现在主人来了怎么办?

一切是如此美丽:弯曲的桉树树叶搭出了细窄而高耸的拱顶,

切碎了一整片的天空。在感叹美丽的同时,他们也免不了提心吊胆,因为担心自己随时会被赶出这个不属于他们的花园。但是那里寂静无声。忽然,在一个拐角处的杨梅丛间,叽叽喳喳地飞起一群麻雀。随后一切又恢复了宁静。这也许是个被废弃的花园?

可是走着走着,高大树木的阴影突然没了踪迹,他们来到一片开阔的天空下,眼前是一个种满了矮牵牛花和旋花的花坛,一看就是被精心修理过的,旁边是林荫小道和一排排栏杆,还有一行行的黄杨。花园尽头的坡子上有一幢庞大的别墅,别墅装着亮闪闪的玻璃,还有黄色和橘色的窗帘。

这里真是一点动静也没有。两个孩子小心翼翼地踩着砾石路往上爬。也许玻璃窗会突然打开,苛刻至极的先生和夫人们会出现在阳台上,然后大狗会被放出并冲到路上来。他们在排水沟边找到一辆独轮小推车。乔万尼诺抓上推车的镫形把手,把它往前推,轮子每转一周,车子就会"吱嘎"响一下,就像是在吹口哨。塞雷内拉坐在车上,他们就这样一声不吭地前进着,乔万尼诺沿着花坛和人工喷泉,推着车和车上的她。

"那花儿——"塞雷内拉不时地低声说一句,并指着一朵花。她一说,乔万尼诺就放下车,去把花采下来送给她。很快她就有了一束漂亮的鲜花。但要逃跑的话得翻过篱笆,到时候有可能不得不把它们都扔掉!

就这样,他们来到了一处空地上,砾石路也走到了尽头,那里地上铺的是水泥和方砖。在这块空地的中间,是一块巨大的长方形空洞——一个游泳池。他们来到游泳池边上,池子里贴着天蓝色的瓷砖,清澈的池水一直漫到地面。

"我们游一下?"乔万尼诺问塞雷内拉。如果他会询问她的意见,而不是单说一句"下去!",那就说明这事相当危险。但水是那么澄净,碧蓝碧蓝的,而且塞雷内拉又是从不害怕的。她从推车上下来,把那一小束花搁在车上。他们本来就是穿着泳衣的,这之前他们一直都在逮螃蟹。乔万尼诺跳了进去——不是从跳板上跳下去的,因为溅泼声会太响。他从池边跳了下去。他睁着眼睛,不断地往下游啊游,却只能看见蓝色,他的双手就好似粉红色的鱼;这跟在大海的水里不同,那里的水中全是无形的墨绿色阴影。一片粉红色的阴影出现在自己上方——塞雷内拉!他们手牵着手,从池子的另一头冒出来,还是有一点点担心。不,根本就没有任何人在看他们。这一切并没他们想象得美妙,总是有那么一种酸楚而焦灼的感觉,这一切都不属于他们,而他们也可能随时被赶走。

他们从水里出来，正是在那里，在游泳池的边上，他们找到了一张乒乓球桌。乔万尼诺立刻用球拍击了一下球，塞雷内拉在桌子另一头矫捷地又把球拍回给他。乔万尼诺就这样轻轻地回击着球，以便从别墅里听不到这边的乒乓声。突然乒乓球高高地弹起，而乔万尼诺为了救球，把球打飞了，还飞得好远；球撞上了挂在藤廊支架上的一面铜锣，铜锣发出了长久而低沉的声响。两个孩子赶紧躲到一个种着毛茛的花坛后面去了。很快就来了两个穿着白上衣的用人，端着很大的托盘，他们把托盘放在一张圆桌上，然后就走开了，圆桌旁有一把黄色与橘色条纹相间的大太阳伞。

乔万尼诺和塞雷内拉来到圆桌旁。上面有茶、牛奶和西班牙面包[①]。他们只得坐下享用起来。他们满满地倒上两杯，切了两块蛋糕。但他们坐得不是很安稳，只是坐在板凳边缘那一点点的地方，不停地挪动着膝盖。他们一点都感受不到甜点、茶和奶的味道。那个花园里的每一件东西都是如此——美妙而难以受用，他们内心总是感到别扭而惶恐，这也许只是命运的疏忽吧，而他们也很快会被叫去检讨自己的行为。

他们悄无声息地走近别墅。透过百叶窗叶片之间的缝隙，他们看见，里面，有一个漂亮背阴的房间，墙上收集的都是些蝴蝶标本。在这个房间里，还有一个苍白的男孩。他应该就是这幢别墅和花园的主人，幸运的男孩。他坐在一张躺椅上，翻着一本厚厚的带插图的书。他的双手纤细白皙，尽管是夏天，他睡衣的纽扣还是一直扣到了脖子。

现在，两个孩子这么透过百叶窗叶片窥视着，紧张的心跳逐渐

[①] 其实是一种蛋糕，也叫"海绵蛋糕"。

平稳下来。事实上,那个富有的男孩好像是端坐着翻阅那些书页,而他环顾四周时,却比他们还要焦躁与局促。他起身的时候踮着脚,就好像害怕有什么人随时会过来赶他,就好像他感到那本书、那张躺椅、墙上那些被装上框的蝴蝶标本、带有娱乐设施的花园、下午茶、游泳池、林荫小道,都只是因为一个巨大的错误才授予他的,而他也是不能享用它们的,他唯一能做的就是感受那个错误带来的痛苦,就好像那是他的错一样。

苍白的男孩在他背阴的房间里转来转去,脚步偷偷摸摸,他用白皙的手指摩挲着镶有蝴蝶标本的玻璃边框,然后停下来仔细听着什么。乔万尼诺和塞雷内拉刚刚平稳下来的心又狂跳起来。那是一种对魔法的惧怕,某种魔法罩在那幢别墅、那个花园上,罩在所有那些美好而舒适的东西上,就好像是什么古老的冤屈。

太阳被云朵遮住了。乔万尼诺和塞雷内拉默不作声地离开了。

他们从林荫小道原路返回，走得很快，但也没有跑起来。他们匍匐着穿过了那排篱笆。在龙舌兰丛间，他们找到了一条通往海边的小路，那片海滩不长，石头也多，成堆的海带沿着海岸线铺在海边。于是他们发明出来一个特别有意思的游戏——用海带打仗。他们将一把把的海带扔到对方的脸上，一直玩到晚上。好在塞雷内拉从来不哭。

秃枝上的拂晓

在我们这里，冬天一般是不结冰的——只是早上的时候，一簇簇的沙拉菜会被冻醒，冻成铅灰色，而土呢，也会结上一层硬皮。这灰色——几乎是月光色的硬皮，硬得连锄头砸下去都没什么响声。入了十二月以后，树脚下的土先是会染上小树叶的黄色，慢慢地，这些树叶就会变得好像一床薄被。冬天更像一种透明的气体，而不是寒冷；正是在这样的空气中，在那样瘦骨嶙峋的枝头，亮起了成千上万红色的小灯——柿子。

那一年，这个小果园就好像挤满了一拨拨卖气球的，他们卖的东西是悬在空中的：在那个叉成两半的枝头上挂着九个柿子，在另外那条扭曲的树枝上吊着六个，在那枝头顶上好像缺了点什么，但也许只是掉下的叶子留出的空。到了中午时分，那些柿子会显得格外红，应该是提前成熟了。就这样，马约克人皮品每天早上都会仔细地审查自己的八棵柿子树，看看它们是不是少了几个果子，用肉眼掂量树枝上果实的重量，在脑海中把这些果实换算成钞票，并想象着挂在秃树枝上的不是果实，而是一张张的票子：脏兮兮的票

ALBA SUI RAMI NUDI

子，随风舞动着，从一百里拉到一千里拉不等，很可惜，树上挂的不是金子或银子做的圆币。

　　硬币比纸币要好，有了硬币的话，把它们埋到墙根下的小坛子里更方便，纸票不是发霉就是叫耗子给吃了。但是，是银子也好，是纸票也罢，思绪总归要绕回到钱上，虽然它还可以转化成磷酸盐，或是氨基氰，再化成土壤的汁水，变成一种可以沿着树根往上爬的力量，西红柿的甜味，洋蓟的苦味——然后不可避免地，又要回到那里，回到钱上。

　　"开心一点呀，马约克人，等着瞧吧，仗打完以后，意大利人的钱币会升值到什么程度！"说这话的人是萨达雷尔，一个住在帕拉吉奥的威尼托人，他从骡道过来，对在上头锄地的皮品说。皮品停下手中的活儿，正把自己像鸽子一样灰白的胡子往萨达雷尔的方向捋,一边捋,一边说:"你没开玩笑吧,威尼斯亚人①?"另外那个人呢,就嘲笑起他来,还说起了威尼斯方言,跟他解释这钱能用在什么方面;马约克人蹲在地上,很失望的样子,稀里糊涂地做出一些不赞成的手势。葡萄根瘤蚜会使葡萄树腐烂,苍蝇会使橄榄变皱,蜗牛会把生菜钻通,这些事都好理解,但是这政府的钱,究竟是哪种畜生才能把它嚼得一点价值也没了呢?那些破坏收成的畜生已经有了,蛀虫吃树根,胭脂虫和蜗牛吃树叶,金甲虫吃花,毛毛虫吃果树;就差这种神奇的畜生来毁掉最致富的收成了,只要多加小心,这收成被卖掉以后就能存在钱里头了。"威尼斯亚人"穷困潦倒却又游手好闲,在大萧条时期就离开那一带了,这些人迟早都会拥进城里去做清洁工的,就像"那不勒斯人"一样,或者像他们的难兄难弟阿布鲁齐人一样——正是这个原因他们才会这样说话。

在马约克人皮品和自己土地上的果树之间,介入的畜生已经太多了。至于最阴险的畜生,那真是什么杀虫剂和毒药都不管用,它昼伏夜出,有着人类的手掌,狼族的脚步——小偷。乡间小偷云集:都是些没土地也没活干的流浪汉。在那儿,在柿子林里,夜里肯定是有人来过了,而且是个外人,是踩着一排排的大蒜过来的。皮品仔细盯着每棵树看,一根树枝一根树枝地看,非常烦躁。这不,在第五棵树那里,一整条树枝上都挂满了柿子,他们为了扯下来一个果子,为了扯掉一个还是生着的果子,一整条挂满了生柿子的树枝就这么断在那边,垂在地上。"我的个天主台呀!"马约克人挥着拳头,朝帕拉吉奥丘陵上那片高高的房子大叫了一声,那一

---

① 威尼斯人,这么喊他是故意拿他的威尼斯口音开玩笑。

排房子坐落在一块发霉颜色的土地上，像极了耶稣诞生布景中用软木做的小村落，好像就因为他的这一声吼稍微重了那么一点儿，那排房子马上就要沿着山谷坍塌了。

马约克人去了帕拉吉奥那片小区，手里拿着那根折断了的、挂满了柿子的树枝，就跟拿着根拐杖似的。他一边走，一边在地上重重地敲着树枝，好叫别人听到他的到来。萨达雷尔那红脸、没牙的老婆打开了门，说："你们家的圣诞树已经搭起来了吗，皮品？那可是要用松树做的，柿子树是不行的。"

听了这话，马约克人的胡子尖颤得像猫胡子一般。

"如果让我逮到来我地里偷柿子的人，"他说，"我会朝他开枪的！我今天晚上就给猎枪装上弹丸和盐弹！"

这时"威尼斯亚人"里最老的家伙科恰奇出来了。

"反正你东西都准备全了，再放点油得了，"科恰奇说，"你干脆给他做个人肉沙拉。"

所有那些挤在茅屋门口的威尼托人，听了这话一齐哄笑起来，马约克人早已背过身，骂骂咧咧地走掉了。

如果这些柿子红得足够艳了，艳得能把它们摘下来并且让它们在家里长熟就好了；但这是不可能的，现在它们还得留在果树上，还得任那群骨子里爱偷东西的人胡作非为，真是饿死鬼投胎，他们把树枝折下来摘果子，但一咬发现果子还是苦的，马上就扔到地上踩扁了。

夜里是得捧着步枪给柿子守夜的。皮品应该是从傍晚守到午夜，然后他老婆来换岗，从午夜守到拂晓。

皮品和他老婆住在一个石头房里，屋子外的墙上粘了一层煤烟,挂着一串串的大蒜,屋子外面一周放的不是一个个花盆,而是一笼笼兔子。马约克人巴斯蒂亚尼娜①像她丈夫一样每天干活干得很辛苦,她等丈夫先用三齿耙把土砸开后,再用三齿叉翻土,他俩的脸和胳膊都给晒成了深棕色,就像刚被翻过的土地那样——老婆蓬着头散着发,穿着一条麻袋似的裙子,踩着一双很大的鞋子;老公光着脚丫子,他那光着的、毛茸茸的上半身,穿着一件已经烂得不成样子的西服背心,站在那里好似一株仙人掌,他嘴巴上方和下方的胡子就像一只灰色的小鸽子,歇在因有皱纹而显得僵硬的脸上。

柿子林在骡道后面,那里潮湿、荫翳,下边还流着一条小河。马约克人早已在黑暗中来到了林子里,还带着支前装式步枪,这支枪四十年前帮他射中过一只狐狸。在黑暗中,柿子树就像巨大的鸟儿,单脚站立栖息着。当皮品确保把挂满柿子的树枝都控制在步枪的射程内时,他感到了一丝甜蜜的安全感,就好像孩童时把什么玩具压在枕头下一般。

小河的水流声研磨着这里的安静;在黑暗中,距离是通过远方的犬吠声来丈量的。为了适应黑暗,可以通过听清从海边那些威尼托人房子里传出的笑声和歌声来训练自己的耳朵;可以通过认出上头守夜人生起的火光来训练自己的眼睛。威尼托人夜里又唱又跳:科恰奇的胖孙女单穿着衬裙翩翩起舞,所有的男人们都用手给她打节拍。然后坐在那里的老科恰奇会顺势抱住她的腿——在威尼斯人那里,夜里会发生很多恶心事儿。萨达雷尔总是喝得酩酊大醉,每天夜里都要鞭打他老婆,还说她是匹母马,而他老婆从来也不想去宪兵那儿给他们看自己身上的瘀青。然后一到某一个时辰,威尼斯

---

① 他老婆巴斯蒂安娜的昵称。

人的歌声会突然停息，接着他们会出去，匍匐着爬到马约克人的地里。现在他们所有人都在他头上的墙头上；然后会扑到他身上；科恰奇的胖孙女露着大腿，在他跟前跳起舞来，同时她家的老头儿会偷他的柿子。止住！要是开始做白日梦那可就糟糕了，睡着睡着就倒下去了。所以应该睁大眼睛、竖起耳朵：河边芦苇丛中生起的风也可能就是一个正在靠过来的贼。不是的——上面的歌声和笑声仍旧不绝于耳，这里还是静谧无人。

有时，在自己的那一片片土地上，在那些畜生中间，皮品会感到极其孤独，那些畜生要么在上头，要么在下头，在他周围无所不在，想把连同他在内的田地一起吃掉——地底下全是蚯蚓，地面上又全是耗子，空中也全是麻雀；然后还有税务代理商，肥料投机商和贼。在土地面前，他总是隐约感到一种无能感，就好像自己从来不能彻底地拥有什么，好比幻想占有一个女人，人在跟前了自己却不行了。土地，就好像一口巨大的黑色石磨，把所有的东西都拆毁并进行改造，还能产出一种神秘的汁液，这汁液从土块中出发，沿着树根往上爬，直到使树枝顶上的柿子鼓满了糖分和单宁酸；这一个个土块做成的石磨一直向下延伸，虽说会延伸到漫无边际的远方，但还是他的土地，它继续延伸到地球的中心，从地球的中心，再到这片柿子地的对跖点，就是属于另一个马约克人皮品的角锥体土地了。马约克人皮品真想把他所有的钱都装在一个罐子里揣在身上，再带上他的屋子，所有的家什、兔子、还有老婆，想把自己整个身子都陷入这片土地中去，靠呼吸这片土地来过活；只有这样他才会感到安全。他真想在地下生活，在那温暖的黑土里生活，他可以用耙子一直耙到土地的深处。但这都是些睡梦中的想法，他睡过去了。

没有月亮的夜晚就好像是在时间中静止住了。午夜究竟什么时候才到？他老婆搞不好没醒，然后让他在那儿一直守到早上。皮品摇了摇头，走到每棵树底下去检查那些果子是否安好，就好像小偷会趁着他半睡半醒从他鼻子底下把果子偷走一样。但是也许，就在他用目光察看第一棵到第二棵、再到第三棵柿子树的时候，一只猴子慢慢地从一棵树跳到另一棵树上，把树上的果子放进一口大袋子里，却并没被他瞧见。也许有一百只猴子，藏在所有柿子树的树枝间，这些恶心的猴子没有毛，长着萨达雷尔那张爱讥笑人的脸庞，正在戏弄他。

就在这时，地里出现了一粒光，并正在慢慢靠近。这是真的光，还是那些猴子开的玩笑？自己是该赶紧醒过来，还是该直接朝他们开枪？"皮品！皮品！"这是他老婆慢悠悠的声音。"巴斯蒂安娜！"原来是该换岗了，他老婆拎着提灯来了；皮品把步枪递给她后就去睡觉了。

马约克人的老婆拿着步枪就好像一个士兵，在柿子林里踱来踱去。她的眼睛是黄色的，到了晚上就跟只猫头鹰似的，就算是魔鬼来吓唬她，她也只会认为那是一片灌木丛。

突然，她看见一块石头，在小路上小跳着前行。她用脚碰了碰那石头，软得像坨肉。是只蛤蟆。女人和蛤蟆对望了一小会儿，然后就各走各的路了。

第二天，巴斯蒂亚尼娜说守夜的第二场太累人，当天晚上她要来值第一场。皮品同意了；午夜的时候，就变成了她来喊他起来，把他赶下床。出门的时候，就在他把身后面朝柿子林的栅栏门关上的时候，皮品听到从骡道上传来一阵脚步声；这么晚了，谁还会在田间瞎晃荡？是萨达雷尔。

"我说，马约克人，都这个时辰了，你是打算用火枪伏击猫头鹰吗？"

"是啊，就是对付猫头鹰的，"马约克人回答，"那些吃我柿子的猫头鹰。"

"这样一来，他们就知道了，"他想，"今夜就不敢来了。"

"这么晚了，你倒是从哪里来的，威尼斯亚人？"

"从买油的地方来。明天我们和科恰奇去皮埃蒙特大区，把米带下去。"

这些威尼托人，做起黑市生意来了。

"那就祝你们赚大钱咯，威尼斯亚人。"

"也祝你猫头鹰打得顺利，马约克人。"

此时在柿子林里就算把耳朵竖起来，也是什么都听不到的。威尼托人的房子那边，既没亮灯，也没声响。萨达雷尔这天晚上没打老婆；但也许就在那会儿，老科恰奇正和胖孙女躺在床上。皮品想着他那张还带着体温的床，床上的巴斯蒂安娜应该已经在打呼了。今天夜里他们不会来的，他们知道今天晚上他在这儿守夜，而且第二天一早他们要出发去皮埃蒙特大区。这不，皮品想回去睡觉了，他得轻手轻脚地，不能弄醒老婆，然后在拂晓以前再回到地里瞅一眼就好。

他回到家，慢慢地钻进被单，躺在他老婆身边，就算旁边躺下的是一匹马，他老婆也会照样打她的呼噜。但他怎么都睡不着。如果他没在拂晓前醒来，而他老婆发现他居然躺在床上，那可怎么办？如果是其他贼来了怎么办？他突然疑心起栅栏门究竟有没有关，萨达雷尔是看见他把门关上了，但是威尼托人像猫一样地整

ALBA SUI RAMI NUDI

夜晃荡，如果他们发现栅栏是开着的，就会明白他离开了。皮品怎么也合不上眼，他这么躺在床上真是一种折磨，连翻身都不敢翻，生怕把老婆吵醒，而同时那些贼很可能正在他的地里走着。那他为什么不干脆起来，去看个究竟呢？天已经泛白了，公鸡第一次打鸣时他再起来就好。但是，就在这时从骡道上突然传来了下山的脚步声。这个时候会是谁呢？当然是科恰奇和萨达雷尔，他们正出发要去皮埃蒙特大区。那脚步几乎是带着跑的，很沉，他们一定是扛着很多东西，是扛着装油的容器，还是扛着装着刚刚偷来柿子的筐子？这样就可以拿到皮埃蒙特去卖了！皮品猛地从床上跳下来，一把操上步枪，出门了。

栅栏嘛，倒是关着的；他松了一口气。但是走近柿子林的时候，却怎么都看不到果子的红色；原来是其他树挡着柿子树了，什么芦竹丛、橄榄树之类的。现在转过这堵墙，就能看见柿子了，他就能放心了。他转过这堵墙，四周一片光秃秃的，他的络腮胡和八字胡，像灰色的小鸽子一样，正在振翼而飞，仿佛就要从他嘴角边飞出去。在拂晓青灰色的空气中，柿子树向天空举起一张由秃树枝编成的网。枝头上连一个果子都没留下。"我的个天主台呀！"男人在林子里挥着拳头号叫了一声。

在家里，马约克人的女人正在起床。
"皮品，这夜你有没有好好守啊？"
皮品坐在凳子上，步枪仍斜挎在肩上，垂着脑袋。
"你怎么啦，皮品？干吗不吭声？"
皮品一言不发，连头也不抬。
"你觉得今天这柿子在市场上能卖多少钱？"
"真得叫她把嘴给闭上。"皮品想。
"你看我们能赚多少？"
皮品站起身来。拿起一根那种用来固定驮鞍绳子的木条。
"要我说，我们能装满三十箩筐的柿子。"女人继续说着。
皮品看见门上的棍子，他放下驮鞍的木条，操起那棍子。
"我们从来没有碰到过这么好的收成，你说是吧，皮品？"
马约克人皮品于是打起老婆来。

父传子承

我们这一带的牛不多,可以放牧的草场不多,可以耕种的大面积土地也不多——这里只有荆棘可以啃,还有一小块硬得只有靠锄头才能敲开的土地。再说了,公牛与母牛,和这又窄又陡的山谷也是不协调的,它们走起来一般很松散,很安静;但在这里,需要的是那些精瘦的畜生:骡子、山羊什么的,那种可以攀走在石头间的畜生。

斯卡拉萨家的牛是山谷里唯一的一头,而且和这里还挺协调的,它比骡子更有力气却更温顺,是一头粗壮、个小的公牛,专门用来运货的那种,名叫莫莱托贝娄。斯卡拉萨家的那两人,父亲和儿子,就是靠这头牛过活的,他们要么给山谷里各个农场主的磨坊送去小麦,要么给运货人带去棕榈树的叶子,再要么从康采恩业主那里拖回肥料。

那一天,莫莱托贝娄平稳地驮着鞍架两侧的担子,晃晃悠悠地往前走着——那是些被劈开的橄榄树柴,是要卖给城里一个客户的。它软乎乎的黑鼻孔上穿着环,从环上拖下来一根绳子,几乎就

要落到地面了,绳子的另一头被握在纳宁那悬在半空中的手里,纳宁是巴蒂斯汀·斯卡拉萨的儿子,又瘦又高,一脸憔悴,就跟他父亲一样。他们这一对看上去很奇怪:那牛腿很短,宽大的肚子垂得老低,就像一只蛤蟆,在重负下小心翼翼地走着;斯卡拉萨家的人呢,脸长长的,一头红发直立着,衣服袖子短得连手腕都遮不住,他往前迈步的架势就好像每条腿上都长了两个膝盖一样,起风的时候,裤腿下晃晃荡荡的,宛如扬起了帆一般,跟里面什么东西都没有似的。

  那天早上处处荡漾着春天的气息;也就是说,每年都会有这样的一个早晨,空气中好像突然多了什么新的发现,就像忆起了什么已经忘了好几个月的东西。于是,平时沉稳的莫莱托贝娄,那天也躁动不安起来。纳宁那天早上在马厩里就怎么也找不着它;原来它是到外边四处溜达去了，而且一早就眼神迷茫。这会儿在路上走着，莫莱托贝娄也是走走停停，不时抬一下它那被穿上环的鼻孔，短促地哞哞叫上一声后再嗅嗅空气。纳宁拽了拽绳子，发出了一种人牛沟通时才会用到的那种喉音。

莫莱托贝娄好像时不时地会陷入沉思中——前天晚上它做了一个梦，所以它第二天早上才会擅自离开马厩，也才会这么恍恍惚惚。它梦到了另一种生活中那些被遗忘已久的东西：葱葱的大片平原，母牛，还是母牛，一眼望不到边的母牛，一边哞哞叫一边缓缓走着。在梦中它也看见了自己，就在它们中间，在大群大群的母牛中间跑着，就好像在找寻着什么。但是有什么东西阻碍了它，一个戳在自己身上的红色钳子，使它无法穿过那群母牛。早上它走路的时候，甚至还能感到那钳子在自己身上新留下的血红伤口，就像空气中那种难以形容的绝望感一样。

一路上全是身着白衣、胳膊上挽着镶有金色流苏饰带的男孩和穿着婚纱长裙的女孩——原来那一天要举行坚信礼①。看着这些孩子，纳宁心灵深处的什么东西黯淡下来，好像一种古老而疯狂的恐惧。也许是因为他的儿子和女儿永远不会拥有那些参加坚信礼时要穿的白衣服？这是肯定的，那些衣服肯定很贵。于是，终有一天得让他的孩子参加坚信礼的这个想法就叫他气急败坏、焦躁不安起来，他已经能想象得出来，儿子穿着水手式的白色礼服，胳膊上挽着镶有金色流苏的饰带，女儿头上披着头纱，白纱裙后拖着裙裾，站在光影交错的教堂里。

---

① 坚信礼，一种基督教仪式。一般来说，孩子在一个月时受洗礼，在十三岁时受坚信礼。孩子只有被施过坚信礼后，才能成为正式的教徒。

牛叹了口气，它记得那个梦，它看到成群的母牛在奔跑，就像在一个不属于它记忆的地方，而它在它们中间继续前行着，走得越来越累。突然，在那群母牛中间，在一块小小的、红得就像隐隐作痛的伤口一样的高地上，出现了一头巨大的公牛，它镰刀般的牛角直耸云天，正哞哞咆哮着冲它狂奔而来。

参加坚信礼的孩子们在教堂前的广场上围着牛跑起来。"一头牛！一头牛！"孩子们嚷嚷着。一头牛在他们那儿，是一个不常见的景致。胆子大一点的敢上前摸它的肚子，有经验点的直接看尾巴下边，喊道："它被阉了！你们看呐！它被阉过了！"这时纳宁也嚷嚷起来，用手挥舞着，想把孩子们赶走。可孩子们呢，看到他这么孱弱，身上的衣服也打满了补丁，就开始对他发出怪里怪气的声音，还用他的绰号开他的玩笑："斯卡拉萨！斯卡拉萨！"斯卡拉萨是"葡萄藤架"的意思。

纳宁感到那种古老的恐惧在他的身体里越来越强烈，也越来越让人焦躁。他看见了其他穿着礼服参加坚信礼的孩子，他们在开玩笑，不是在开他的玩笑，而是在开他父亲的玩笑，他自己去参加坚信礼的那一天，就是他父亲送他去的，他的父亲单薄孱弱，一身的补丁，就跟他一样。当他看到那些小伙子在他父亲周围跳来跳去，往他身上扔被仪仗队踩烂的玫瑰花瓣，还对他喊着"斯卡拉萨"的时候，他又一次真实地感到当年自己因父亲所产生的那种羞耻感。这种羞耻感伴随了他一辈子，让他对每一次的目光交会和笑脸相迎都充满了恐惧。这全都是他父亲的错；除了贫困、愚昧、笨拙，他还从他父亲那儿，那个瘦高的人那里继承下来了什么？他现在明白了，他恨他父亲，为他父亲让他从少年时期就体会到的那种羞耻感，也为伴随了他一辈子的耻辱和贫困。就在那时，他怕起来，他怕自己的孩子会像自己替父亲羞愧那样，也以他为耻，怕有一天他们会用他现在眼中的那种仇恨看着他。他决定了："在孩子们参加坚信礼那天，我也要给自己买一件新衣服，一套法兰绒的格子礼服。还要弄顶白色帆布帽。再来一条彩色领带。我老婆也要买条新布裙，最好大一点，这样怀孕的时候也可以穿。这样我们都穿得美美的，一起去教堂前的广场上。我们还会买小贩推车里的冰淇淋。"但是在买过冰淇淋以后，在穿着节日盛装在集市上转过以后，那种要做点什么、要花点钱、要卖弄一番的狂躁感，那种急着想要把自己从幼时就从父亲那里继承来的、伴随了他一辈子的羞耻中解脱出去的情绪，他还是不知道该怎么去消化。

他回到家，把牛牵回马厩，给它卸下担子。然后他就去吃饭了；他老婆和孩子，还有老巴蒂斯汀已经坐在桌旁，正大口大口地喝着蚕豆汤。老斯卡拉萨，也就是巴蒂斯汀，用手指从汤里捞出蚕豆，嘬了一下，再吐出皮来。纳宁也没怎么听他们在说些什么。

"孩子们得参加坚信礼了。"他说。他老婆朝他抬起头，那张脸苍白而消瘦，头发蓬乱不堪。

"给他们买衣服的钱从哪里来？"她问。

"他们得穿上漂亮的衣服，"纳宁继续说着，看都没看她，"儿子穿白色的水手服，袖子上要有金色流苏，丫头要像婚礼那样穿，要有头纱，也要有裙裾。"

他老爹和老婆张大了嘴巴看着他。

"那钱呢？"他们又问了一次。

"我自己会买一套法兰绒的格子礼服，"纳宁继续说着，"你呢，弄一条布裙子，最好买大一点儿，这样万一以后怀孕了也能穿得下。"

DI PADRE IN FIGLIO

  这时他老婆突然想到了什么:"哦!我明白了!你是找到人来买戈佐的地了?"
  戈佐的地是他们继承下来的一块地,地上全是石头和灌木丛,他们为这块地缴了不少税,可这地什么都产不出来。他们居然会这样想,纳宁觉得很烦躁。他继续不管不顾地说着荒唐的话,满肚子的怨愤。
  "没有!我谁也没找着。但是我说的这些衣服我们一定要有。"他固执地说着,目光都没离开盘子。但是其他人都已经满怀希望了——如果他已经找着人买戈佐的地了,那么他之前说的一切都是有可能的。
  "有了把地卖掉的钱,"老巴蒂斯汀说,"我就可以把腰椎间盘突出的手术做掉了。"

纳宁感到自己真是恨死他了。

"你带着你的腰椎间盘突出去死吧!"他大嚷了一声。

其他人都小心地看着他,看他是不是疯了。

与此同时,在马厩里,他们的牛莫莱托贝娄脱了缰,弄倒了门,走了出去,并突然闯进了房间,停在那里,哞哞地叫了一声,那一声很长,充满了埋怨和绝望。纳宁一边骂着牛,一边站起来,用棒子把牛赶回了马厩。

他再次回到房间里的时候,所有的人都默不作声,就连孩子也是。然后他儿子就问他:"爸爸,你什么时候给我买水手服?"

纳宁抬起眼睛,看着儿子,他的眼睛和他父亲巴蒂斯汀的眼睛一模一样。

"永远不会买!"他大叫了一声。

他摔门而出,睡觉去了。

荒地上的男人

大清早的时候,从这里能看见科西嘉岛①——它就像一艘满载着山峦的轮船,悬在那头的地平线上。如果换在别的地方,是会编出一些传说的;在我们这里可不会。科西嘉是个穷地方,比我们这里还穷,从没有人去过,也从没有人想过要去。早上如果能看见科西嘉,那就说明空气清澈,不会下雨。

一个这样的早晨,拂晓时分,我父亲和我踩着科拉·贝拉②的小石子路,牵着狗,上了山。我父亲的胸前背后缠满了围巾、短斗、猎枪、小背心、背带、水壶、子弹袋,然后从这一套行头中间,冒出一绺白色的山羊胡;他腿上绷着一对老旧且满是抓痕的皮护腿。我穿着一件破旧紧窄的短上衣,手腕和腰部都露了出来,裤子也是破旧和紧窄的,我大步走着,就跟我父亲一样,但双手埋在口袋里,长长的脖子栖在肩上。我们俩各有一支旧猎枪,猎枪做工

---

① 科西嘉岛,法属,位处意大利西边,法国东南部,意大利撒丁岛的北面。
② 不知名的地名。

精良,但由于保养不善,枪面因为锈迹而变得粗糙不平。狗是只猎兔犬,垂下的耳朵总是扫着地面,股骨上长着又短又扎的毛,都快把皮给磨掉了;它身后拖着条粗粗的链子,拴在熊身上倒挺合适。

"你和狗留在这里,"我父亲说,"你看这边有两条小路。我去另一个山口。我到了以后一吹口哨,你就松开狗。你眼睛睁好喽,现在正是兔子出没的时候。"

我父亲继续在石子路上走着,而我和狗就蹲在地上,狗哀叫个不停,因为它想跟父亲一起去。科拉·贝拉是块高地,四面坡子都是灰白灰白的,荒得很,地上的草硬得啃起来都很费劲,旁边还有些古老露台倒下的墙垣。往下去,是云状乌黑的橄榄园,往上去,是黄褐色的、被火灾脱了毛的森林,就像是老狗的脊背。它们在拂晓的灰色中显得很慵懒,就像仍然瞌睡的眼皮又要合上。没有海平线的大海被一片薄雾一直笼罩至尽头。

突然传来我父亲的口哨声。狗挣脱了链子,沿着石子路,跳着"之"字形的路线大步跑过去。它跑的时候大声吠叫着,就好像在咬着空气。然后它突然安静下来,嗅起了地面,最后还是跑走了,一边跑一边努力地用鼻子蹭着地面。它的尾巴直直的,尾巴下面是块菱形的白斑,就好像是被照亮的。

我把猎枪端起来,撑在膝盖上,瞄准了,目光架准在小路的交叉口上,因为这是兔子会出没的时候。拂晓逐一揭开各种颜色。先是浆果的红色,是松树林里层次鲜明的红色。然后是绿色,草地上、灌木丛中、森林里是成百上千种绿色——之前还都是同一种颜色,现在却是每时每刻都会出现一种新的绿色。再然后是蓝色,那片咆哮的大海震聋了一切,把天空弄得苍白而惊慌。科西嘉也消失了,就像是被光线吸食干净了,但在海与天之间的界限并不确

UOMO NEI GERBIDI

定——于是就留下那片模糊而迷茫的区域,看着让人害怕,因为它根本就不存在。

然后,房子、屋顶、小路突然出现在海边的丘陵脚下。每天早上,城市就这样从那片阴影的国度中冒出来,陡然间,它因屋瓦而呈现出黄褐色,因玻璃而闪闪发光,因石灰墙而显出灰泥浆的模样。每天早上的光线,把城市每一个最微小的细节都描绘了出来,讲述着它每一条过道,枚举出它所有的房子。随后,光线就会沿着丘陵爬上来,并总能展现新的细节——新的地带,新的房子。接着就来到了科拉·贝拉,黄黄的、干枯的、荒芜的科拉·贝拉,还会照亮那上面孤零零的一座房子,在森林前面最高的一座房子,就在我猎枪一枪能射中的地方,那是"有福人"巴奇琴的屋子。

"有福人"巴奇琴的屋子,在荫翳中就像一堆石头;房子四周是一块结上了硬壳的灰色土地,就像是月亮的表面,从这土地上耸起一些瘦小的植物，就好像种的是干树枝。上面还有一些拉直的线，像是晾衣服用的，然而却是葡萄藤架上缠着的、已经凋萎干枯的枝蔓。只有一株细长的无花果树，像是还有气力支撑住叶片，它在叶片的重压下，在这片地的边缘上扭曲地生长着。

巴奇琴出来了。他很瘦，要看清他得从侧面看，否则只能看见胡子，那灰色的胡子在风中摇曳。他头上戴着顶羊毛制的巴拉克拉法帽①，身着一件灯芯绒衣服。他看见我在打埋伏，就凑过来。

"兔子，兔子。"他说。

"兔子，总是兔子。"我答道。

"上星期，我朝这么大的一只兔子打了一枪，就在那边的坡子上。大概就是从这边到那边的距离。没打中。"

"真倒霉。"

"真倒霉啊，真倒霉啊。兔子我是真打不来。我更喜欢在松树底下等鸫鸟。一个早上能打掉五六发子弹呢。"

"这样你们就有菜吃了，'有福人'巴奇琴。"

"是啊。但是，我所有的鸫鸟都没打中。"

"正常的。是弹药筒的问题。"

"弹药筒，弹药筒。"

"他们卖的那些都是骗人的东西。您得自己装。"

"是啊。但我确实是自己装的。也许我装得不好。"

"哎呀，这个得会装啊。"

"是啊，是啊。"

---

① 巴拉克拉法帽，源于克里米亚。是一种套头兜帽，类似于袜子，在脸的部位有个洞，可以根据需要露出眼睛或鼻子、嘴巴。

他那样双臂交叉站在岔路口中央，待在那里一动不动。他那样待在路中央的话，兔子是永远不会来的。"现在我得叫他挪开。"我想，但没跟他这么说，依旧埋伏在那里。

"不下雨啊，不下雨。"巴奇琴说。

"今天早上，您看见科西嘉没？"

"科西嘉呀。都干透了。这个科西嘉。"

"年成不好啊，'有福人'巴奇琴。"

"年成是不好。我种的蚕豆吧，长出来没？"

"长出来没？"

"能长得出来吗？没有。"

"种子不好，他们卖给您的种子不好，巴奇琴。"

"种子不好，年成也不好。我还种了八株洋蓟。"

"哎哟。"

"说说它们能给我产多少吧。"

"您说。"

"全死了。"

"哎哟。"

这时，科斯坦齐娜从房子里出来，她是"有福人"巴奇琴的女儿，可能有十六岁了，脸是橄榄形的，眼睛、嘴巴、鼻孔都是橄榄形的，两个小辫子垂在肩上。她的胸也应该是橄榄形的吧，完全是一种风格。她很克制，好像一座小塑像，同时也很野，就跟山羊一样，羊毛的袜子一直拉到膝盖。

"科斯坦齐娜！"我喊道。

"喔！"

但她没过来，她怕惊到兔子。

"狗还没叫,还没把兔子赶出窝呢。""有福人"说道。

我们竖起耳朵听着。

"是还没叫,还能待上一阵。"他说罢就走开了。

科斯坦齐娜在我身边坐下。"有福人"巴奇琴在他的荒地上来回踱了起来,然后去修了会儿那些瘦小的葡萄枝,并不时地停下手中的活儿,回来跟我们说说话。

"科拉·贝拉都有什么新闻,坦齐娜①?"我问道。于是那姑娘就不绝地说起来:

"昨天夜里我看见上面的那些小兔子在月亮底下跳来着。唧!唧!它们还这样叫。昨天栎树后长出一只蘑菇,是有毒的,带白点的那种红蘑菇。我用一块石头弄死了它。还有一条蛇,又粗又黄,正午的时候从路上游下来的,就住在那团灌木丛里。别对它砸石头,它很好。"

"你喜欢住在科拉·贝拉吗,坦齐娜?"

"晚上的时候不喜欢,四点钟会起雾,城市就没了。然后,夜里,还能听见猫头鹰叫。"

"你怕猫头鹰?"

"不怕。我怕炸弹,怕飞机。"

这时候巴奇琴过来了。

"还有战争,仗打得怎么样啦?"

"幸好战争已经结束了,巴奇琴。"

"嗯。还会有其他东西来代替战争的。而且,我吧,也不相信战争结束了。这话他们说了多少次,它就会有多少次以其他方式卷

---

① "坦齐娜"是"科斯坦齐娜"的昵称。

土重来。我说错了吗?"

"不,您说得对。"

"你喜欢科拉·贝拉还是城里,坦齐娜?"我问。

"城里有射击场,"她答道,"有电车,拥挤的人群,电影院,冰淇淋,有太阳伞的海滩。"

"这个孩子吧,"巴奇琴说,"对进城不是很感兴趣,另一个孩子却很喜欢,去了就再没回来。"

"她现在在哪?"

"谁知道啊。"

"谁知道啊。最好能下雨。"

"真的。下雨就好了。今天早上,科西嘉在的吧。我说错没?"

"您说得没错。"

这时,远处的狗突然狂吠起来。

"狗把兔子赶出窝了。"我说。

"有福人"跑到山口前停下来,双臂交叉站在那里。

"找,好好找,"他说,"我以前有只母狗,叫奇里拉。它能跟着一只兔子跟上三天。有一次,它一直把兔子赶到森林的最高处,甚至给我带到离猎枪两米远的地方。我朝兔子射了两枪。打偏了。"

"事事都顺也是不可能的。"

"是不可能的。它继续追着兔子又追了两小时……"

这时传来两声枪响,但之后,犬吠声越来越近了。

"两小时以后,"巴奇琴又道,"它又像之前那样把兔子给我带了回来。我还是打偏了,真糟糕[①]。"

[①] 原意为:这个猪世界。

突然,一只小兔子冒出来,冲上小道,几乎都要冲到巴奇琴腿上了,然后却转了向,躲到灌木丛里,不见了。我都没来得及瞄准。

"哎呀!"我大叫一声。

"怎么了?""有福人"问道。

"没什么。"我说。

科斯坦齐娜也没看到,她之前就回家了。

"之后,""有福人"继续说道,"那狗继续追着兔子,又把兔子给我带回来好多次,只要我不打中兔子,它就不罢休吗?这是怎样的狗啊!"

"它现在在哪里?"

"跑掉了。"

"哎呀,事事都顺是不可能的。"

这时,我父亲带着气喘吁吁的狗回来了。骂骂咧咧地。

"就差一点儿。就这么近。好大一只家伙。你们看见没?"

"什么都没看见。""有福人"说。

我把猎枪斜挎在肩上,我们下山去了。

主人的眼睛

"主人的眼睛，"他父亲对他说，指着自己的一只眼，那是一只没有睫毛的老眼睛，挤在满是皱纹的眼皮中间，圆得就像鸟眼，"主人的眼睛能养肥马匹。"

"是的。"儿子说，他坐在粗木做的桌子旁边，桌子在高大的无花果树阴影下。

"那么，"父亲说，那根手指仍举在眼睛下，"你去麦地上，他们收麦子时，你待在那里看着。"

儿子的手插在口袋里，一丝风吹动了他穿着短袖衬衫的后背。

"我走了。"他说，但没动。母鸡在啄地上那些被碾扁的无花果残余。

看到儿子像风中的芦竹一样那么自甘堕落地懒散下去，老头儿时不时感到火气倍增。他把袋子从仓库里拖到外面来，搅肥料，把命令和咒骂撒到弯着腰的人们身上，还威胁一条被拴住的狗，那狗在一团苍蝇下吠叫不止。主人的儿子既没动弹，也没把手从口袋里掏出来，就那样待着，眼光缠在地面上，嘴唇做出吹口哨的动作，就好像对耗费体力表示十分不满。

"主人的眼睛。"老头儿说道。

"我走了。"儿子答道,然后就不紧不慢地走了。

儿子在葡萄园的小径上走着,手仍插在口袋里,走路时鞋跟抬得不是很高。他父亲一双握成拳头的大手背在身后,两腿叉得很开,站在无花果树下,看了他一阵;有好些回,父亲都想冲儿子身后喊上几句,但终是没喊出来,又搅起了那一把把肥料。

儿子去的路上,又看见山谷里的颜色,又听见果园里的大胡蜂嗡嗡作响。他在遥远的城市里待上数月后,总会待得衰弱无力,每次回老家时,也总能重新发现自己土地上的空气和那高深的寂静,就好像一种对童年遗忘已久的呼唤,还伴随着懊悔。每次他来到自己土地上的时候,待在那里,就像是在等待什么奇迹——我会回来的,而那时一切都会有一种意义,我这山谷农场里节节递减的绿色,劳作工人们那亘古不变的动作,还有每棵植物、每条枝蔓的生长;这片土地的愤怒也会抓住我,就像抓住我父亲那样,使我再也不能离开此地。

麦地长在一块多石的陡峭坡子上,在那里,在灰色的荒地中间,吃劲地长着一块黄色的长方形,还有两株黑色的柏树,一株在上,一株在下,就好像在守着这块地。麦地上有人,还有挥舞的镰刀;黄色一点点地消失了,就像是被抹掉了一般,下面于是冒出灰色。主人的儿子嘴巴里含着一根草,抄着近路爬上了光秃秃的坡子;麦地里,人们显然早已看到他上来,也早就评论过他的到来了。他知道人们是怎么看他的:老头儿是疯子,而他儿子是傻子。

"好啊。"乌·贝对刚到的他说。

"好啊。"主人的儿子道。

L'OCCHIO DEL PADRONE

"好啊。"其他人也说。

主人的儿子就答道:"好啊。"

好了,他们互相之间所有该说的都已经说掉了。于是,主人的儿子坐在麦地边缘,手仍插在口袋里。

"好啊",从上面一块地里又传来一个声音——是正在拾穗的弗朗切斯吉娜。他于是又说了一遍:"好啊。"

人们在寂静中收割着。乌·贝是个老头儿,黄色的皮肤皱兮兮地挂在骨头上;乌·凯正值中年,多毛而敦实;纳宁是个年轻人,红头发,瘦高个,他身上的衬衫汗津津地贴在身上,每抡一下镰刀,他的脊梁就会露出来一小截。吉鲁米娜老太蹲在地上拾落穗,就像一只黝黑而结实的母鸡。弗朗切斯吉娜在最高的那片地上,正唱着收音机里的一支歌。每次她一俯身,腿就露了出来,一直露到膝盖后面。

主人的儿子不好意思在那里看着他们，直挺挺地就像株柏树，无所事事地晃在那群劳动者中间。"现在，"他想，"我叫他们给我镰刀，我也来试试。"但他也没吭声，静望着地里立着的那些又黄又硬、被割下的麦穗梗。反正，他也不会使镰刀，会丢脸的。拾穗嘛，这他倒是做得来，女人干的活儿。他弯下腰，捡了两根麦穗，丢进吉鲁米娜老太的黑围裙里。

"您小心别踩到我还没收过的地方。"吉鲁米娜老太说。

主人的儿子又坐到麦地边上，嚼着一根麦秸。

"今年比去年多吧？"他问。

"比去年少，"乌·凯说，"一年比一年少。"

"是因为，"乌·贝说，"二月的冰冻。您记得二月的那场冰冻吗？"

"记得。"主人的儿子说。但他其实不记得了。

"是因为，"吉鲁米娜老太说，"三月的冰雹。您记得三月的那场冰雹吗？"

"是下过冰雹。"主人的儿子说，还是在说谎。

"要我说，"纳宁说，"是因为四月的旱灾。您记得那场旱灾吗？"

"整个四月都是。"主人的儿子说。他什么都不记得。

人们现在谈起了雨水、冰霜和旱情，主人的儿子全不在这些话题之内，游离于土地轮作事宜之外。主人的眼睛。他仅仅是一只眼睛。但这只眼睛有什么用呢，只是一只眼睛，跟一切都毫无关系？这只眼睛甚至都看不见东西。当然，如果他父亲在那里的话，能用辱骂活埋这些人，会发现活儿哪儿没做好，他们手脚是不是太慢，哪些农作物快要烂掉。他几乎感到，在那些地里，需要他父亲的呵斥，就好比如果看到一个人开枪，就会感到需要鼓膜里的爆裂声。

L'OCCHIO DEL PADRONE

他永远不会对这些人叫嚷，而他们正是因为知道这个，于是继续懒洋洋地干活。但是当然，比起他来，他们更喜欢他父亲，他父亲让他们干活，他父亲让他们在那些山羊才爬得了的陡峭坡子上种麦子和收麦子，但是他父亲是他们中的一员。他不是，他是个不相干的人，只知道吃他们的劳动成果，他知道他们鄙视他，甚至恨他。

现在人们又聊起一个他到之前就已经开始的话题，是关于山谷里的一个女人的。

"他们是这么说的，"吉鲁米娜老太说，"和教区神甫在一起。"

"对的，对的，"乌·贝说，"教区神甫跟她说：'如果你来，我就给你两里拉。'"

"两里拉？"纳宁问。

"两里拉。"乌·贝说。

"那时的两里拉。"乌·凯说。

"那时的两里拉相当于现在的多少钱？"纳宁问。

"不少钱呐。"乌·凯说。

"他妈的。"纳宁说。

所有人都为那女人的故事笑得很开心；主人的儿子也笑了，但不是很明白那些故事有什么意思，也不是很明白那些瘦骨嶙峋、长着胡髭、穿着黑衣的女人们的爱情。

弗朗切斯吉娜也会变成这样的。现在她正唱着收音机里的歌，在最高的麦地上拾落穗，每次她一俯身，衬裙就被提了上去，白花花的皮肤一直露到膝盖后面。

"弗朗切斯吉娜，"纳宁对她喊，"你会为了两里拉跟神父走吗？"

弗朗切斯吉娜直挺挺地站在地里，胸前捧着一捆麦穗。

"两千里拉？"她喊道。

"他妈的，她说两千里拉。"纳宁犹豫地对其他人说。

"我既不跟神父一起，也不跟资产阶级一起。"弗朗切斯吉娜喊道。

"跟军人呢，就行了？"乌·凯喊道。

"也不和军人一起。"她答道，又拾起麦穗。

"弗朗切斯吉娜的腿真好看。"纳宁盯着她的腿说。

其他人也看着她的腿，都表示同意。

"又好看又直。"他们说。主人的儿子也望过去，就好像之前没看过一样，也表示赞同。尽管，他知道她的腿并不算好看，硬硬的全是肌肉，毛还多。

"你什么时候去参军，纳宁？"吉鲁米娜说。

"他妈的，这要看免服兵役的体检他们让不让我过了，"纳宁说，"如果这仗还打不完，他们也会叫我去的，哪怕我胸围不够。"

"美国真的参战了？"乌·凯问主人的儿子。

"美国。"主人的儿子说。也许现在他能说点什么了。"美国和日本。"他说,然后又沉默了。别的他还能说什么?

"谁更厉害:美国还是日本?"

"两个都很厉害。"主人的儿子说。

"英国厉害吗?"

"唔,英国也很厉害。"

"那俄国呢?"

"俄国也很厉害。"

"德国呢?"

"德国也是。"

"我们呢?"

"战争会很长,"主人的儿子说,"一场长久战。"

"上次世界大战时,"乌·贝说,"在森林里有个山洞,洞里躲着十个逃兵。"他指着上面松林的方向。

"如果战争再继续下去的话,要不了多久,"纳宁说,"我敢说我们也得落到洞里去。"

"谁知道啊,"乌·凯说,"谁知道会怎么样啊?"

"所有的战争,"乌·贝说,"都是这样结束的。该经历的都经历了。"

"该经历的都经历了。"其他人应道。

主人的儿子咬着麦秸,穿过麦地向上头走去,一直走到弗朗切斯吉娜那里。当她俯身拾麦穗时,他就看着她膝盖后面那白花花的皮肤。也许她没那么难搞,他已经打算追她了。

"你从来没进过城吗,弗朗切斯吉娜?"他问。这种搭讪的方式很蠢。

"有时我星期天下午会去。如果有集市的话,大家都去集市,否则就去电影院。"

她说话时停下了手里的活儿。这不是他想要的:如果他父亲看见可就糟了!自己不仅没看着他们,反倒拉干活儿的女人说话。

"你喜欢进城吗?"

"是啊,我喜欢。可晚上回到山上后,又能怎么样。星期一又要开始了,该经历的都经历了。"

"呃。"他咬着麦秸说了一声。现在得让她单独待着,否则她再也不会工作了。他转了身,下去了。

下边地里的人们几乎已经干完活了,纳宁把麦穗捆在窗帘布里,扛在肩上,下山了。海面很高,已经过了半山腰,并在日落的地方被染上了一层紫色。主人的儿子看着他的土地,上面全是石头和硬邦邦的庄稼茬,明白了对这片土地来说,不管怎么样自己永远只能是个外人。

懒儿子

拂晓，我和我哥哥脸还陷在枕头里时，就已经能听见我们父亲那带着钉子的脚步声在房间里转悠了。我们父亲起床时动静很大，也许是存心的，他穿着打上钉子的鞋子，故意在楼梯上来来回回走了二十遍，但他怎么走都没用。也许他这一辈子都是这样，只是浪费体力，做着完全徒劳的工作，也许他这么做，就是为了抗议我俩，我们总让他生气。

我母亲不会弄得很吵，但她也很早就在那个大厨房里忙活了，用她那双变得越来越黑瘦的手捅火，削东西，擦洗玻璃和家具，搓衣服。这也是抗议我们的举动，她抗议着自己永远这么默不作声地打理一切，还要把这个没有用人的家勉强操持下去。

"你们把房子卖了，我们就有钱花啦。"每当他们折磨我说什么不能再这样下去了，我就耸着肩这样回答他们，可我母亲仍旧沉默寡言地辛勤劳作着，起早贪黑的，都不知道她是什么时候睡的觉。而同时，天花板上的缝隙总是越裂越长，一队队的蚂蚁沿墙而行，杂草和荆棘从屋外荒芜的花园里爬上了屋子。也许要不了多久，我

I FIGLI POLTRONI

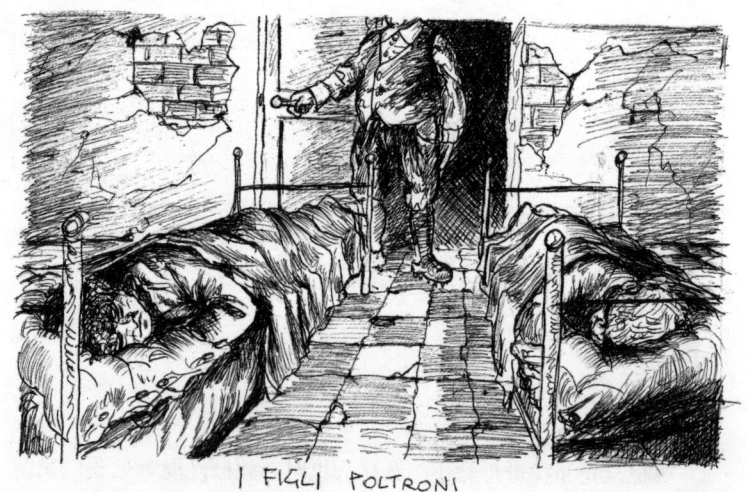

们的房子就只剩下一堆覆满爬山虎的废墟了。可我母亲早上从不来叫我们起床，因为她知道反正也没用，而她那样一声不吭地打理那个快要塌在她身上的屋子，正是她折磨我们的方式。

然而我父亲六点就已经打开我们的房门，穿着猎服，打着护腿，大嚷道："我要用棍子打你们了！懒汉！这个家里除了你们，所有的人都在干活！皮埃德罗，你要是不想挨我打的话，就赶紧给我起来！你把你那该死的哥哥安德烈也弄起来！"

我们在沉沉的睡意中早就听到他过来了，但我们把脸埋在枕头里，连身都没转。如果他说个没完没了，我们有时会吼上那么几声以示抗议。但很快他就走了，他知道一切都是没用的，他只是做做样子，一种不肯认输的仪式而已。

我们又在睡意中翻起身来。大部分时候，我哥哥甚至都不会醒，他都习以为常了，毫不在乎。我哥哥又自私又冷漠，时常让我生气。我也跟他一样,但我起码明白不应该这么做,而且对此表示不满的首先就是我。但我还是老样子,虽然一肚子的气。

"你这狗东西,"我对我哥哥安德烈说,"你这狗东西,你把你父母气死了。"他没搭话。他知道我又虚伪又轻浮,也知道再没有比我更游手好闲的人了。

十几二十分钟以后,我父亲回到门口,来自找麻烦。这次他会使上另一种法子:几乎是一种冷淡而善良的建议,一场可怜兮兮的闹剧。他说:"那么谁跟我去圣柯西莫?那里面有葡萄枝要捆。"

圣柯西莫是我们的地。那里的地都枯掉了,既没人手,也没钱把地经营下去。

"我们有土豆要挖。你来吗,安德烈?嘿,你来吗?我在跟你说呢,安德烈。豆角地里要浇水。那你来吗?"

安德烈把嘴从枕头上挪开,说了句"不去",又睡过去了。

"为什么?"我父亲还在装,"皮埃德罗决定了吗?你来吗,皮埃德罗?"

然后他又发了通脾气,接着又平静下来,说了一些要在圣柯西莫干的活儿,就好像已经说好了我们要去一样。这个狗东西,我这样想我的哥哥,这个狗东西,本可以起来,至少让父亲高兴那么一次吧,可怜的老人家。但在我自己身上,也没感到任何要起来的动力,我努力使自己重拾已经消失的困意。

"好吧,那你们快点,我等着你们。"我们父亲说完以后就走了,搞得好像我们已经同意了一样。我们听他走来走去,从底下大声叫嚷,准备要带到上面去的肥料、硫酸盐,还有种子;每天他出门和回家时都驮着好些东西,就像头骡子。

我们以为他已经出门了,可他又从楼梯底下喊道:"皮埃德罗！安德烈！上帝的耶稣啊，你们还没准备好？"

这是他最后一次叫我们，然后我们就听见他包了铁的脚步声走到房子后面，听见他猛地关上小栅栏，听见他咯着痰、哼哼唧唧地在小路上远去。

这下本可以好好睡上一觉了，但我却再也睡不着了，我想着我父亲，想着他背上那些东西在骡道上爬着，咯着痰，然后又想着他在地里朝庄稼汉发火，因为他们偷他的东西，留下一片狼藉。他看着植物和耕地，看着到处啃噬挖刨的害虫，看着枯黄的叶子和浓密的莠草，看着他这一辈子的劳动成果就这么被毁掉了，就像地里每场雨后都会被冲毁的矮墙那样，于是他又诅咒起他的儿子来。

这个狗东西，一想到我哥哥，我就这么说，这个狗东西。我侧耳细听，从下面传来一些碗碟碰撞的声音，还有扫帚柄倒在地上的声音。我母亲一个人待在那个巨大的厨房里，白昼刚使窗户玻璃褪了色，她就为背身过去的人们操劳起来。我这么想着想着，就睡着了。

还不到十点的时候，这回是我们的母亲嚷上了，她从楼梯上喊道："皮埃德罗！安德烈！已经十点了！"她的声音非常气愤，就好像是对一件闻所未闻的事情恼火至极，但其实每天早上都是如此。"好哟——"我们嘟囔道。我们又在床上待了半个小时，醒着，只是为了让自己习惯过来：要起床了。

然后我咕哝起来："快点，醒一醒，安德烈，快呀，我们起来吧。快呀，安德烈，可以起来了。"安德烈又咕哝一阵。

最后我们叹着气，伸着懒腰站起来了。安德烈穿着睡衣，像老人一样缓慢行动着，他头发蓬乱，眼睛都还没怎么睁开，就已经在那里舔烟纸了，然后就抽起烟来。他在窗户前抽完烟，然后才开始洗漱和刮胡子。

这时他又嘟哝起来，而且慢慢地，从这嘟哝声中就冒出一首歌来。我哥哥有着男中音的嗓子，但跟其他人一起时，他总是最悲伤的那个，从来不唱歌。而当他一个人，刮胡子或是洗澡时，就会用他那低沉的声音，唱起那些有节奏的旋律。他也不会唱什么歌，于是就唱出一首诗，那是他孩童时学的、卡尔杜齐①的一首诗："正午的太阳砸在／维罗纳的城堡上②……"

我在一旁穿衣服，合声伴唱，不仅没什么兴致，还有点儿恶狠狠的意思："碧绿的阿迪杰大河／潺潺细语流向明澈……"

我哥哥继续低声唱着，一段也没漏掉，从头唱到尾，一边洗着头，或是刷着脚上的鞋。"像只老乌鸦一般漆黑／双眸中藏着炭……"

他越唱我越气，我气得自己也唱起来："我多舛的命运啊／我碰到的恶畜啊③……"

这是我们唯一会吵闹的时刻。之后一整天我们就都悄无声息了。

我们下楼，热了牛奶，然后我们把面包泡在牛奶里，吃的时候弄出很大声响。母亲在我们周围转来转去，说着所有要忙的事情和要买的东西，虽是抱怨但也适可而止。"好啊，好啊。"我们应道，

---

① 乔祖埃·卡尔杜齐（1835—1907），意大利诗人，教师，1906年获得诺贝尔文学奖。
② 此诗出自卡尔杜齐的《新诗》（1861—1887）。此诗题名《狄奥多里克大帝传奇》。狄奥多里克大帝（公元454—526年）为东罗马帝国的建立者，他通常被说成"维罗纳的统治者"，在日耳曼的传说中被称为"维罗纳的狄奥多里克"。此处引用的诗句不全。
③ 卡尔杜齐的原诗是："我的这头恶畜生啊／我碰到的恶马啊"，可能是皮埃德罗自己篡改了诗句。

然后立马就忘了。

早上我通常是不出门的,只是把手插在口袋里,待在走廊里瞎转悠,或是收拾书架。我很久不买书了,那需要太多的钱,而且,我放弃了太多曾经感兴趣的东西,要是重新开始的话,我会想把这些书统统读上一遍,但这样一来,我又不想读了。可我继续整理着书橱上仅有的那么一点书:意大利的,法国的,英国的,或是按主题分类——历史,哲学,小说,或是按包装分类——所有那些装订成册的,精装版本的,还有那些破破烂烂的,被搁置在一边。

我哥哥则是去鹰派利亚咖啡店看别人玩台球。他不玩,因为他不会。他能连续好几个小时看打台球的人,看小球打转、撞击,他抽着烟,不怎么上心,也不下赌注,因为他没钱。有时,他们会让他记分,但他经常分心,所以老出错。他也做点小买卖,挣到的钱也就足够他买烟;六个月前,他在导水管公司申请了一个足够他维持生计的职位,但他并不积极争取,反正目前他不缺吃的。

午饭时,我哥哥会晚到,我们两人一声不吭地吃饭。我们的父母总是就花销、收入和负债的问题争论个不停,总是在谈两个儿子都不赚钱如何才能把这一大家子维持下去。我们父亲说:"你们看看你们的朋友科斯坦佐,再看看你们的朋友奥古斯都。"因为我们的朋友跟我们不一样:他们开了家公司,做伐木林的买卖,总是在外奔波,谈生意,也和我们的父亲谈,赚着成堆的钱,很快他们就会有卡车了。他们是骗子,我们的父亲也知道,但他还是希望我们跟他们一样,他不喜欢我们现在的模样。"你们的朋友科斯坦佐在那笔生意中赚了不少钱,"他说,

"你们看看是不是也能搞上一把？"但我们的朋友只是来找我们随便玩玩，生意的事从不跟我们提——他们知道我们游手好闲，一无是处。

下午，我哥哥又去睡觉了，真不知道他怎么能睡那么多的觉，还总能睡着。我则是去电影院，每天都去，尽管他们会重放我已经看过的影片，这样我就可以不用费劲去理解剧情了。

晚饭后，我躺在沙发上，读一些翻译过来的长篇小说，都是别人借给我的。经常是读着读着，就丢掉了头绪，我从来都解决不了这个问题。我哥哥一吃完就起身出去了，去看别人打台球。

我父母很快就去睡觉了，因为清晨他们很早就得起床。"你回你房里去，在这里待着费电。"他们上楼时跟我说。"我这就去。"我说，但是还是留在那里。

等我已经上了床并睡了一会儿后，大约两点钟的时候，我哥哥回来了。他打开灯，在房里转转，抽掉最后一支烟。他跟我讲城里的事儿，给人们予以宽厚的评价。那才是他真正清醒的时刻，而且很乐意说话。然后他打开窗子让烟味散出去，我们看着丘陵，那上面的道路通亮，天空漆黑而清明。我起来坐在床上，我们长久地聊一些无关紧要的事情，心情轻松，一直聊到睡意再次来临。

与一个牧羊人共进午餐

这是我们父亲的一个错误,他常犯错误当中的一个。他让那个从小山村里来的男孩替我们看羊。男孩到的那天,他想请那孩子和我们同桌吃饭。

我们的父亲不明白人和人之间是有差别的,不明白一间像我们家这样的饭厅和他们那些烟熏石头房子之间的差别,我们家的饭厅里尽是手工雕出的家具,深色图案的地毯,还有彩绘陶砖,而他们房子的地面只是夯实的土地,烟囱帽上饰着因沾满了苍蝇而发黑的报纸。我们的父亲不管在什么地方都很愉快,也不拘礼节,比如不想让别人在上菜时给他换盘子。每当他去打猎时,所有的人都会邀请他,晚上还会找他排解纠纷。我们做儿子的就不一样了。我哥哥因为那副心照不宣的沉默嘴脸,或许还能博得某种鲁莽的信任;而我深知人和人之间的交谈究竟有多困难,每时每刻我都能感到,阶级和文明之间的差异,会像旋涡一样在我跟前展开。

他进来了,我在读报纸。我父亲拿他大谈特谈,这有什么必要?他只会更蒙。然而不是这样的。我抬起眼睛,他站在饭厅正中

PRANZO CON UN PASTORE

央,手很沉,下巴顶着胸膛,但他双眼望着前方,目光很固执。他是个跟我一般年纪的牧羊人,头发浓密而僵硬,脸部轮廓曲成弧形——额头,眼眶,下颌骨。他穿着件大兵风格的深色衬衫,纽扣勉强一直扣到喉结,在那件窝窝囊囊穿在身上的破大衣里,好像随时会伸出一双关节粗大的瘦手,他那双硕大迟缓的鞋子踩在亮堂堂的地板上。

"这是我儿子奎因托,"我父亲说,"在上高中。"我起身,试图做出一个微笑的表情,我伸出的手碰到了他的手,但很快我们就把手收回了,甚至都没有对视。这时我父亲已经开始说我了,一些对谁都无关紧要的小事,还说了我再要多久就能结束学业,说一次我们去那个孩子老家附近打猎时我打死了一只睡鼠;每当我觉得他说得不对时,就耸耸肩,说:"你是说我?才不是呢!"牧羊人一直没说话，也没动，不知道他有没有听见。他不时朝一面墙或一张帘子迅速望上一眼，就好像一头在笼子里寻找什么缝隙的野兽。

我父亲已经改变了话题，他在各个房间里走来走去，说着小伙子老家那边山谷里种植的某些蔬菜，还问了那小伙子好些问题，而小伙子呢，下巴仍顶在胸前，嘴巴半闭着，一直回答说自己不知道。我躲在报纸后，等着上菜。但我父亲已经让客人坐下了，还从厨房里带来一根黄瓜，并帮他在汤盘里切了起来。黄瓜切得很薄，非让客人吃，父亲说，这是餐前菜。

这时我母亲进来了，她个子很高，穿着黑衣服，衣服上有蕾丝花边，顺滑的白发间有一条不动声色的分缝。"啊，这就是我们的小牧羊人，"她说，"你一路过来还好吧？"小伙子没起身，也没搭话，他抬起双眼，目光落到我母亲身上，那目光中饱含着不信任与不理解。我是全身心站在他这一边的，我很反感我母亲那种温情而优越的语调，她那种主人式的以"你"相称；她要是像我们父亲那样说方言该多好！但她却用标准的意大利语说话，一种冷冰冰的意大利语，就像一堵大理石的墙，横在可怜的牧羊人面前。

我想把话题从他身上转移开，以此来保护他。于是我读了报上的一则新闻，一则只可能让我父母感兴趣的新闻，是关于在非洲某处刚发现的一片矿层，那里住着我们一些熟人。我故意选了一则不可能与客人有丝毫关联的新闻，里面都是些他不知道的名字；这样做不是为了进一步孤立他，而是为了给他周围挖条沟，让他喘口气，好分散一下我父母对他那折磨人的注意力。也许我的举动也被他理解错了，只得到一种相反的效果。因为我父亲又重新提起他的非洲经历，用某些地域、居民和动物乱七八糟的名称，把那小伙子给弄糊涂了。

正准备上汤时,我外婆坐在轮椅上出现了,她被我可怜的姐姐克里斯蒂娜推着。他们必须对着外婆耳朵里大声嚷嚷,来告诉她发生了什么事。我母亲甚至正式地介绍起来:"这是乔万尼诺①,他会给我们看羊。这是我母亲,这是我女儿克里斯蒂娜。"

听到她这么叫他"乔万尼诺",我都为他羞得脸红;谁知道那名字用山区那种地道、粗俗的方言读起来会是个什么样。那肯定是他第一次听见自己被这么叫唤。

我外婆用那族长式的平静点了点头:"好孩子乔万尼诺,我们希望你别让羊逃走,唔!"我姐姐克里斯蒂娜,半藏在轮椅椅背后,因为在为数不多的访客中,总会看到一些贵客,便胆战心惊地探出脸来,喃喃道了一句"非常高兴认识你",然后把手伸给年轻人,而他只是重重地擦碰了一下她的手。

牧羊人坐在椅子上边,但肩膀却顶在后面,双手摊在桌布上,看着我外婆,就像着了迷一般。那个僵硬地坐在巨大轮椅中的小老太,用手在空中含糊地示意着什么,从她的半截手套中露出了毫无血色的手指,那雪崩般的皱纹底下是一张极小的脸,脸上架着一副对准了他的眼镜,正尽量从双眼传递出的一堆模糊阴影和色彩中,辨认出一些形状,还有她那种像在读书似的意大利语表达方式。所有的这一切,都一定使他感到很新奇,这和他遇到过的其他暮年者形象大不相同。

我可怜的姐姐克里斯蒂娜,就迷惑的程度来看,也没有好到哪儿去,就像每次看到新面孔时,她就会走到饭厅中央,那双永远相扣的手收在披肩下,披肩衬出她畸形的肩膀,她还会抬起那双清

---

① 乔万尼诺是乔瓦尼的昵称。

PRANZO CON UN PASTORE

浅而惊愕的双眼，望向窗户上的玻璃，几缕灰发把头发划成一道一道的，脸庞被久居在家的怠倦搞得很难看，她说："海里有艘小船，我看见①它了。两个水手划呀，划呀。然后这船经过了一座房子的屋顶后，就再没人看到它了。"

现在我真希望客人能立刻意识到我们姐姐的悲伤境况，这样就可以不用再注意这事，不用耗在那里做各种猜测了。于是我跳起来，带着一种勉强且完全不合时宜的仇恨说道："但你怎么可能从我们的窗户前看到有人在船上呢？我们离那里那么远。"

我姐姐继续透过玻璃望向远方，不是在看海而是看天："两个男人在一艘船上，划呀划呀。船上有面旗子，是三色旗②。"

---

① 此处女孩所用动词"看见"的过去分词属文言用法。
② 意大利的国旗是三色的。

那时我才发现,牧羊人在听我姐姐说话时,并没有表现出其他人出现时带给他的那种拘束感。也许他终于找着什么属于他概念中的东西了,一个我们的世界和他的世界可以交会的地方。我想起在山里的农舍间,常常会碰上一些疯子,他们能在门槛上云状的苍蝇堆里坐上好几个小时,说着哀怨的谵语,使乡下的夜晚忧伤起来。也许他能理解我们家的这种不幸,是因为他老家的人对这种不幸相当了解,正是这不幸才使他靠近我们,而不是我父亲古怪的友善,不是女人们那母性的呵护姿态,也不是我那笨手笨脚的回避。

我哥哥照常来晚了,大家都已经拿起勺子了。他进来后,在我父亲给他解释事情的来龙去脉和介绍他之前,扫一眼就全明白了。"我儿子马可,学的是公证员。"而我哥哥已经坐下吃饭了,眼睛都不眨一下的,谁都不看,冷冷的眼镜黑得好像穿不透一样,那忧郁的胡子光滑而僵硬。他怎么说都该跟大家打一声招呼,并为自己的晚到道歉,也许还应该跟客人微笑一下的,然而他是既没张嘴,也没皱一下无情的额头。现在我知道牧羊人身边有个极强大的同盟,这个同盟会用他石头般的缄默来保护他,会在那种不适的沉闷气氛中给他开辟一条出路,这条路只有他,马可,能创造得出来。

牧羊人吃着,身子一直佝偻到汤盘上,他吃饭时动静很大,稀里哗啦的。在这点上,我们三个男人都站在他那边,把装模作样的礼节留给女人:我们父亲是豪爽喧闹的生性使然,我哥哥是因为蛮横地决意要这么做,我是因为粗鲁无礼。我对这个新联盟,对我们四人跟女人们的这种反抗很是满意,因为这样一来,牧羊人就不再孤单了。这下女人们当然是不赞同的,她们没这么说是为了不羞辱我们双方,既不当着客人的面羞辱家里的男人,也不当着我们的面羞辱客人。但牧羊人意识到这一点了吗?当然没有。

我母亲反攻了，却是极温柔的，她问："你多大了呀，乔万尼诺？"

男孩子报了个数，听起来像是在大叫。然后他细声慢语地重复了一遍。"什么？"外婆问着，说了个错误的数字。"不，是这个。"每个人都对着她耳朵里大喊着原先那个数。只有我哥哥没说话。"比奎因托大一岁"，我母亲发现了这一点，当然还得再跟外婆解释。我对自己和他之间的这个比较感到痛苦不堪，他得靠看别人的羊来过活，浑身都是绵羊的臭气，劲大得能劈倒栎树，而我成天耗在躺椅上，挨着收音机，读着歌剧台词的小册子，很快就要去念大学了，我不想直接穿法兰绒的衣服，只是因为它会把我的后背弄得很痒。不管是我要成为他还欠缺的那些东西，还是他要成为我还欠缺的那些东西，都让我感到一种不公，使我和他都成了两种不完整的存在，多疑而羞愧地躲在那个汤盆后面。

正是那时，我们的外婆说："跟我说说，你已经参军了吗？"这是个不合适的话题；他那一年的兵还没有征，刚刚做过第一轮体检。

"教皇的士兵。"我们父亲说了一句不能使别人发笑的俏皮话，他总是这样。

"他们让我再检一次①。"牧羊人说。

"哦，"我们的外婆说，"免服兵役？"声音中颇含反对和惋惜。就算真是这样，我想，你又生这么大气干吗？

"不，是再检一次。""什么是再检一次？"然后又得给她解释。

"教皇的士兵，哈，哈，教皇的士兵。"我们父亲说得很开心。

---

① 意大利语中，"再检一次"和"暂免兵役"是一个词。

"啊，希望你可别生什么病啊。"我们的外婆说。

"就在体检那天生病。"牧羊人说，幸好我外婆没听到。

就在那时，我哥哥把脑袋从盘子上抬起来，透过他眼镜上的玻璃，他传达出一种东西，像是直接投向客人的一眼，那是默契的一眼，他的胡子在嘴唇边展开，也许是在微笑，就像是说："你随他们去吧，我很理解你，对于这种事情，我很了解的。"马可就是靠那些信手拈来的同谋信号来博得好感的，自那以后，每当他要回答什么问题时，牧羊人就总会以那些"不是吗？"来求助于他。但我发现了，在我哥哥马可那谨慎而人性化的亲和力源头，既有对我们父亲那种渴望获得他人赞同的需要，也有对我们母亲那种贵族式优越感的需要。我想就算牧羊人与他结盟，他的孤独感也不会少到哪儿去。

于是，我觉得自己能说一些也许能让他感兴趣的东西，于是就解释，我已经申请了退伍，直到学习结束。可我这么一提，我们两人之间的天壤之别又凸显出来；即使在那些对所有人来说都是一种灾难的事情上，我们也不可能有任何共同之处，比如当兵。

这时我姐姐找到了一条出路："对不起，您，是要去当骑兵吗？"倘若我外婆没接上这个话题说："哎呀，今天的骑兵啊……"，我姐姐的问题也许不会引起注意。

牧羊人低声说了一句类似这样的话："阿尔卑斯山地狙击兵……"我和我哥哥发现，就在那时，我们母亲也加入联盟中来，她肯定觉得那场对话的主题很愚蠢。那么，她为什么不干预一下，来换个话题呢？幸好我父亲不再重复"哈，教皇的士兵……"了，而是问在森林里会不会长蘑菇。

就这样，整个进餐过程中，我们一直都在打这场仗，我们三个小伙子对抗着一个残酷而和气的世界，三人之间却无法认清盟友，也互相充满了怀疑。我哥哥吃过水果后，做了一个很夸张的动作表示吃完了——他掏出一小包烟，递给客人一根。他们把烟点上，没向任何人征求许可，而这，则是整顿饭的过程中最完满的团结时刻。我被排除在外了，因为只要我还在念高中，我父母就不准我吸烟。我哥哥已经心满意足了，他站起来，抽了两口，默不作声地从高处望着我们，就像来的时候一样，然后他转过身去，走了。

我父亲点上烟斗，打开收音机听新闻。牧羊人盯着那个收音机，双手摊在膝盖上，眼睛睁得老大，红通通的全是泪。在那双眼睛里，一定还浮现着田地后高高在上的村庄，大山里的峰回路转，还有栗树林的深处。我父亲不让人听新闻，一直在说国际联盟的坏话，我则趁机从饭厅里出来。

有关牧羊人小伙子的思绪整晚都追随着我们。我们在吊灯微弱的灯光中安静地吃着晚饭，摆脱不掉那个他现在正一个人待在我们地上农舍里的想法。他现在一定已经喝完加热过的汤了，正躺在麦秆上，周围几乎一片漆黑，能听到那下面山羊们在攒动，在冲撞，还有它们牙齿磨草的声音。牧羊人会出去，面对海的方向有点雾气，空气很潮湿。一小股泉水在寂静之中谨慎地打着呼噜。牧羊人沿着爬满野生常春藤的路走过去，饮着水，尽管不渴。萤火虫时隐时现，就像是厚厚实实的一大群。他在空中挥了挥胳膊，并没有碰到它们。

巴尼亚思科兄弟

我常常好几个月都不在家,有时是好几年。我偶尔回趟家,我家还是在丘陵顶上,因为石灰老旧,房子微微发红,以至于即使是在远处,透过浓密如烟的橄榄林,也能隐约看得到它。那是一座古老的房子,房子上的拱顶就像是一座座的桥,墙上有些共济会的标志,是我的老父老母放上去用来赶跑神父的。我还有个哥哥,他也总是满世界乱跑,但家回得比我更频繁些,我每次回家时总能碰着他。他一回家,就立刻忙活起来,不找到他的猎服、他的灯芯绒小背心、缝上皮边的裤子就不罢休,而且也不管哪个烟斗好抽一点,随便拿起一个就抽起烟来。

"嘿。"我到时他跟我说,我们可能有好几年没见面了,他没指望我会回来。"嘿。"我说,这倒不是因为我们之间有什么仇恨,相反,如果我们是在另一个城市见面的话,我们也许要庆祝一番,也许会互相拍拍肩膀,也许还会说一句"看看,看看!",但因为是在家里,情况就不同了,在家里我们总是习惯这样。

于是我们俩都进了屋,我们的手插在口袋里,默不作声,还

I FRATELLI BAGNASCO

有点儿窘迫，突然我哥哥说起话来，就好像我们刚刚中断过什么谈话一样。

"昨天晚上，"他说，"珈琴达的儿子真是不想活了。"

"你应该给他一枪。"我说，尽管我也不知道发生了什么事。但是我们也许会想问问对方，是从哪里回来的，在干什么活，是否能赚钱，有没有娶妻生子，但以后有的是时间问，现在问的话，就太奇怪了。

"你知道，星期五晚上，轮到我们用'长井'的水。"他说。

"是星期五晚上。"我确认道，其实我也记不得了，也许我从来就不知道。

"你以为每个星期五晚上轮到我们，我们就有水吗？"他说，"如果不在那里守着，水就被引到别人家里了。昨天晚上我经过那里时，可能已经十一点了，我看见有个人抱着锄头跑，水流被引到珈琴达那儿去了。"

"你应该给他一枪！"我这么说道，可以说是满腔愤怒了。这么多个月以来我忘记了有"长井"用水的问题，再过一个星期我又要出发了，之后我还会忘了这茬事，但现在，我对他们在过去几个月里偷过的水，和对在未来几个月里将会偷的水，感到满腹愤怒。

我们一边说着，一边在楼梯上和房间里转着，我哥哥跟在我后面，抽着烟斗，楼梯和房间墙上挂的都是老式或新款的步枪，弹药粉壶，打猎号角，还有羚羊头骨。楼梯和房间闻起来也有久不通风和虫蛀的味道，墙上挂的不是十字架，而是共济会的标志。我哥哥跟我说了庄稼人都偷了些什么，说了收成不大好，说了别人家的山羊来吃我们牧场上的草，还说了整个山谷里的村民都跑到我们的森林里来砍柴。我从衣橱里抽出外套、护腿，还有用来放弹药的一圈长口袋小背心，脱下了在城里穿的皱皱的衣服，我看见镜子里，皮革和灯芯绒的衣服将自己全副武装。

过了没多久，我们沿着骡道下山了，我们斜挎着双管猎枪，看看能不能打到什么动的或是静伏在那里的东西。我们还没有走满一百步的时候，一连串小石子突然砸到我们的脖子上，劲道很猛，像是用弹弓射的。我们没立刻回头，而是假装什么事都没发生，继续走着，紧紧盯着路上方的葡萄园护墙。在像蘸了硫酸而发灰的树叶间，一个小男孩露出脸来，那是一张红彤彤的圆脸，眼睛底下密密麻麻的全是雀斑，就像一只被蚜虫咬坏的桃子。

"见鬼，就连小孩也跟我们对着干！"我说道，骂起他来。

那孩子还在那里伸头探脑的，然后吐着舌头做了个鬼脸，逃跑了。我哥哥走向葡萄园的栅栏，踩着播种地，在一排排的葡萄架间追起他来，我也跟在后面，直到我们把他堵在中间。我哥哥扯住

他的头发,我拎着他的耳朵,我知道我把他弄疼了,但我还是揪着,我感觉把他弄得越疼,自己就越来气。我们大喝道:

"这是你活该受的,剩下的是替把你派来的父亲受的。"

孩子哭起来,他咬了我一根手指头,跑开了;一个黝黑的女人出现在葡萄架尽头,她把孩子的脑袋藏在围裙的褶子里,舞着拳头对我们大声嚷嚷起来:

"懦夫!你们居然跟一个小孩子动气!你们还是那么霸道。别担心,你们会遭到报应的!"

但我们早就走掉了,我们继续走我们的路,只是耸了耸肩,因为跟女人是用不着搭话的。

我们走着走着,碰到两个人,他们背着好几捆柴火走过来,身子被重担压成了直角。

"嘿,你们俩,"我们把他们拦下来,"这柴火你们是从哪里弄

到的?"

"我们觉得哪能砍就在哪里砍了。"他们说罢,想继续前行。

"因为如果你们是在我们的树林里砍的柴,我们会让你们把柴送回去,另外,还要把你们挂到树上去。"

那两人把背的东西放在一小堵墙上,从用口袋做成的、护住了脑袋和肩膀的头套下面大汗淋漓地望着我们。

"我们不知道是不是你们的。我们不认识你们。"

确实,他们像是新来的,也许是失了业后就砍起柴来。又多了一个要让他们认识我们的理由。

"我们是巴尼亚思科兄弟。没听过吗?"

"我们谁也没听过。柴我们是在政府的地上砍的。"

"政府的地上是禁止砍柴的。我们要叫护卫队,还要把你们关进去。"

"哼,我们当然知道你们是谁,"他们其中的一个跳出来说,"你们希望人们认不出来你们,你们总是跟穷人找麻烦!但总有一天会结束的!"

我开始说:"结束什么?"然后我们决定不管他们了,便走开了,还一句接一句地骂着人。

我哥哥和我,当我们在其他地方时,我们会跟电车职工聊天,跟卖报人搭话,会把烟头递给管我们要烟抽的人,也会向递烟头来的人要口烟抽。在这儿就不同了,在这里的时候我们一直是这样,带着双管猎枪去转悠,到处惹是生非。

在山口的小酒馆里,有个共产党人的据点:酒馆外有块牌子,牌子上有些剪报消息和文章,是用图钉固定住的。我们经过时,看见那上面挂着一首诗,说:老爷还是那些老爷,那些曾经施恶逞霸的家伙,是现下逗恶人的兄弟。"兄弟"给标注出来了,因为这完全是针对我们的双关语。我们在那纸上写了"懦夫和骗子",然后还签了名,"巴尼亚思科·贾科莫和巴尼亚思科·米凯莱"。

但当我们不在这里时,我们会在铺了油布的、冷冰冰的餐桌上喝汤,旁边坐的也都是些远在外地工作的人们,我们也会用指甲把沾满污泥的灰面包瓤挖出来吃;于是,当邻桌谈起报纸上写的东西时,我们也会说:"这世上还有恶霸啊!但总有一天会好起来的。"但现在,在这里,就行不通了;这里的土地不产东西,庄稼人会偷东西,雇农在地里睡大觉,每当我们经过时,人们会朝我们身后吐唾沫,因为我们不想种自己的地,而且,他们说,我们只会剥削他人。

我们来到一处会有斑尾林鸽经过的地方,找到两个位置,等起鸟来。但我们那样一动不动地待着很快就累了,我哥哥指着一栋房子让我看,那里住的是修女,他对一个修女吹了声口哨,那是他的情人。她下来了。她胸很宽,腿上毛很多。

"喂,去看看你的妹妹阿德里娜能不能来,我弟弟米凯莱来了。"他对她说。

那姑娘回到房子里,我跟我哥哥打探情况:"漂亮吗,漂亮吗?"

我哥哥没接话:"挺胖的。人家愿意。"

两个姑娘出来了,我的那个真是又胖又壮,经历了那样的一个下午,这个姑娘还是说得过去的。刚开始时,她们还想找借口,说不能让别人看见自己和我们在一起,否则,整个山谷里的人都会与她们为敌,但我们跟她们说别傻了,于是把她们带到地里去,带到我们先前等斑尾林鸽的地方。我哥哥甚至时不时地能开上几枪,他已经习惯了带上姑娘去打猎。

我和阿德里娜在那里没待上多久，我就感到脑袋和脖子间被一排小石子扫过。我看见长雀斑的男孩跑掉了，但我不想追他，只是在他身后骂了几句。

最后，姑娘们说得去祝福式。

"滚吧，你们可别再落到我们脚下。"我们说。

之后我哥哥跟我解释，她们俩是整个山谷里最淫荡的女人，她们怕其他小伙子看到她们和我们在一起，就故意作对不再和她们一起了。我于是迎风叫道："荡妇①！"但其实，我对整个山谷里只有最淫荡的两个女人才会和我们待在一起，感到不是很高兴。

在圣柯西莫和达米阿诺教堂前的空地上，所有的人都在等待祝福式。他们给我们让开了路，恶狠狠地看着我们，包括神父，因为我们巴尼亚思科家族已经有三代人不去望弥撒了。

正往前走着，我们感到有什么东西掉在身边。"那小孩！"我们大叫一声，已经准备冲出去追他了。但那只是一个烂掉的枇杷，从树枝上掉落。我们继续走着，踢着石子儿。

---

① 直译为"母牛"。

蜂房之屋

从远处很难看到我的屋子,一个人哪怕是已经来过一次了,仍然是记不得回去的路的;这里原本是有一条路的,我用铁锹把那条路给铲掉了,还把荆棘铺了上去,荆棘顺势长了起来,抹去了所有的痕迹。我的屋子位置选得很好,隐匿在这片种着鹰爪豆的斜坡上,很矮,只有一层高,从山谷里也看不到,屋子因为涂上了一层灰浆白生生的,窗子上有很多洞,像被啃过的骨头那样。

我本来是可以在房子外面一圈的土地上种点东西的,可是我没弄,我只需要一小块苗圃就够了,苗圃里的蜗牛会啃噬莴苣菜叶;还需要一圈地,要用干草叉戳一戳,地里会长出发了芽的土豆和紫薯。我不需要种出比我需要吃的还多的产量,因为我不需要跟别的人分享。

那些正往屋顶上爬的荆棘,还有那些像雪崩一样缓缓落到耕地里的荆棘,我从来都不会弄掉它们;相反,我很希望这片荆棘能把一切都淹没,包括我在内。绿蜥蜴在墙上的缝隙里做了窝,而在地砖下面,蚂蚁挖出了一个多孔的蚁城,现在正排着好几支队出来。

LA CASA DEGLI ALVEARI

我每天都看着这一切,如果发现新开了一条裂缝,会很高兴;我想象着人类的城市,当被倾泻而下的野生植物吞噬时,会是个什么样子。

在我屋子上面,有一道道的硬草地,我在那上面放我的羊。天亮的时候,有些狗偶尔会追着兔子的遗臭追到这里来;我会用石头把它们赶走。我恨狗,恨它们对人类那种近乎奴性的忠诚,我恨所有的家畜,恨它们装作能懂人类的样子,其实就是为了舔他们盘子里的剩菜。我只能受得了山羊,因为它们既不给予信任,也不索取信任。我不需要被拴住的狗来给我看家。也不需要篱笆或是门闩这些怪异的人类诡计。在我的地上,在屋子外面一周的隔板上,放的全是蜂房,一团蜜蜂嗡嗡地飞着,就好像一圈多刺的篱笆,只有我能穿过。夜里,蜜蜂睡在软骨一般的蚕豆里,但是没人敢靠近我的屋子;他们怕我,这是有道理的。我说他们怕是有道理的,不是因为某些关于我的传闻是真的;那都是些谎话,他们只配听到谎话。我是想说他们怕我怕得是有道理的,这正是我所希望的。

早上的时候,绕过山脊,我就能看见坡子下的山谷和很高的海,海水包围着我和整个世界。在海的脚下,我看见人类挤在一起的房子,淹没在他们假惺惺的手足之情中,我看见黄褐色的城市,跟灰浆似的,还看见他们房子玻璃上的闪光和从火苗中冒出来的烟。终有一天,荆棘和野草会盖过他们的广场,那时海水会上涨,把他们房子的废墟揉捏成岩石。

现在,只有蜜蜂和我在一起:当我把蜂蜜从蜂箱里拿出来的时候,它们在我的手边飞来飞去,却不会叮我,它们只是落在我身上,就好像一把有生命的胡子。我的这些蜜蜂朋友,物种古老,却没有历史。我在这片长满鹰爪豆的山坡上已经生活好几年了,和山羊与蜜蜂一起。以前,每过去一年,我就在墙上做个记号,现在荆棘把所有的东西都压得喘不过气来,人类那荒唐的时间。我为什么非要和人类待在一起,还要为他们劳动?他们大汗淋漓的手掌,他们野蛮的习俗、舞蹈还有教堂,他们女人那酸酸的口水,都让我觉得恶心。但是那些传闻,相信我,都不是真的,他们总是给我编造各种传闻,真是说谎成性的种族。

我什么都不会给别人,也不欠别人任何东西:如果夜里下了雨,早上的时候在山坡上会划过一条条的痕迹,那是肥肥的蜗牛留下的,它们晚些时候会被我炒了吃掉;在森林里,柔软而湿润的蘑菇会破土而出。森林会给我所有我需要的东西——用来烧的木柴和松果,还有栗子;然后用圈套,我也能捉到一些牲畜,野兔或是鸫鸟,你们不要以为我热爱野生动物,不要以为我是一个向往田园自然生活的人,那都是些人类荒唐的伪善。

我知道在世上是需要互相残杀的，弱肉强食才是天然法则。我想吃什么就弄死什么，对于他不想吃的不会动手。我一般都是设圈套，不会用武器，这样就不需要狗或是别的什么仆人去把它们从洞里赶出来了。

有时，我如果没能及时避开人类那凄凉的噪声，也就是斧子把一棵棵大树砍倒的声音，我也会在森林里碰到人类。我会假装看不到他们。星期天的时候，穷人会来到森林里砍柴，森林就跟掉了毛似的，像极了脱发的脑袋，斑驳一片——被用绳子拉走的树干在地上拖出了一条很陡的路，遇上大暴雨的天气，大雨会奔泻而下，常常带来塌方。这一切如果能坍塌在人类的城市之上就好了，于是将来的某一天，当我再去森林的时候，就能看到烟囱头从地面冒出来了，能遇见峭壁间一截马路的拐角，还能在森林尽头的空地上看到密立着的轨道。

你们肯定很想知道我会不会感到被这孤独压得喘不过气来，想知道我有没有在一天夜晚，在一个有着漫长黄昏的夜晚，在一个有着初春时那种漫长黄昏的夜晚下山去，有没有糊里糊涂地，朝着人类居住的地方走去。那天我是下山了，那是一个温热的黄昏，我走向他们那些围着菜园的墙，结满了枇杷的枝头从墙上伸出来，我是下去了，我听见那些女人的笑声，听见有人呼唤远处的一个孩子，然后我就回来了，那是我最后一次下山去，后来我就一直独自在这上面待着。这事儿是这样的——我也像你们一样，偶尔也会害怕犯错。于是也会像你们一样，继续这样下去。

现在你们怕我，你们怕得是对的。但不是为了那件事儿。那件事儿，不管有没有发生，都是好多年以前的事情了，我是不是还跟以前一样，都已经不重要了。

当那个女人，那个黑女人来割庄稼的时候，我刚住到这上面不久，那个时候，我还饱含着人类的感情，我看见那个黑女人，高高地站在坡子上割庄稼，她向我打了个招呼，我没有理她，就走开了。而且我说了，我那个时候还饱含着人类的感情，也抱有一种年代久远的愤怒，我靠过去，没叫她听见，我满肚子都是年代久远的愤怒，那不是针对她的，我连她长什么样都记不得了。

所以别人说的那段传闻当然是假的了，因为那天已经很晚了，山谷里一个人也没有，我用手压着她的喉咙，谁都没听到。所以我得从头给你们讲我的故事，只有这样，你们才会明白。

好了，我们不再谈那天晚上了，我现在住在这里，和蜗牛分享着我的莴苣，蜗牛在莴苣叶子上蛀着洞，而我呢，知道所有会长蘑菇的地方，也知道哪些蘑菇是好的，哪些是有毒的。我不再想女人了，不再想她们的毒液，保住贞操不过是一种习惯。

最后一个女人，就是那个拿着镰刀的黑女人。那天空中布满了乌云，我记得，乌黑乌黑的云，奔腾着，奔腾着。于是，在那奔腾的天空底下，在被山羊啃光的山坡上，我们经历了人类的初夜，我知道在人类相遇的时候，人与人之间只可能存在恐惧和耻辱。这正是我想向她要的，恐惧和耻辱，眼中只能有恐惧和耻辱，正是出于这个目的，我才和她在一起的，你们要相信我。

从来没有人跟我说过什么，从来没有。因为他们什么都不能跟我说，那天夜晚山谷里空荡荡的。但是每天夜里，当丘陵消失在黑暗中，我就着提灯的光线，却怎么也跟不上一本旧书的情节。人类的城市，伴着他们的灯光和他们的音乐，在山底尽头之处，我听见你们所有人的声音，你们都在指责我。

然而那天没有人在那山谷里看到我，那个女人再没回家，于是他们才会胡说八道，但他们说在我屋子上方的道道草地底下埋着那个女人的尸体，这不是真的。

而如果那些狗每次经过草地总会停下来，并总是在同一个地方用鼻子嗅来嗅去，还会嚎叫着用爪子刨土，却只是因为那里有一个老的鼹鼠窝，在那草地底下，我向你们发誓，一个老的鼹鼠窝。

血液里的同一种东西

武装党卫队①把这两个小伙子的母亲抓起来的那天晚上,他们爬到山上的共产党人家里去吃晚饭。共产党人的小屋子在丘陵的半山腰,上山要经过一条四周全是橄榄树和乱墙堆的小路。夜色越来越浓,越来越阴郁,几乎是急急忙忙地黑下去的,就好像想把一切都抹去。兄弟俩去他家的时候,一直警惕着山谷底下的狗吠;因为那可能意味着武装党卫队的人正在找他们,也可能是妈妈给放出来回家了,也可能是爸爸,或者是其他来给他们通信的人,总之是有原因的。但是狗吠是因为要吃饭了,山谷里家家户户的小孩用勺子敲着碟子,哇哇大叫。

事情变了,人的感知太迟缓,而思绪又太敏捷。事态不知道什么时候就变了。哥哥和共产党人经过林子下山来。先前他们和弟弟去了法利赛人②的栎树林那里,给"百合花"的部队带去了药品。

---

① 也称武装党部队,是纳粹德国党卫队领导下的一支军事部队。
② 法利赛人是古代犹太教一个派别的成员。基督教《圣经》中称他们是言行不一的伪善者。"金发""百合花"等都是法利赛人的绰号。

"百合花"和"瘦子"在栎树底下等着他们,他们的外套下面藏着手枪。"百合花"在乌鸦岩那里,和其他几个人自发地搞了几场突袭,他有时是这个连队的,有时是那个连队的,总之是怎么方便怎么来。他们坐在栎树底下,谈着如果睡在麦秸上腿上生了疹子可以怎么治好,谈着这个区域被击溃的游击队员要把编队的事宜弄妥,而且也不该像贼似的在林子里瞎转悠。然后他们让人给他们看了一个很好也很隐蔽的躲避处,在那里可以睡上五个人。他们回来经过森林的时候,碰见了一个赶羊的小姑娘,弟弟于是就停下来跟她一起了。整个林子里都能听到他和她一起唱歌的声音,他们和羊一起,在长着松树的陡坡上跳过来跳过去。

后来,在山顶小茅屋前,七家的住户全都聚到门外。他们中间也有瓦尔特。

瓦尔特激动地说:"你们都知道底下什么情况吗?"

"底下怎么了?"

"情况不妙。武装党卫队把你的母亲抓起来了。你的父亲下山去了,看他们会不会把她放出来。"

于是气氛突然变得紧张和凝重起来,就好像黑衫军① 上山时一样,橄榄林间全是子弹扫射的声音。孩子的鼓膜边和喉咙口涌出了一堆问题。在他们的记忆里,间谍们那些绿色的脸庞时隐时现,就像一个个破掉的泡泡。这时,弟弟唱着牧羊女的小曲,心满意足地回来了,突然间听到了这个消息,马上收住了声。

现在新出了这么个事,之前所有的事情都变了,现在他们的

---

① 黑衫军是墨索里尼组建的一个民兵组织,最初只是法西斯党组建的一个准军事部队。在1923年法西斯党上台以后,它变成一个效忠于意大利王国的民兵组织。

母亲被德国人带走的这个刚发生的事情，也搅在所有其他的事情中间。兄弟俩好像回到了从前，虽然现在已经是长大了的小伙子，生活中已经有了书，有了姑娘，还有炸药，但他们还是回到了孩童时期，他们身上孩童的那一部分被破坏了，有关母亲的那一部分也被破坏了。现在他们好像没有妈妈的孩子那样，手牵着手，迷茫地走着。然而要做的事还有很多：把炸药、手枪、弹夹、步枪、药物和印刷单藏起来，要把它们藏在橄榄树的洞里，藏在墙上的石头缝里，这样德国人才不会一直搜查到这上头来，来找他们。他们还得问自己怎么会发生这种事，是什么时候发生的，以及各种为什么，或大声地问，或在脑海中问，却什么问题也解决不了。

橄榄林的人都已经疏散完了，就剩下那个小屋子，他们九十来岁的半瞎奶奶是一个在等待回答的黑色问题。在她身上，在她那无情的、清晰的记忆中，有着一段关于战争的悠久历史：库斯托扎战役①、门塔纳战役②，吹着小号的战争，敲着战鼓的战争；现在还得跟她解释武装党部队，解释会把母亲们带走的战争。最好是随便捏造一个提前宵禁的说法，或是什么德国人把城市封锁起来了，所以女儿才回不来的，所以女婿才下山去陪她的。

但是整个屋子就好像是一片问题的树林，兄弟俩还是更想上山去共产党人那里吃晚饭。那天共产党人为"金发"的部队刚刚宰了一头牛，把牛肚子也给烧了出来，于是请兄弟俩来跟他共进晚餐。兄弟俩一边上着山，一边说着杀不杀的事情。

---

① 库斯托扎战役发生于1848年7月24日及25日，是第一次意大利独立战争的一部分，交战双方分别是奥地利军队和萨丁尼亚国王的部队。
② 门塔纳战役发生于1867年11月3日，发生于意大利拉齐奥大区的门塔纳小镇，是意大利统一战争中加里波第率领的志愿军与法国军队的一次交战。

共产党人的家只是一个低矮的房间；晚上的时候，从外面看就好像是一堆石头。离屋子不远的地方，在橄榄树上挂着一头被肢解了的牛。屋子里面黑黢黢的，没有点蜡烛。兄弟俩坐在矮桌边的两个树桩上，一声不吭。共产党人的女人给他们盛了两盘牛肚橄榄酱汤。兄弟俩就这么摸着黑、丁零当啷地舀着浓稠的食物吃。这时从天花板那边，传来一阵窸窸窣窣的声音，就好像在什么壁龛的黑窟窿中，有鸟儿在振翅。兄弟俩听出来是共产党人的老鹰"狼刚"，它是春天的时候在山里被逮到的，给它起这个名字是为了纪念伟大的"狼刚"军营和七月战败的那场大战的，那个军营在老游击队员的记忆中可以说是一种难以置信的存在。

共产党人女人膝上坐着一个孩子，突然笑起老鹰来。这不是他们的孩子，而是一个宪兵的孩子，宪兵逃跑前把孩子交给了共产党人。于是他们聊了起来，先是聊了聊在"金发"的人来把牛拿走之前把牛藏起来的可能性有多大，然后又聊了究竟是谁做了奸细以及为什么会做奸细。

共产党人个子很矮，是一个长着大脑袋的光头，他见过世面，什么都会。他了解生活中的善与恶，尽管看到一切都变得越来越糟糕，但也相信终有一天一切会好起来的，他是一个读过书的工人，一个共产党人。他在乡下做临时工，因为他觉得城里的空气不行了；他干活儿干得不错，他精通播种，善于种菜。但是他更喜欢坐在墙头上，谈那些全世界正在失去的东西，谈在巴西被烧掉的咖啡，谈被扔在古巴海里的白糖，谈在芝加哥码头箱子里烂掉的肉。这是一个一生充满了不幸和漂泊男人的回忆，一个跟宪兵打过交道的男人，一个在被生活锤击过以后，还对一切都充满了兴趣的男人，不管是坏事还是好事，他都会琢磨一番。

最后来的是乌鸦
Italo Calvino

LA STESSA COSA DEL SANGUE

 经过田里的时候，哥哥手上拿着几本书，如果碰上黑衫军的人了，他就躲到河里去；弟弟呢，一直在找手枪射出的子弹，冲锋枪的弹夹。他们是在山路上碰到他的，他正牵着那个宪兵儿子的手，给孩子解释那些植物的名字，那是一个光着头的小孩，穿着一身皱巴巴的黑衣服。于是他们就开始讨论，跟哥哥讨论列宁和高尔基，跟弟弟讨论手枪的口径和自动武器。
 现在在兄弟俩的周围，笼罩着一片充斥着鲜血和愤怒的沉寂，言语都陷入其中。只有女人可以在那团黑暗中给出一点温度，她试着鼓起勇气去给出这点温度；她是个还很年轻的女人，有一点憔悴，像她这样的女人身上，带着一种分不清是母亲还是情人的那种温柔，就好像这种温柔在她们身上是没有界限的；她是一个共产党人的女人，她是一个明白人们为什么会痛苦的女人，她进城的时候会把左轮手枪藏在筐子里。

吃完饭以后，兄弟俩和共产党人走上通向森林的小路，他们肩上披着被子，准备去"百合花"指给他们看的那个洞里睡觉。他们经过葡萄园的时候，听到了黑暗中有脚步声，弟弟叫起来："站住！你给我站住，否则我就开枪了！"而其他人却朝他背上砸了几拳，叫他别出声。原来是瓦尔特，他赶上他们，也打算去洞里睡觉。

弟弟和瓦尔特两人形影不离，他们总是揣着手枪，追着法西斯分子的行踪，在田地里转来转去，他们跟那些被疏散的人一起时表现得很专横，跟姑娘们一起时又很英勇。哥哥是个好空想的家伙，就好像是什么外星球来客，他说不定都不会给手枪上膛。但他却很会解释什么是民主，什么是共产主义，也知道很多革命的故事，谙熟反对专制的诗文；这些东西知道知道也是有用的，但是战争结束以后，他有的是时间去学习和了解。弟弟和瓦尔特只要听他说上一小会儿，就会为了手枪皮套或是姑娘的问题，又吵起架来。

但是现在兄弟俩有了一种共同的东西，在他们身上，有什么东西变了，对现在这种生活的兴趣，还有可能遇到的风险，都不再是他们身外之物了，而是他们内心深处的东西，已经沉浸在血液之中了。战斗，以及对法西斯分子的那种仇恨跟之前不一样了，虽然表现的方式不一样，对于哥哥来说，是从书本上习得的知识突然间可以被拿到生活中去实践，对于弟弟来说，是一种可以狂妄自大的资本、是可以背着炸弹在骡道上转悠、去吓唬小姑娘，不管那是什么，都已经是他们血液中流淌着的同一样东西了，一种他们内心深处的东西，就好像母亲的意义一般，一个一旦被决定后整个人生都有所改变，并且伴随他们一生的事情。

他们下到洞里去的时候，也是因为冷，他们蹲得很近，一个挨着一个。他们很想睡上一觉，那一觉最好沉得能把他们埋起来，能让他们不要再胡思乱想，能帮他们清除掉那些德国人把犯人关押在旅馆里的画面，在那里，武装党部队的人在通宵亮灯的过道里踱来踱去。他们应该是从那个时候开始感到被冒犯的，感到灵魂深处最稚嫩的地方被冒犯了，他们一直在报复，而且就算他们的父母回来了，他们还是会继续报复下去的，因为那是生命源头的什么东西被冒犯了，是一件会影响他们一辈子的事情。而让他们最感到害怕的是，想到当他们第二天醒来的时候，会突然想起来之前发生过的事情。

第二天，哥哥坐在隔在森林和田地中间的荒地上，就在那时，海面上出现了一些战船，这些船很快就轰炸起了城市。它们几乎总是在那个时间开始轰炸：先是看到船上冒出像火星一样的炮，然后能听到发炮的声音，最后是炮炸到东西的声音。他在等弟弟，弟弟下山打听情况去了，还没回来；到目前为止他们掌握的消息都不是很让人放心；母亲被德国人扣为人质，父亲突然旧病复发，还在医院里住着。

他脚下的城市延伸至海边，他自己的城市现在却把他拒之门外，在他平常走的路上到处散发着死亡的味道。而在城市的中心，他的母亲正被囚困着。一发发的炮响，像拳头一样，从有着道道波纹的深蓝色海面上砸来，就像是从空处打过来似的，对着他的城市，对着他的母亲。

这时，应该是城里的什么火药库爆炸了，不知什么地方响起了一连串很密集的炮声，不像是从海上传过来的。很快，一团烟云从房子间升起，烟云间的黑色斑点，打着旋儿蹿到烟云的顶端；爆炸声响彻山谷。如果烟雾稀薄了，就能看到已被炸毁的房子现在给炮轰成了废墟。

于是小伙子就想到了他自己，他整天衣衫褴褛，在森林里追来找去，父亲住在医院，母亲被囚在德国人那里，而他的城市，他的家，在自己眼皮底下一天天地被摧毁着，他的弟弟还没回来，说不定被抓去了，但尽管如此，他发现自己几乎可以说是很平静的，就好像一切就应该是这样，一切都是正常的，就好像生活此刻的模样，对他来说才是正常的。

弟弟终于回来了，他还带来一盒装满了玉米糊的容器和比之前好一些的消息：他们的父亲是为了不被抓起来才装病的，他想在医院受到看护，这样他们才会放了他们的母亲；他们的母亲仍被扣着，她托人带话，叫他们多加小心，还叫他们不要担心她；底下海军第十突击登陆艇被炸掉了，半个家乡都给炸掉了。

和他一起上来的还有"百合花"，"百合花"这个人，劲头儿大得很，看着轰炸，兴奋无比，一边用拳头砸着掌心，一边大叫着："炸吧！炸吧！好好炸！把一切都炸掉吧！先把我家炸掉！所有的法西斯分子都去死吧！其他所有人都好好地活着！再来点伤员也没关系！来得更猛一些吧！先炸我家！"

第二天，他们和共产党人去了"金发"的营地，去给他们送牛肉。他们的人都全副武装着，每天夜里都会下山进城跟敌人交火。

他们烤了四分之一的牛肉，然后所有的人一起围在篝火旁边吃起来。边吃着边说到了被杀死和被拷打的战友，说到了被处死和应当被处死的法西斯分子，还说到可能被干掉的德国人。

"但是，"哥哥说，"我们最好还是不要碰德国人。因为我妈还被扣在他们那儿呢，这种事儿最好还是别开玩笑。"但是这话一说出来，他自己都觉得有些不对劲，就好像自己在放弃什么，就好像在那一刻,他又把母亲抛弃给把她从他身边抢走的人。他也为说完这话后的沉默感到难为情。

回去的路上,他跟弟弟闲聊,说:"我可没工夫过这种反抗者过的奢侈生活了。我们要么当游击队员,要么就不当。我们这几天最好找一天,走山路去跟大部队上山。"

弟弟说自己早就这么想过了。

然后,他们回去时在乌鸦岩那儿停了下来,是因为要给"百合花"吹哨。就在他们都坐在悬崖边缘等"百合花"的时候,共产党人自问着这岩石,这沟壑,这山峦,都是怎么形成的,地球有多少岁了。然后所有的人一起讨论起这岩石有多少层,地球经历了多少代,以及战争什么时候会结束。

在酒店里等死

在早上的某个时刻,犯人们的妻子会陆续到来,然后她们会仰着脸,朝窗子的方向打各种手势。犯人们从最高一层楼探出身来,或问或答;女人的手在底下,男人的手在高处,就好像两个高度的手想通过那几米的空气牵到对方。刚刚沦为营房和牢狱的大酒店没有任何可以具化那种"自由已逝"感觉的物件,比如铁栅栏和壁垒什么的。可以滋养他们那种受难情绪的只有从一头到另一头的垂直距离,虽然很短,但也足够绝望,一头的人们,脚踩在花园里,仍是自己的主人,而另一头的人们,被领到那上头,就好像已经进入了没有归途的国度。

在这些扒在窗前的犯人中间,总有人会时不时地回过头,往走廊的方向喊出一个名字:"法拉利!法拉利!你老婆在下面!"被叫到的人就会在已经很拥挤的窗前开出一条路来,同时挤出些许干巴巴的微笑,打着手势表示"自己也没什么办法"。

迭戈从不会挤到窗前;他的家人离这里很远,而且因为战争都失散了。他对那些变个不停的预测、假设和好坏消息已经厌倦不堪,这些消息每天在酒店的花园里飞来飞去,一直涌到他们这上

面。除了这种神经疲劳,他还深深地感到一种快意、一种欲望,一种可以放任自流的快意,放任自己或走向毁灭,或走向一直希冀的某种奇迹般的救援,还有那种可以躺在沙滩上的海水里过夏天的欲望。他之所以会有这种愿望是因为他在海边和沙滩上度过了太多的夏天,正是这些夏天造就了这样慵懒的他,让他对生命中第一个有意义且即将结束的夏天毫无防备。

但时间是一张绷紧神经织成的大网,是一个可以用上千张小图拼成的拼图,单独的一张张小图是没有意义的。这些男人是被从路上抓进去坐牢的,自然感到莫名其妙,只能在铺着亚麻油毡布的空房间里踱来踱去,那里只有堵着脏水的洗脸池和坐浴盆,就像是在冷笑的白色嘴唇。

一天前他被从要塞的监狱转到酒店这里。在要塞那里他和其他一些现在可能已经被杀死的男人待了一天一夜,现在想起转进来的那一天,自己就好像是被挖出来一样,突然来到一个空气流通的酒店,被人的热度包围着,这里的人们对一切都毫无所知,会很轻易地相信希望。当他在酒店里又遇到这些人时,他笑了,还开了玩笑;米凯莱也在,他是跟他一起被抓起来的战友,现在也被囚在了酒店里。他们被分开了一天一夜,都为彼此担过心,现在却安然无恙地重新团聚,于是特地庆祝了一番。迭戈很感动,当他抚摸着米凯莱粗糙的大衣时,当他摸到米凯莱那只及他胸高的滑溜大光头时,感到自己更强大了。米凯莱神经质般地冷笑着,露出了他那一口乱牙,问道:"怎么样,迭戈?我们来耍耍那些纳粹?"迭戈说:"我说得耍耍他们,还要耍耍整个大日耳曼帝国①。""也要耍冯·里宾特洛甫②吗?""也要耍里宾特洛甫。还要耍冯·布劳希奇③。还有戈培尔④博士。"他们蜷缩在凉凉的暖气片旁边,试着通过大笑和玩笑把紧张情绪消化掉(他们还不知道和他们一起被抓进去的好些人已经被杀了),而对迭戈来说,则是又多了一种多年之后出狱的兴奋之情。

那个监狱是港口的一座老堡垒,现在给安上了德国人的高射炮。囚禁他们的那个牢房本来是被用来关德国士兵禁闭的;搞鸡奸的士兵用德文在墙上写了一些话:"Mein lieber Kamarad Franz,⑤

---

① 原文为德语。
② 冯·里宾特洛甫(1893—1946),纳粹德国外交部长。德国投降后被英军拘捕。1946年10月1日,纽伦堡国际军事法庭判处他绞刑,15天后受刑而死。
③ 冯·布劳希奇(1881—1948),纳粹德国陆军总司令,德国陆军元帅。
④ 戈培尔(1897—1945),德国政治人物,纳粹德国时期的国民教育与宣传部部长。1921年于海德堡大学获得哲学博士学位。在希特勒自杀后,他毒杀了自己的六个孩子后也自杀身亡。
⑤ 德语,意为"我亲爱的同志弗朗茨"。

我亲爱的同志弗朗茨,我被关在这里面,而你远在天边。""Mein lieber Kamarad Hans,① 只有在你身边,生活才是幸福的。"

当时他们二十来人,都挤在逼仄的牢房里,一个挨着一个躺在地上。他们中间有一个老头,长着一嘴白白的络腮胡子,穿得像个猎人,是他们其中一个人的父亲,他夜里时不时要起来,跨过他们的身体,去一个角落里用很大劲尿尿。角落里的罐子被铁锈锈通了;很快,老头的尿就流到牢房的地面上,像河流一样,从他们的身体下面淌过去。每次哨兵一换岗,喊命令时那种非人的叫声就会从堡垒上的回声中响起,就像是想要变身的狼人在嚎叫一般。

监狱的铁栅栏面对着礁石;大海拍打着礁石,会响一整夜,就像是动脉里的血液和脑颅涡旋里的思绪。在每个人的脑子里,都有一个拐角是他们不该转弯的,因为一转过去就会被关进去:迭戈和米凯莱为了避开围捕,躲到了拐角后,却和武装备战的德国兵打了个照面,德国人当时在离他们三米远的路中央拦截行人,搞得好像什么电影开幕一样。

这一连串的感觉和情景就像诵《玫瑰经》时拨不完的念珠一样,不停地在他的脑海里浮现,也好像是为了再次说服自己,这事情只可能是这样发生的,就像之前他和一个一直在黑暗中尿尿的老头被关在墙上写满了德国鸡奸者情话的牢房里,也好像现在,和因为眩晕而伏在地上的男人一起被关在灰泥都已脱落的酒店最高一层楼上,悬在生存与死亡之间。

每天他们当中都会被分拣出一拨人来——不是死就是活。早上的时候,上士和"蛇皮"会上楼来,他们手里捧着一摞证件,如果

---

① 德语,意为"我亲爱的同志汉斯"。

谁被归还证件了，就说明他自由了，可以出去了。还被关在酒店顶楼的人们就从上头看着他们拥抱自己的妻子，踩踏着花园里的草，冒着其他人滂沱大雨般嫉妒的目光，手挽手地离开那里。

但是晚上的时候，会开来一辆铅灰色的小卡车，在酒店前停下，卡车上坐着一圈全副武装的士兵；上士和"蛇皮"会上楼喊其他一些名字；每天晚上他们中的什么人都会挤在那些士兵的头盔间离开酒店。第二天，他们的女人会来到窗下询问他们的消息，还会在一个又一个的指挥部间转来转去，恳求翻译——没有人知道他们被带到哪儿去了。其他女人会说夜间听到了枪声，还说那枪声是从码头疏散区传来的。

对迭戈和米凯莱来说，可能也只有这两个——自由或死亡——要么是他们的文件被认为没问题，那可就真是把整个日耳曼帝国好好地耍了一次，这将会是一个很可以在农舍里拿来跟战友说笑的逸事；要么是那辆开往海边堤道的、将会消失在残垣断瓦间的铅灰色小卡车，是已经告发了他们的"蛇皮"。

当他们被带到酒店前排队等着进去的时候，"蛇皮"就已经检阅过他们了，他在那里是为了看看能不能认出什么以前的战友。他一边走着，一边摩挲着那双应该已经汗湿的手。"蛇皮"是一个瘦弱的小伙子，穿着紧身布质制服，他那由于炎热而流着口水的双唇，吐出一个湿湿的笑容。他长着还只是汗毛的金黄色八字胡，面色苍白，因为感冒鼻孔和眼皮都红通通的。他一想到他那么个弱不禁风的小伙子，却主宰着那些人的命运，就被自己感动得双眼闪闪发光，那些人总是屏住呼吸地听他说每一个词，看他做每一个动作。

对他来说，这些都是令人陶醉的胜利时刻，但也伴随着一种焦躁感；每当他出现在酒店过道里的时候，那些被关起来的人总会团团围住他，要么是跟他问东问西，要么是想嘱咐他些什么，他们会叫他的名字："图利奥，图利奥。"他看着那些围着他的男人，一副低声下气的模样，但他却从他们谦卑的外表下面看到了锋利的仇恨。他曾跟他们中的一个说过："今天你们向我献殷勤，明天说不定就会朝我背后开枪。"

"蛇皮"有时救人，有时杀人——他反复无常、模棱两可。很多人进来以前就认识他了，那时"蛇皮"还跟他们是一伙的，后来当他们发现自己被审问时"蛇皮"也在，就蒙了——他装作不认识他们。其他人本来期望他能念及恩惠或是旧情，却发现他对他们龇着牙，像耍耗子那样耍他们。"蛇皮"有时好像在血路上茫然不知所措，有时又好像被悔恨所折磨。

在检阅他们的时候，"蛇皮"在米凯莱跟前停住了，他说："我们俩在什么地方见过。"米凯莱缩了一下脖子，就好像一滴冰冷的水从他的背上滑落，他神色呆滞地做了个毫不知情的鬼脸。

迭戈坐在走廊里的方砖地上，两手扶着膝盖。米凯莱坐在他身边，望着窗外。米凯莱在等他老婆，他老婆去找卢琪阿诺了，卢琪阿诺是武装党部队的翻译，他为委员会工作，一直在努力把他们弄出来。米凯莱的老婆比他年轻多了，早早就结婚了。她那双灰色的大眼睛好像蒙上了一层乌云，脸上有种很严厉的表情，一头平顺的黑发镶嵌着脸颊，在她那穿着淡紫色短裙的苗条身段上，有种很欢快的东西。看到她，会让人感到惋惜，惋惜生活是那样的，痛苦而令人作呕，惋惜这一切都还悬而未决，还不能让人安宁。迭戈也想找个像她一样的女人，在阳光灿烂且没有不公的国度里漂泊。

他说:"如果我们能逃过这一难,如果一切都结束了,这家酒店又会重新对游客开放,我想回到这里住他一个星期。"米凯莱没吭声。迭戈说:"到时候我会像现在这样躺在地上,就在这里,到时候,我躺在那些高贵的先生中间,他们一定会以为我疯了。"

米凯莱仍望着窗外,没有回头。然后他转过身来,就好像怕忘了似的,很快地说了一句:"迭戈,如果你想要面包的话,我老婆带来了一些。她把面包给了一个士兵,让士兵给我们。"迭戈问:"你老婆来了吗?她说上话了吗?……"

米凯莱没看他的脸,而是望着高处的天花板。"你说说吧,迭戈,对我来说是彻底没戏了。'蛇皮'出卖了我。卢琪阿诺跟我老婆说的。她现在就在下面,正哭着呢。"米凯莱这样说道。在他的话里有种"长久以来担心的事情一旦发生了倒也释然了"的感觉。

米凯莱在走廊里踱了起来,双手插在口袋里,他那双巨大的眼睛上,沉沉地压着努力撑开的眼皮。别人有时会跟他说句话什么的,但他只是呆滞地看着他们,就好像得从漫无边际的远方回来,去靠近别人话中谈到的事物。他可能什么都没在想,就好像是要习惯自己不存在一般。

迭戈远远地跟在米凯莱后面来回踱着,好似担心其他不知情的人会打搅米凯莱那行走着的焦灼——他们谈话中只消提到"活着的人"就能瞬间让他为失去的生命感到绝望。在他们所有人当中,只有迭戈一个人知道那个在走廊里踱来踱去的男人正在走向死亡,死亡离米凯莱只有一两千步了。他那是在守灵:一个死人,在自己的灵堂里走着,他的灵堂就是那条走廊,那里天花板上圆花窗的灰泥都已经脱落，大理石壁炉上方镜面上的指纹也都已经褪色。

迭戈一边守着米凯莱，一边想着他：米凯莱，一个老战友，一个好男人，虽然缺点也不少；不是很勇敢，和党的意见也不是很一致。他们经常争执，因为米凯莱特别好摆架子，还总觉得自己有理，总带着那种无师自通的傲慢。

现在米凯莱在走廊里走着，两手插在大衣口袋里，大大的光头嵌在肩膀上，像牛一样的大眼睛呆呆地望着空处，就好像对他们即将要剥夺他那许多东西感到惊愕不已。他是个很穷的男人，个子也不高，还秃顶，穿着一件旧大衣，胡子已经三天没刮了；但是迭戈却觉得能在他身上，在他那双牛一般的大眼睛里，在他那缓慢而专注的踱步中，看到一种可怕的自然力量，他甚至觉得米凯莱就算在死了以后，也能这么一直踱下去，觉得米凯莱死后第二天就能从窗子外爬进那些德国军官每天寻欢作乐的大厅，而且变得巨大无比，但一直穿着那身旧大衣，手也一直插在口袋里，还是那样的光头，牛一般的眼睛失神地望着远方，并以同样缓慢的步伐，静静地走在沾满香槟酒的桌布上，在他跟前，是挂满亮灯的圣诞树，锃亮的铁十字架，女人裸露的乳房和丰盛好客的臀部，而他就那么置身于德国军官的惊恐和女人的尖叫之中。甚至在战争结束以后，他也还会这么继续踱下去，而那时，如果这个矮而庞大的男人不从窗子外面爬进来并穿过他们的房间，房子里的那些有钱人就不会清净，而他们的家庭也不会幸福；而在决定讲和还是打仗的会议桌上，在所有禁止、剥夺或是撒谎之处，在所有鼓吹假话的场合，在所有敬拜不公神灵的地方，那个夜里在堤道上被杀死男人的影子总会出现。

被囚禁的人中有人说起了被德国人绞死的男人；迭戈看见米

ATTESA DELLA MORTE IN UN ALBERGO

凯莱被吊在港口边的路灯上，眼睛睁得大大的，双手仍揣在衣服口袋里。迭戈觉得，杀死米凯莱的是所有人，他们所有人，他们这一错，错得无边无际，会把生命中的所有乐趣都剥夺掉，还要用好几百年的时间来赎罪。

在米凯莱消失的地方，有着一圈圈的水纹，水纹上只浮着他那件空荡荡的大衣，大衣的袖子是伸开的，就像十字架一般。港口正中的红色浮标在海浪间漂来漂去，为被害的战友敲着丧钟。缆绳一头拴住浮标，另一头在水下给打了个活结，活结圈住了米凯莱的脑袋。但是米凯莱的脑袋浮了出来，脑袋上盖满了绿色的海带，双眼大睁着，并喊了一声。穿着猎人装的老父亲依旧会起夜，小起便来还会呻吟，他庞大的身躯压在他们所有人的身上。他的小便像河水一样溢出来，所有人，不管是坏人还是好人，都被淹没其中。老头身上的器官，因为造出了所有的人而疲惫不堪，把整个宇宙都淹掉了。只有"蛇皮",在地球上逃跑,寻找出路,他搓着那双沁着汗的手,手上沾满了酒店坐浴盆里的污水。但是每一口棺材里都占着一个被他害死的人;死去的人流从各个方向拥来,围着他,把他冲进一个旋涡里。

那天晚上小卡车迟迟没有来,所有人都欣慰地说卡车不会来了。米凯莱在黄昏的窗前望着,等待着。但是却来了四辆旅游大轿车,都是德国兵开来的。被关着的人们躁动起来,一时间人群中翻滚着各种疑问、各式假设。很快,上士就上来了,他拿着名单,一个个地喊名字。米凯莱和迭戈连同其他人一起都被喊到了,当然他们留的是假名;上士甚至读错了米凯莱的假名,就好像这一切都不重要。

囚犯被分成四队,然后被一个个地弄进了大轿车。迭戈和米凯莱靠得很近,还和那群几乎是嫉妒他们所遭遇不公的人坐在一起。在他们焦躁的言语中,不知从哪儿冒出来一个名字,并很快传了开来:"马拉希①,马拉希。他们要把我们带到马拉希。"但仅仅是那个名字几乎就已经使米凯莱和迭戈放下心来,那意味着他们离开了近在咫尺的死亡威胁,离开了阴晴不定的"蛇皮",离开了那些明显布满埋伏的地方。

迭戈感受到自己手指下米凯莱粗糙的大衣,还有他们动脉中重新获得的血流。他对米凯莱说:"我早跟你说了,卢琪阿诺就爱胡说八道,对吧?我跟你说了没?"米凯莱就重复道:"好一个胡说八道的家伙!"此时他的笑也已经更自然了,就好像领会到什么玩笑一样。

---

① 马拉希是热那亚的一个区。

于是这两个战友明白了,从今以后,不管他们的命运会是怎样,不管是要直面鲜血,还是会呼天喊地,再或是什么筋疲力尽的时刻,他们都会感到那种血淋淋的快意,那是一种知道自己还活着的快意,也是一种能像分享面包一样分担痛苦的快意。这是生命中一种粗糙的味道,这味道从今以后将会一直陪伴着他们,不管是在马拉希回荡着号叫的隧道里,还是在北方荒芜凄凉的营棚里,这味道会一直陪到他们回归。

营房里的焦虑

对他来说，恶是以这种方式出现的：先是看到梯子上缠着有刺铁丝网的拒马，然后是想到这一情景包含了某种会威胁和影射他未来的意义。但是早在这之前，而且不是一次两次了，仅仅是看到自己那张行军床就足够折磨他的了，他那张让人讨厌的、"骨瘦如柴"的吊床，就好像要宣布什么，什么他不明白的东西，一种绝望的信息，一种无能为力的信息。四张五张六张行军床，然后是他的，然后又是两张三张四张行军床。都是些毫无意义的想法，他自己也知道。

但是，一张两张三张床，也许是一月二月三月六月和七月，七月的时候他经历了什么？那边那张行军床是空的，为什么？八月九月十月十一月。十一月的时候，某些事情会结束——战争，还是生命？

然后需要注意的是，前五张床的主人是那些老家伙和那些带着通告来报到的士兵，他们中的有些人九月八日①还在当兵呢，现

---

① 1943年9月8日那天，意大利与盟国共同签订停战协议。

在又赶上轮班看守，扛着武器到处巡逻；在其他床上，就都是一些逃兵了，是被围捕来的，跟他一样，打扫打扫卫生，运运垃圾什么的。然后就是那张神秘的床，总是折叠起来的，空着的，是八月，还是四月？那里肯定藏着什么值得期待或是叫人担心的东西，太平，或是死亡，但更是什么秘密的、充满敌意的东西，这是他搞不懂的。

或者，从另一头来看，比如战争的年份：四〇年四一年四二年四三年四四年，为什么四四年那张床是空的？而他是四五年——这一切都意味着什么？

他躺在折叠起来的床①上，背倚着铁制的床沿，双脚架在拴住床的链子上。现在他其实是可以安下心来的，可以这样想：自己没有理由这么焦虑，只需要耐心地等待他父母那事儿解决掉，等待他父亲被放掉，然后逃跑，回到队里，而就目前来说，只需要获得病假，或是免役许可，总之找到合法的方式来"跟这里脱离干系"，要把眼睛睁得大大的，这样就不至于跟被围捕来的伙伴们一起被发配到"楼上"去了，然后还需要随时做好逃跑的准备，因为只要有一丝调到北边或是南边的迹象，他就可以想去哪儿就去哪儿了。

只需要这样就够了。而且送垃圾的小推车长着一副东倒西歪的友善模样，教育他们对什么事都付之一笑，尽管实施起来还是挺困难的，因为之后一切问题都会解决的。打住，从头再来——符号之恶，癫狂之路。

这种恶，仔细想想的话，是从他待在监狱里的时候开始的，就

---

① 是沿着床的"长端"（而不是"宽端"）折叠的。

是被捕的那天晚上：外面，是大海的声音，好像飞机的轰鸣，他们对轰炸既期待又害怕，因为那既可能解放他们，也可能埋葬他们。但是那海是杂乱的，是没有节奏的，却无法排泄出去；生命，也是一种盲目而无序的东西。从那时起，各种事物，或是人，都不再是他们自己，而是成了某种符号。

监狱里的牢房，苍白的办公室，德国军官和法西斯军官神经质的脸庞，奢华铺张的酒店，酒店里密密麻麻、神色惊慌的人质，营房里那充满焦躁感的几何形楼梯，空无一人的走廊和房间，神情迟钝而脸色苍白的住户——所有这些，都像一针针的毛线，织成了一张绝望的网，裹紧了整个世界。

现在大窗户的玻璃都是些用深蓝色画出的正方形，但是第二排第三扇窗户的玻璃没了，而同一排的倒数第二扇窗户上有一道很粗的裂缝；这种感觉是很痛苦、很可怕的。有只苍蝇从一块玻璃飞到另一块玻璃上，要经受住那只苍蝇的引诱几乎是不可能的，同样不可能的是控制住问自己它会在哪里停下来。他总是跟自己搞这种小把戏。战争的结束和死亡，这两个究竟哪一个会先到来？

营房里的男人个个懦弱胆小、无知麻木，他们脸上鼻子塌着，为了羞辱自己而不得不用粗俗的言语对待一切，正因大家都如此，反而变得团结起来。他们总是在谈报酬，或者是聊以前在"社会共和国时期①"的美好生活，说是比现在任何可能存在的生活都要好，还谈到营房生活，特别是那种寄存连队的生活比在其他任何部队都好。他们不断夸大这种对报酬以及对连

---

① 意大利社会共和国，亦称"萨罗共和国"，是第二次世界大战末期墨索里尼在希特勒的扶植下，在意大利北部建立的法西斯主义傀儡政权，成立于1943年9月23日，灭亡于1945年4月25日。

队生活的热爱,以至于都快说服自己,在那里生活于他们而言是不可或缺的。

被围捕来的小伙子挤在他们中间,感到这一大股懦弱的气息充斥在自己周围,并和自己身上某根神秘的血脉相连,而院子里沾满了灰尘的攀缘植物,把屋子的外墙占得越来越满,现在也爬到他身上来了,就好像是某种团结情愫钻到他和他们之间,把他钉在那些墙上,钉在那些床上。

楼上住着被围捕来的战友,也就是"无意识"的那些人。他们的膳食要好一些,报酬也多一些,还常有休假。他们一天中任何时候都有可能回来,在楼道里吵得不行;从楼下这里都能常常听到他们唱歌或是放唱片。从他们的每一句话和每一个举动中,都散发出"无意识"的气息,那是一种故意的"无意识",是要使劲去维持的,是被迫成为一种生活准则的,也是为了不去想他们正在做的事情。他们常常一早就出门,一副忠心耿耿的模样,他们中间有人还配着冲锋枪;他们晚上或是第二天才回来;他们从来不战斗,也不会遇到"造反派";他们只是搜刮搜刮鸡舍,或是诱捕来极少几个逃兵,好让楼下同志的队伍更壮大些。

在这个寄存连队中,就连老家伙们都恨楼上那些人;楼下这些成天盘算利益或是讨论危险的人带着仇恨来观望楼上那些人的浅薄;楼下人对楼上人的嫉妒把楼上人的那些优势渲染成某种不祥的预感。于是他们就在宿舍里讨论起山里的那些人和英国人来,讨论谁先到,还说如果是山里的那些人先到,也许他们所有这些士兵都会被杀死,但是他们又没干什么坏事,所以是不公平的;但是如果是英国人先到,就会对他们比对造反派要更好些,还会让他们跟英国人一起作战,然后把造反派关进大牢。

最后来的是乌鸦 Italo Calvino

于是，等到战争结束以后，他们中间很多人要么是回到西西里，要么是回到卡拉布里亚，要么是回到普利亚，总之是回到他们要么是离开了二十个月、要么是离开了十五个月的家里，远得就像是在一条极长的、黑黢黢隧道的那一头——在这条隧道里，一只鼹鼠一小步一小步地爬着，它挖着挖着，就能挖到隧道的另一头，让他们跟他们的亲人重逢了，就跟战争一样。往往谈到这里，他们就开始猜测战争什么时候会结束，大家一致认为战争还要持续好几年；脸色蜡黄的赶骡人跳出来说，战争永远不会结束，但世界末日在战争结束之前就会来到，然后他还胡乱编了个故事，在故事里，耶稣和诺亚的鸽子时不时会从他那令人费解的喊叫中冒出来。

那些老家伙大部分是由南方佬组成的，他们因为常年服役变得麻木而狡猾，他们带着一种谨慎的宿命论，习惯了在非洲和俄国之间辗转奔命。那些北方人家在他们中间也学会使用他们的说法，并用一种使人恼怒的单调重复出来。被围捕来的小伙子听着他们对话，却听不懂他们在讨论什么，很是生气。"我要是再跟他们待上一阵，"他想，"我就能明白他们在嚷嚷什么了，我也会习惯用南方话说'屌①，中尉先生'，还有'去你老姐②的逼③'。"单是这个想法就足够让他打战了，也足够让他从床上站起来，去仓库和走廊里走走压压惊。

但是那些排成队、垒成堆的头盔是愚蠢的，也是没什么用的，就跟长着一张黄脸的赶骡人一样。

---

① 西西里方言。
② 那不勒斯方言。
③ 西西里方言。

士兵们最喜欢的话题就是九月八日那天他们拿走的东西，他们是怎么把那些东西顺走的，是怎么从那些军官和德国人手上把那些东西挽救出来的，还有他们把那些东西卖掉以后赚到的钱。长着黄脸的赶骡人九月八日那天连一床被子都没拿走，于是一句话也没搭，感到很羞耻，而一个以前做招待的圣雷莫人，则大谈特谈自己是如何把十个英镑的金币藏在内裤里从法国逃出去的。但是一谈到那些军官居然能把整个团的经费都弄没了的时候，羡慕很快就转成了仇恨，因为军官没有把钱跟他们士兵们分了。"下一个'九月八日'的时候，"每个人都这么说，"我们要盯紧点儿。"他们还凭空计划着第二个九月八日的时候他们能带走什么，幻想着他们能搞到的上百万里拉。

这就是他们的生活：接连好几年都会这么灰秃秃的，就像行军中的队伍，偶尔碰到一个"九月八日"，马上就溃不成军，都得争先恐后地抢点儿什么，把包里塞满公家东西然后逃之夭夭，最后又归到队里来，等待下一个"九月八日"，再重复一遍这个把戏。被围捕来的小伙子躺在折叠起来的床上，躺得一点儿也不舒服，而那些士兵的话像灰尘一样落在他身上，仿佛天花板上的蜘蛛网。

他的记忆正跑向其他的人，跑向其他的话题，那是一群围坐在篝火旁的男人，他们的鞋底是用铁丝绑住的，裤子上的口子是用铁丝缝合的，拉拉碴碴的胡子好像也是铁丝做的，他们的手中攥着铁家伙：那是些扛着斯登冲锋枪的男人，举着冲锋枪的男人，带着 machine[①] 的男人。那些人中某人的名字偶尔会出现在这里这些

---

① 英语，意为"机器，（武装）器械"。

士兵的话中，伴着某种神秘的语气，既像是对神话的向往，也像是出于畏惧之心——那些名字只有对他而言才有自己的脸和自己的声音。他有时真想对着那些士兵苍白的脸庞大叫上一番："是，我认识'大个子'！也认识比尔！还有明哥！'蚊子'我也熟！他们所有人我都认识！十五天以前，我跟明哥还坐在篝火旁，你们做梦都想的明哥！我和斯托高夫可是合抽一支烟的，他曾经下到这边的城里来，把所有被关着的人全部放出去了，让你们怕了一整个月！我还和警官大人一起吃过炸糕呢，他手枪枪膛里的膛线都没了，就是因为要朝你们开枪！在巴亚尔多之战中，是我给'暴风雪'他们送的军需品！我是他们当中的一员！"

这正是他想喊出的话。我是他们中的一员。但是问题来了，他如果是他们中的一员，怎么又会跟他们挤在一起？他这么激动着，记忆又疯狂地重现了某些情景和感觉，以唤醒他身上某种沉睡着的东西，迫使他从麻木中走出来。

还记得那行车道上一排德国兵小心翼翼地爬着坡子，而每一丛灌木后面都藏着埋伏者的双眼，步枪的枪托顶着他们的心跳，他们等待着。然后，就听见枪声噼里啪啦地响起来，一团金色的烟雾从路面上升起，从德国人身上升起，接着就看见德国人被击倒，扑向路边，队长们用嘶哑的声音喊出的命令和用德语说出的谩骂、威尼托和伦巴第狙击兵的喊叫声、枪的扫射声、步枪开火的噼啪声、手雷的爆炸声搅和在一起，衣衫褴褛的游击队员拥到路上，冲向血淋淋的卡车去抢战利品。

还有趁夜里站岗的时候，溜进奶制品厂，从快熄灭的火炭中点燃一支烟，拨拨火苗取取暖，而战友们还在草席上打着呼，在睡梦中挠着痒。然后，在外面等一颗流星、许一个愿，而且总是一样的愿望，同时，远方前线上的大炮原地不动，无情地隆隆响着。

晚上的时候，当营房里亮灯的时候，只有值勤的人留在冷冷的宿舍里，被围捕来的小伙子想着每天晚上从山上升起来那冷冷的雾气，想着光脚的法西斯囚犯，他们的唇齿间露出一种因为恐惧而产生的微笑，他们希望自己有点儿用，他们会洗土豆，去取水，打柴——来和我们一起去打柴吧，来到森林里吧，来到雾里吧，冲到雾里的最前方去吧，因为浓雾会减弱枪声。

他们是不一样的人，谈的也都是山里的事情，他们走很多的路，什么也不吃，他们还会开枪，但他们这么做不是被逼的，也不是为了钱，更不是为了找乐子，他们现在变得凶恶正是因为他们之前太善良了。他们晚上这会儿，会围着烤栗子的篝火唱歌，唱那些他们在监狱中学会的歌，严肃得就好像在教堂里唱赞美诗。而那些上了年纪的人会谈西班牙内战，谈罢工时士兵的枪击，谈秘密的生活和监狱中的生活，其他的男人会谈自己如何苦于现行法律并想改变这法律，不像被绳索拴住的狗那样，不像他现在这样。

而当他的回忆再次饮尝这些隐约浮现的过往时，是带着害怕的，就好像是害怕这些记忆被别人看到，被那些军官看到后，会出卖他，会指控他就是"造反派"。营房，这个代表着不公的巨大建筑物，连同它的石阶，它脱落斑驳的门，它苍白的办公室，它楼里的拒马，如今却变成了法律，在步步紧逼着他，就好像要审判他记忆中那些冒失的冲动。

其他被围捕来的人变得越来越麻木，也越来越阴郁，全然一副接受一切、无所谓的样子，每一个人在被审讯的时候，都会为自己的逃兵身份找一个借口，多少都能扯上一点儿合法的理由：什么

"托特组织"①的证已经过期了，什么空军没被通知到，什么胸膜炎发作了要休养。他只身一人，就像赤身裸体一样，处于那种不受制于任何法规的原始状态中，他感到周围有一种被各种合法理由袒护的温暖，那些男人靠它取暖，再无奢求。

营房把他拴在几何形的走廊里、台阶上、露台上；就连他不久以后也会这样想：只要政府还付他们钱，还是跟政府站在一边比较好，也好少给家里惹麻烦，在意大利社会共和国时期的日子比在意大利王国②时期过得更好，因为在军官面前不需要总是摆着"立正"的姿势，饭可以在食堂里吃，可以把营房的被子卖掉，也不需要还债；不要多久，当长着黄脸的赶骡人开玩笑时，就连他也会对戴眼镜中尉的黄段子报以一笑。

游击队员在他的回忆中慢慢地蒸发掉了，就像神话或是人类的远古记忆一般；创造了新法律的游击队员就好像一个个的巨人，对他来说遥不可及，宛如夜里营房大窗户的碎玻璃上显现的远方的大山。那堵墙隔开了营房和沦为土地的战场，就像是两类灵魂的分界线。上校为了防止造反派突袭而让人竖起来的栅栏，就像一道铁墙立在他的心里。

接下来的几天都人心惶惶的，因为有传言说要转移，说有人在连部办公室看见什么名单，还说被围捕来的人有可能会被送到蒙

---

① 纳粹德国半军事性政府机构。于1938年设立，以弗里兹·托特为首领，负责纳粹德国战争机器的劳动力和各项工程建设的运作。
② 意大利王国是于1861年意大利统一后建立的国家。在墨索里尼的意大利国家法西斯掌权的1922年至1943年这段时间里，意大利王国也通常被历史学家称作"法西斯意大利"。

扎、特雷维索或是博尔扎诺。①他感到自己被紧紧包围着,感到那一天的迫近,那一天,他的自卫本能会强迫他从那种麻木中脱离,会向他指出逃跑的最有利时机。

他被动地等待着,每过一天就越觉得自己像是宿舍地板上的一截烟头,被扫帚扫来扫去。而营房里的东西就像待摘的春白菊花瓣②一样,想要揭示什么秘密,也好像什么可以预示自己未来的神秘星座,台阶上的拒马在他心里,一个个东西和一张张脸在他眼前前仆后继地涌现,就像一个故事的章节,这故事会在什么时候和什么地方结束,都还无从知晓。

之后几天气氛很紧张,因为要转移的消息好像迫在眉睫了,第一份名单上的名字也传了出来,他的名字不在上头。因为还有一份名单,那上面的人差不多十五天以后才会出发,而他在这份名单上。这样一来,不用从焦虑中醒来的那一天又要往后推了,自己又有时间去寄望于"大前进"了,因为这个"大前进"随时都有可能把他们所有人解放掉;或者寄希望于"大轰炸",因为这个"大轰炸"会把营房里除他以外所有的住户都炸死;也可以寄希望于他的腿,这样他就可以因为腿碰巧断了而被弄到医院里住着,一直住到战争结束;最后也可以寄希望于他父亲,也许他父亲能被放出来,能使自己和他所有的亲人都免遭报复……

第一梯队出发的那天早上,点名时缺了三四个小伙子,那几个小伙子平时文文静静、逆来顺受的,没有人会想到他们会逃跑。剩下的人垂着脑袋,坐在宿舍里,等着卡车的到来。他们的眼里噙着

---

① 分别为意大利北部伦巴第大区、威尼托大区和上阿迪杰大区的城市。
② 类似于"点兵点将"的游戏,把菊花的花瓣一瓣一瓣地摘下来,同时嘴里交替念叨着两种可能,看最后一瓣花瓣落在哪种可能上。

泪，声音带着哭腔，他们被几个持有武器的老家伙监视着，这些老家伙后面还会押送他们离开。被围捕来的小伙子在他们中间走来走去，被拿掉铺盖的行军床散发着让人焦虑的气息。

戴眼镜的中尉就是在这个时候进来的，他长着胖乎乎的脸和塌塌的鼻子，他对被围捕来的小伙子做了一个"过来一下"的动作，肯定是想打发小伙子去扫台阶。他说："快，快点，收拾一下你的东西，你也跟他们一起出发，指挥部来命令了。"

他先是感到一层血蒙住了他的双眼，然后一切都可怕地清晰起来，就如同置身于一个满是镜子的世界：中尉，中尉说的话，他徒劳的反抗，顺从的战友，苍白的房间，他那双收拾衣物、把衣物塞进包里的战战兢兢的手，他的故事，他的软弱，他命运的悲哀，每个东西都是它该是的模样——仅仅是那个模样，无情地是那个模样。

这些符号的恶在他坐进卡车以后又出现了，但症状并没有减轻。卡车就是世界和生命，和不同的人坐在一起，他们相互之间都很无情，有点小钱的人谈论着战争结束以后他们会做的事情，还说会买汽车，而且以后再也不坐卡车旅行了，戴眼镜的中尉笑着说："除非现在会突然天下太平！"他那南方佬无知的口音里流露出一种害怕的语气。

奥奈利亚[①]的胖小伙每到一站都要四周张望一下，察觉有无逃跑的可能，这个小伙子是他身上的一部分，是他仍在慎重保持警醒的内心。一个威尼托老兵（那个无赖叫切凯帝）总是待在他身后，肩上也总是搭着把步枪，这个老兵也是他身上的一部分，主宰着他

[①] 奥奈利亚是鹰派利亚城的一个自治政府，鹰派利亚是北方利古里亚大区的一个城市。

ANGOSCIA IN CASERMA

的懦弱。其他那些患难的战友，满身的妥协和痛苦，则显示了他软弱的程度。而在所有这些人中间，站着那个四眼中尉科罗纳第，就连他的名字都像他的人那样幸福而愚蠢①，他又胖又没意识，就像披着人皮的禽兽，不时用他的南方土话和司机开玩笑。

　　后来，卡车因为故障而滴滴响个不停，就好像要警告什么似的。最后的一个信号是他们停车吃早餐的那个小旅馆，旅馆墙上简洁地印着英文字，一副手术室里那种氯仿麻醉的气氛，就好像众灵魂等着最后审判的地狱边境。

　　当他们被领着走去附近的村庄时，因为卡车迟迟没有修好，他们就稍稍散开一些去店铺里买吃的东西，这场噩梦终于在一瞬间结束了：那条通向田地的路仅仅是条通向田地的路，那个向后

---

① 他名字的意思是"被加冕的"。

最后来的是乌鸦　Italo Calvino

转身等着其他人的威尼托人也就简简单单地是那个向后转身的威尼托人，被他问"我们逃不？"并回答他"好呀"的那个奥奈利亚胖小伙就是那个奥奈利亚胖小伙，他们脚步下奔跑的土地也就是他们脚步下奔跑的土地，把他们从别人视线中挡开的墙角也只是一个墙角，而那条通向山顶的路也就是一条通向山顶的、美好、灿烂且焦虑的路。

等他们已经在上山小径上快速奔走的时候，他跟另一个人说的第一句话就是："现在我可以告诉你了，我是一个游击队员。""我也是的。"另一个回答。"你是哪个队的？你是什么代号？"他们互相交换了营里的代号，各自待过的队，认识的战友，参加过的行动。

他现在正和另一个人在山上走着，他的军大衣大敞着，他很高兴，尽管那些人会随时把他再抓起来，并一枪干掉他，他还是很高兴——对他来说，那个灰色的营房再也不存在了，湮没在他意识的深处。草丛，阳光，还有敞着大衣在草丛间和阳光下行走的他们，就是一个庞大的、空气流通的新符号，就是那个人们虽然不明白，但常挂在嘴边的"自由"。

路上的恐慌

九点一刻,他和月亮一起来到科拉布拉卡,九点二十,他已经到了有着两棵树的岔口,九点半就能走到山泉那儿了。在十点之前能赶到圣法乌斯蒂诺,十点半就可以到佩拉罗[①],半夜十二点能到克雷伯[②],那么一点钟就可以到卡斯塔尼亚[③] 的"复仇"[④] 那里了:以正常步伐要走上十个小时的路,对他"千斤顶"来说,最多六小时就能走完,他是第一营的通信员,全旅最快的通信员。

"千斤顶"走得很猛,几乎是拼着命地抄近路下山,从没有在一个拐弯口出过错,尽管所有的拐弯口都长一个样。他能在黑暗中认出石头、荆棘,如果被山石拦住去路他就直接爬上去,而那平稳的胸膛甚至都不会改变呼吸的节奏,腿部的力道就像是被活塞推出去

---

① 位于利古里亚大区。
② 同上。
③ 同上。
④ 这个名字与下文中的"皮子""马刀""蛇""游击战"都是游击队各个营队长官的绰号。

的一样。"加油,'千斤顶'!"在远处的战友一看到他正向他们的营地这边攀缘过来,就这么对他喊道。他们企图在他的脸上读出他带来的消息和命令是好还是坏;但是"千斤顶"的脸就像一把握紧的拳头,他长着那种山里人的窄脸,嘴唇边上全是毛,他身材矮小,骨骼粗大,更像个男孩而不是小伙子,一身肌肉硬得跟石头似的。

他的这个工作是个艰苦而孤单的活儿,随时都会被叫醒,甚至会被派到"蛇""皮子"那里。他得在夜晚山谷的黑暗中前行,与肩上那把轻得如同木制小步枪的法国武器为伴,他得先到达一个支队,然后重新出发至另一个支队,或是带上一个答复,再次回到这里,得叫醒厨师,并在冰凉的军用大锅里找吃的,然后还要带着仍卡在喉咙里的一盒栗子重新启程。但他也是天生做这个的,因为他认识所有的小路,从来不会在森林里迷路,他在孩童时总去那里赶羊、打柴、刈草,在那些石头间跑上跑下的时候,他不会崴到脚,脚也不会脱皮,不像那些从城里或是海边来的游击队员。

树干都已经空了的栗树,石头上的天蓝色苔藓,堆着木柴的空地,都是迷茫而单调的舞台侧幕,生根在他最遥远的记忆里,而记忆正在渐渐复苏:一头逃跑的羊,一只被赶出洞穴的貂,一个姑娘身上被掀起的衬裙。而在这些记忆之上,又添加了新的记忆,也就是在他的这些地方所经受战争的记忆,是他故事的延续:变成了战争的游戏,任务,打猎,罗瑞多桥上开了枪的味道,在坡地上荆棘丛中的营救,孕育着死亡的埋雷草坪。

战争在那些山谷里绕着圈子进行着,就像一条想咬自己尾巴的狗;游击队员、狙击兵与法西斯民兵紧挨在一起;他们中间如果有人爬到山顶上去,其他人就下到山谷里,如果又有谁留在山谷里,其他人就上山顶。他们总是在山顶上兜着大圈子,为的是不落在对方的手中，不被别人的枪弹打中，不过总是会有些人死掉，不是在山顶上，就是在山谷里。"千斤顶"的家乡在下面的田地里，圣法乌斯蒂诺，其实就是三拨房子，这边一拨，那边一拨的，都在下面的山谷里，在扫荡的日子里，莱吉娜家的窗户前会展着床单。"千斤顶"的家乡是在下山和上山之间的一段短暂间歇，是小呷一口的奶水，是他母亲为他准备的一件干净毛衣；然后他得速速离开，那些人搞不好就会突然从四面八方冒出来，在圣法乌斯蒂诺死去的游击队员已经够多了。

冬季是一场相互追赶、相互躲藏的游戏；狙击兵在巴亚尔多[①]，法西斯民兵在莫里尼，德国人在布里格[②]。在这些人中间的，是挤在山谷间两道拐弯处的游击队员，他们在夜间从一个弯道转移到另一个弯道，穿过纷争地，避免了一次次的扫荡。正是那天夜里，一支德国队伍从布里格赶来，也许已经到卡尔莫[③]了，法西斯民兵已经准备好从莫里尼上山前来支援，分遣队员围在半灭的火炭边，藏在农舍的秸秆堆里睡觉。"千斤顶"载着那个命令，在森林的黑暗中前行，他的双腿托付着他们的希望："迅速从山谷中撤离，黄昏前，整支营队都要带上重武器到达朝圣者山的山顶。"

那焦虑是"千斤顶"肺里轻盈扇翅的蝙蝠，是在没有风景的黑暗中，想用手去抓住远在两千米以外的山脊，爬到那上面去，是想像草间的一丝微风那样，把命令给吹过去，并感到它穿过了鼻孔前的胡须，流到"复仇"那里，流到"蛇"那里，流到"游击战"那里。然后是他想在栗树树叶中挖出的洞，他想和莱吉娜一起陷入其

[①] 在利古里亚大区因佩里亚省的一个市镇。
[②] 瑞士南部的一个城镇。
[③] 利古里亚阿尔卑斯山脉上的一座山。

中,不过先要拨开那些可能会扎到莱吉娜的栗子壳,但是在树叶中挖得越深,栗子壳就越多,在那里是不可能给莱吉娜腾出地方来的,莱吉娜的皮肤那么光滑敏感。

干树叶和栗子壳在"千斤顶"的脚下窸窣作响,几乎是潺潺地流过;长着发亮圆眼的睡鼠,跑着回到树顶的洞中。"加油,'千斤顶'!""大胆"长官把命令交给他时这么对他说。睡意从夜的深处升起,使他眼皮里生出了绒毛;"千斤顶"倒是想走丢了去路,迷失在干树叶的海洋中,在那里游弋沉浮,直至没入其中。"加油,'千斤顶'!"

"千斤顶"现在正走在图梅纳高坡上,那里仍结着冰,一条窄窄的小径被踩得全是脚印,"千斤顶"就顺着那条路走着。图梅纳是那一带最辽阔的山谷,有着相隔甚远和极高的山坡;对面的山坡在黑暗中变得模糊,而他正在走的这一侧山坡,也消失在荒坡上的荆棘中,白天的时候,这丛间会飞起大群的山鹑。"千斤顶"感觉,在图梅纳的山脚下,看到了远远的一粒光,走在他前面。那光不时地走出"之"字形,就好像在转弯,然后又消失了,然后又在一个意想不到的方向重新出现。那么晚了会是谁?有时,"千斤顶"感到那光非常地远,就像在另一边的山坡上,有时那光又静止不动,有时还会落在他身后。有可能是许多不同的光,在图梅纳山脚下的各条小路上行进,有的也许就在他身后或是前面,在图梅纳的山顶上,忽闪忽灭。是德国人!

一头被童心深处唤醒的野兽,正踩着"千斤顶"的脚印跑着,追着他,很快就会赶上他——是恐慌。那些光是德国人的,他们正在图梅纳山上巡查,一支支的营队,在一丛丛的荆棘地里搜查。这是不可能的,"千斤顶"知道,尽管他感到,如果自己相信并沉湎于那头孩童式野兽的幻想中倒也是一件蛮愉快的事。他吞下时间在喉咙里敲出的锣鼓声。要赶在德国人前赶到,把战友们救出来,可能已经来不及了。"千斤顶"仿佛已经能看见,在"栗子树"那里"复仇"的农舍被烧焦了,战友们的躯体鲜血直流,他们的脑袋被长发挂在落叶松的树枝上。"加油,'千斤顶'!"

他对自己身处的地方感到讶异,感觉自己没走多少路却花掉很多时间,也许是不知不觉地放慢了速度,也许是停住了脚步。然而,他的步伐并没有改变——他很清楚自己的步伐一直都是匀速而坚定的,而他也没有必要去相信那头在自己执行夜间任务时来探访他的野兽,那头用它蘸着口水的无形手指弄湿了他双鬓的野兽。他,"千斤顶",是个无懈可击的小伙子,在任何变故中,都能镇定自若;他完整地保持着果断的行动力,尽管如此,他还是携带着那头野兽,现在它就像只猴子,挂在他的脖子上。

科拉布拉卡的草地在月光中又软又湿。"地雷!""千斤顶"想。那上头是没有地雷的,"千斤顶"知道,地雷埋在很远的地方,在切波山的另一面山坡上。但是"千斤顶"现在想,地雷会在地底下移动,从大山的一侧走到另一侧,追随着他的步伐,好像巨大的地下蜘蛛。地雷上面的土地长出奇特的蘑菇,踩上去可就糟糕了——一切都会在瞬间爆炸,但是秒钟会变得长过一个世纪,世界也会像中了魔一样停滞下来。

现在,"千斤顶"正穿过森林下山。困意和黑暗给树干和荆棘蒙上阴郁的面具。周围全是德国人,这是真的。当他经过月亮下的科拉布拉卡草地时,他们一定看到他了,他们正跟着他,在山口处等他。一只猫头鹰在不远处叫着,这是德国人之间商量好的口哨,他们正把他团团围住,这不,现在这一声口哨就是回应刚才那一声的,他被包围了!一头野兽在一簇石楠底部挪动了一下:也许是只兔子,也许是只狐狸,也许是一个躺在灌木丛间的德国人,正向他瞄准。每一丛荆棘里都躲着一个德国人,每一棵树的树顶上也都栖息着一个德国人,和睡鼠一起。石子堆里丛生出了头盔,树枝间升起了步枪,树木的根处现出了人类的脚。现在"千斤顶"沿着一条埋伏着德国人的双排篱笆前行,他们正睁着似树叶一般光亮的眼睛盯着他,他越往前走,就越深入他们中间。在第三声、第四声、第六声猫头鹰的鸣叫响起时,所有的德国人就会从他周围蹦出来,举着武器对准他,他的胸部将被一带霰弹穿过。

他们中间有一个绰号叫作"龚德"的,在头盔下露出可怖的白色笑容,就要向他伸来巨大的双手,要抓住他。"千斤顶"不敢回头,因为不想看见自己背后高高的"龚德"突然冒出来,挎着冲锋枪对着他,双手举在空中。或者,也许"龚德"会从小路上迎面而来,用一根手指指着他,再或者,当有小石子滚动的时候,他会感到"龚德"就在他身旁,和他一起在寂静中走着。

忽然他感到走错了路——尽管他认识这条路,这石头、树木,还有苔藓。但它们是远方另一条路上的石头、树木和苔藓,是成千上万个不同而遥远地方的石头、树木和苔藓。在那段石头台阶后,应该是一处悬崖,而不应该是一簇荆棘;过了那段山脊后,应该是一丛鹰爪豆,而不是一片枸骨叶冬青树;小溪应当是干涸的,而不应当有水流和青蛙。这是另一个山谷里的青蛙,是德国人身边的青蛙,埋伏好的德国人在道路的拐弯处设了一个圈套,会让他一下子落到他们手中,还会让他去面对那个被唤作"龚德"的高大德国人,"龚德"躲在所有人心底里,身上挂满了头盔和子弹袋,武器口对准了他,他那双巨大的手在我们头上张开,却怎么也抓不住我们。

PAURA SUL SENTIERO

为了赶走"龚德",需要去想莱吉娜,想着和莱吉娜一起,在雪中挖出一个洞,但是雪很硬,而且结了冰,不能让莱吉娜躺在那里,她穿着一件薄如皮肤的衬裙;也不能躺在松树下,一层层的松针没完没了,把松针拨开后见到的土地却是一个蚂蚁窝。"龚德"就在我们上方,他把手压下来,压在我们的头上,压在我们的喉咙上,压在我们的胸前,并继续往下压,我们叫了起来。需要去想莱吉娜,这个姑娘在我们所有人的心中,正是为此,我们所有人才会想在森林的尽头挖一个洞。

但是,在"千斤顶"和"龚德"间的追赶就快结束了,距离"复仇"的营地只剩下十五、二十分钟的路了。"千斤顶"一边跑着,一边胡思乱想着,可他的步伐依旧起落规律,这样可以避免喘不过气。到了战友那里以后,恐惧就会消失殆尽,会被从记忆的深处抹去,会被认为是不可思议的。要想着去唤醒"复仇"和"马刀",还有长官,要跟他们解释"大胆"的指令,然后还要再次启程去吉尔伯特①,去"蛇"那里。

但是,他还能到达农舍吗?那农舍不会是被拴在了一根线上,当他越来越靠近时,那线却把农舍拉得越来越远吧?等他到的时候,不会听到篝火旁德国人的"奥什-奥什"②、不会看见他们在吃剩下来的栗子吧?"千斤顶"已经在想象,当他到达农舍的时候,那里已经给烧得半光,没有人了。他进去以后,会发现那里是空的。但是在一个角落里,"龚德"正盘腿坐在那里,高大得出奇,头盔一直顶到屋顶,他滚圆的眼睛闪闪发光,就像是睡鼠的眼睛,

---

① 利古里亚大区的一座山。
② "奥什"为意大利人学德国人说话的语音。

他厚厚的嘴唇间露出像牙齿一样洁白的微笑。"龚德"跟他做了个手势:"你坐下。"而"千斤顶"就会坐下来。

好了,一百米以外的地方有粒光——是他们!他们是谁啊?他想掉头走,想逃跑,就好像所有的危险都在那下面,在皮亚诺卡斯塔尼亚①的农舍里。但他仍步履轻快地走着,他的脸就像一个握紧的硬邦邦的拳头。那粒光有的时候好像是在过于迅速地靠近(是在迎他而来吗?),有的时候又好像正在远去(是在逃走吗?),但它其实是静止不动的,是营地中还未熄灭的篝火,"千斤顶"是知道的。

"谁在那里!""千斤顶"并没有被吓一跳。"'千斤顶'。"他说。"哨兵。我是'猫头鹰'。有什么消息吗,'千斤顶'?""'复仇'在睡觉吗?"现在他已经在农舍里了,周围都是熟睡着的战友们的气息。当然是战友们的,还能会是其他什么人的?

"德国人到下面的布里格去了,法西斯分子在上头的莫里尼。撤退。黄昏前,所有的人都要带上重武器,到朝圣者山的山顶上去。"刚刚醒来的"复仇",胡乱地揉了揉眼皮。"真见鬼。"他说。然后站起来,拍了拍手:"都醒醒啊,有仗要打了。"

现在"千斤顶"终于吃上了煮栗子,吃得很猛,搞得餐盒叮咣作响,时不时地得吐出还粘在栗子上的栗子皮。而其他人在分班带军需品和重武器的三脚撑架。他上路了。"我去吉尔伯特山的'蛇'那里。"他说。"加油,'千斤顶'。"他的战友们对他说。

而他早已拐到了山鼻子后面去了,农舍也消失在视线外了,他身后是黑黢黢悬崖上的灌木丛。"龚德"从灌木丛中站起来,踩着他那巨人般的步伐,跟在他身后前行。

---

① 紧挨着卡斯塔尼亚。

贝韦拉[1]河谷的饥荒

一九四四年的时候,前线还跟一九四〇年一样停滞在那里,只是这一次战争还没有结束,前线怎么都转移不了。人们不想像一九四〇年那样,用小车推着几件破衣服和母鸡,前面赶着骡子、后面牵着羊地逃难了。一九四〇年,当他们回到家里的时候,发现抽屉都被翻了出来扣在地上,锅里也净是些人类的粪便——因为众所周知,那些当兵的意大利人要是搞起破坏来,可真是不管是敌还是友的。于是他们就这样留了下来,尽管法国人的炮弹日日夜夜地轰进家里,而德国人的炮弹则是呼啸着从他们的头顶上飞过。

"他们决定前进前是要好好权衡一下的,"他们总是这么说,这话会从九月一直反复说到来年四月,"这些盟军会往前挺进一些的。"

贝韦拉河谷全是人,除了农民还有从文蒂米利亚[2]疏散出来的人,人们什么吃的都没有;生活必需品储备都消耗完了,面粉则

---

[1] 贝韦拉是利古里亚的一个小镇子。
[2] 意大利利古里亚大区因佩里亚的一个市镇。

必须进城去搞。而进城只有一条路,但那条路日日夜夜被炮轰个不停。

现在人们都不住在房子里,而是住在窟窿里了。一天,村里的男人都聚到一个大山洞里,看应该怎么办。

"现在这种情况下,"村委会的人说,"需要轮流下山去文蒂米利亚弄点面包回来。"

"说得好呀,"另一个人说,"这样我们一路走着,就一个个地被炸得稀巴烂。"

"要么就是一个个地被德国人抓走,好了嘛,都给抓到德国去。"第三个人说。

然后又有人插话了:"牲口。有人愿意把自家的牲口供出来吗?谁家还有牲口的话也不会去冒这个险的。如果谁去了后再回不来的话,就连同牲口和面包一起丢了,这是明摆着的。"

所有的牲口都已经被征用了,即便有个别幸免的,肯定也被藏起来了。

"不管怎么说,"村委会的人说,"这里如果没面包了,我们怎么活?有人愿意牵上骡子去文蒂米利亚走一趟吗?要不是他们在下头的城里通缉我,我肯定就去了。"

他环顾了一圈:男人们坐在洞穴里的地上,面无表情,正用手指抠着凝灰岩。

这时,什么也没听懂、张着嘴坐在后面的老汉俾斯马站了起来,走出洞去。别人都以为他是想去撒尿,因为他岁数大了,时不时地就需要撒尿。

"俾斯马,注意点儿,"他们在他身后喊道,"找个隐蔽的地方。"

但是他并没有回头。

"对他来说,就好像没有轰炸似的,"他们中间的一个说,"他耳聋,什么都不知道。"

俾斯马八十多岁了,他那背驼得就好像总是背着柴捆,就好像这一辈子他从森林背到马厩的柴捆都压在他背上。他们叫他俾斯马,是因为他的胡子,有人说他年轻时候有着俾斯麦的胡子;现在就是几撮白色的胡须,油油地垂在那里,就好像随时会掉到地上,就像他身上的其他部分一样。但是什么都没掉下来,相反,俾斯马晃着脑袋、步履艰难地向前走着,面无表情,一副不大信任人的样子,就像所有的失聪者一样。

很快他又出现在洞口。

"嘿!"他说。

其他人这才看到,他身后牵着头骡子,还给骡子架上了驮鞍。俾斯马的骡子看起来比它主人还老,颈子平得就跟块板子似的,都快拖到地上去了。它走路的时候十分小心,就好像是怕突出来的骨头会捅破皮肤,从爬满苍蝇的黑色伤口里戳出来一样。

"你打算把骡子领到哪儿去,俾斯马?"他们问他。

他摇着脑袋,张着嘴。没有听到他们问话。

"袋子,"他说,"你们把袋子给我。"

"嘿呦,"他们说,"你们能去哪里呀?就你和那头破马?"

"多少公斤?"他问,"哎,我说,要多少公斤?"

他们把袋子给他,用手指跟他解释了公斤数,然后他就出发了。每当炮弹飞啸而过时,人们就挤在洞口,朝路的方向望去,看着那个蹒跚的背影渐行渐远——骡子和骑在驮鞍上的人总是一副摇摇欲坠的样子,好像两个家伙随时都有可能跌倒一样。大炮砸在他们前面的路上,炸出一团厚厚的烟,把骡子慎重走着的路都给毁

最后来的是乌鸦 Italo Calvino

掉了。大炮有时候也会落在他们身后,俾斯马连头都不回。每每发出一炮,每每嘶声一响,人们都会屏住呼吸。"这一弹可得打中他了。"他们说。这一炮炸过后,他完全消失了,被裹在烟雾之中。人们一声都不敢吭。等到烟雾散去以后,人们肯定会看到路上光秃秃的,连他的遗骸都找不到。然而,那人和骡子又像幽灵一样出现在路上,继续慢慢地走着。一直走到最后一个拐弯口,就再也看不到他们了。"他回不来的。"人们这么说着,转过身去。

但是俾斯马在卵石铺成的崎岖山路上继续骑着他的骡子。老骡子向前迈着颤巍巍的蹄子,走在堆满了火石和因为塌方而坑坑洼洼的路上;它驮鞍下的伤口火辣辣地痛着,撕扯着它的皮肤。就连爆炸声也不可能惹毛它——它这辈子受过太多的罪,什么情况都见怪不怪了。它低头走着,虽然黑色的眼罩挡住了部分视线,但是它还是发现了一些十分美好的事物:被子弹打碎了的蜗牛壳在石头上留下一条七彩斑斓的黏液,被开了膛的蚁穴流出一道道白色黑色的蚂蚁卵和蚂蚁,被拔起的草拖出来像胡子一般奇怪的根,就像树根一样。

骑在驮鞍上的人撅着他瘦瘦的屁股,努力挺直背,而他那一身老骨头则因为高低不平的路面震个不停。但他是跟他的骡子们一起长大的,他的想法不多,而且逆来顺受惯了,就跟骡子差不多,他这一辈子的面包总是经过一段异常艰苦的历程得来的,不管是为自己的,还是为别人的,如今还要为整个贝韦拉去弄面包。世界,这个他身边的寂静的世界,现在好像也在尝试着用他那沉睡的鼓膜都能听到的含糊巨响和漫天飞舞的尘土跟他说话。俾斯马一路上看到了悬崖从高处塌下,尘雾从田里扬起,看到碎石乱飞,看到红色的闪电在丘陵上若隐若现;世界想改变它那副旧面孔,想让人看到事物的反面,植物的反面,地球的反面。而寂静,他暮年时这种可怕的寂静,因为那些遥远的巨响而泛起了微波。

骡子蹄前的路忽然喷出了巨大的火星,它的鼻孔和喉咙里立时被塞满了土,如冰雹般的碎石斜着击向老人和骡子,一棵高大橄榄树的树枝在他头顶上打着旋儿。但是,只要骡子不倒,他就不会倒。而骡子一直撑在那里,它的蹄子仿佛已经在裂开的地上生了根,它的膝盖好像都要断了。接着,它在那一大团尘雾中缓缓地挪动了一下,继续前行。

晚上的时候,在贝韦拉,突然有人叫道:"你们快看!俾斯马回来了!他办成了!"

于是男人、女人还有孩子都从家里、从洞穴里出来,他们看到在最远的拐弯口出现了那头骡子,它载着沉沉的袋子往前走着,比之前歪得更厉害了。俾斯马跟在后面走着,好像被挂在骡子的尾巴上一样,只是搞不清他是在让骡子拉着他走,还是他在推着骡子前行。

河谷里的人们为俾斯马好好地庆祝了一番,因为他带回了面包。人们在"大洞"里把面包分了一下,山谷里的居民一个个地赶来,然后村委会的那个家伙就每人给一个面包。俾斯马呢,在他旁边,用他的瘪嘴和剩下没几颗的牙齿,一边嚼着自己的那份面包,一边看着其他人的脸。

就这样,俾斯马第二天又去了文蒂米利亚。只有这头骡子不会让德国人垂涎。后来俾斯马每天都下山去弄面包,而每一天他都能安然无恙地穿过枪林弹雨,每天都能幸免于难,人们都说俾斯马一定跟魔鬼签了什么契约。

后来德国人退出了贝韦拉河的右岸,他们炸掉了两座桥和一段路,还埋了地雷。在四十八个小时之内,住在河谷的居民不得不迁出村子和整个地区。村子是空了,但整个地区并没空出来——他们全钻到洞里去了。但是他们被孤立在交战双方前线的中间地带,根本就弄不到任何必需品。剩下的只有饥饿。

知道全村都疏散完了以后,黑衫军的人上来了。他们一路高歌。他们中间一个人提着一壶油漆,握着一把刷子。他在墙上写道:他们不会得逞的。我们会挺住的。轴心国不会让步的。

他们背着冲锋枪,从一条巷子转到另一条,窥视着每一个屋子。后来他们干脆用肩膀撞门而入了。就在这个时候,骑着骡子的俾斯马出现了。他出现在一个坡子的坡顶上,正从两排房子中间走来。

"喂,您去哪儿?"黑衫军的人问他。

而俾斯马好像根本就没看到他们,骡子也继续向前迈着它那歪歪倒倒的步伐。

"喂!我们说您呢!"那个消瘦而面无表情的老人,攀在那副骡子形状的骨头架上,就好像在那个无人居住的破村子里,从石头间冒出来一个幽灵一样。

"那人是个聋子。"他们说。

老头一个个地端详起他们来。黑衫军的人便拐到小巷里去了。他们来到一个小广场,那里只能听到喷泉里水流的声响,还有远处的炮声。

"那个屋子里好像能有东西。"一个黑衫军的队员指着一个屋子说。那是一个小伙子,他眼睛下面长了一块红斑。空荡荡的广场上,只听得到回声在屋子间给他们一个字一个字地重复着那句话。小伙子做了一个神经质的动作。那个拿着刷子的人在一面倒塌的墙

LA FAME A BÈVERA

上写上"荣誉与战斗"。一扇打开的窗子被风刮得拍来拍去,那声音比大炮还要响。

"我来!"那个长红斑的小伙子对另外两个正在推门的人喊道。他把冲锋枪的枪口对准门锁一阵扫射。被烧焦的门锁打开了。这时候俾斯马又出现了,而且是从他们刚看到他的相反方向过来的。俾斯马好像是在村子里上上下下地闲逛着,也依旧是骑在那头瘦弱的骡子上。

"我们等他走了以后再动手。"黑衫军的一个队员说,然后他们就站在一个屋子的门口,一副无所谓的模样。

"拿不下罗马,毋宁死。"拿刷子的那个家伙又写了一句。

骡子缓缓地穿过广场,它走的每一步都好像是最后一步似的。它身上驮着的那个人好像随时要睡着一般。

"您快走开,"长红斑的小伙子喊着,"村子里的人都撤走了。"

俾斯马头也没回,似乎正在全神贯注地赶着骡子,穿过那个空空如也的广场。

"我们要是再碰上您,"小伙子坚持道,"可就要开枪了。"

"胜利就在眼前。"拿刷子的家伙又写了一句。

现在只能看到俾斯马老态龙钟的背影了,他下面是骡子那看上去几乎静止不动的黑腿。

"我们去那边。"黑衫军的人决定了,他们从拱门下穿过,走上一条下山的路。

"快点儿。别耽误时间。我们从这个屋子开始。"

他们打开门,那个长红斑的小伙子第一个进了屋子。屋子里都空了,听到的全是回声。他们在各个房间里转了一圈后就出去了。

"我真想把整个村子全烧了,瞧瞧,瞧瞧。"长斑的说。

"我们勇往直前。"那人又写了句。

俾斯马又一次出现在那条小路的尽头,一步一步地走向他们。

"别开枪。"黑衫军的人对长斑的家伙说,他正在用枪瞄准。

"领袖。"拿刷子的人写着。

但是长斑的家伙已经开枪扫射了。人和骡子,一起被打中了,但仍旧立在那里。

那骡子好像和老人连成了一体,直挺挺地倒了下去,它那黑色的腿也还歪着。黑衫军的人在那里看着他们;长斑的家伙脱下了冲锋枪的皮带,扔掉了枪,吓得牙齿直哆嗦。最后,人和骡子一起伏倒下去,就好像正准备再往前迈一步,却一个压在另一个身上地坍下去了。

夜里,村里的人过来把他们送走了。俾斯马给他们埋了;骡子呢,给他们弄熟了吃了。它的肉很硬,但他们饿坏了。

去指挥部

森林是稀疏的，几乎被大火摧毁了，在烧焦的树干间灰作一片，并因松树干枯的松针而稍显发红。拿武器的人和没武器的人照着"之"字形，在树林间穿梭着，往坡下走去。

"去指挥部，"拿武器的人说，"我们去指挥部。顶多半小时的路。"

"然后呢？"

"然后什么？"

"我是说，如果之后他们放我走了——"没武器的人说。他一个音节一个音节地仔细聆听每一个回答，就像是在寻找什么虚假的措辞。

"他们当然会放您走，"拿武器的人说，"我会出示营里的文件，他们会在登记簿上做记录的，然后您就可以回家了。"

没武器的人摇摇头，一副很悲观的样子。

"唉，事情麻烦着呢，我明白……"他说着，也许只是为了听另一个人再重复一遍：

"我跟您说吧，他们很快就会放您走的。"

"我打算，"他补充道，"我打算今天晚上到家的。算了吧。"

"我说了，您会到家的，"拿武器的人说，"也就是个他们做记录的时间，然后就会放您走了。他们可得把您的名字从间谍簿上擦掉。"

"你们有间谍簿吗？"

"我们当然有。所有那些做间谍的人，我们都知道。我们会一个个地把他们抓起来的。"

"那我的名字也被标在那上边了？"

"是啊。也有您的名字。所以一定要把您的名字划掉，否则，您还会有被抓起来的危险。"

"那我真是必须要去一趟，好跟他们解释解释整个事情的来龙去脉。"

"我们这不是正在去嘛。一定得要他们看一看，查一查的。"

"但是已经，"没武器的人说，"你们已经知道我是你们的人了，我从没做过间谍。"

"正是如此。这我们已经知道了。您就放心吧。"

没武器的人表示同意，四周张望了一番。他们走在一大片林中空地上，周围尽是些枯瘦的松树，都被大火烧死了，空地上堆满了掉下来的树枝。走着走着他们就走丢了，接着又找着原来的路了，然后又迷路了，就好像是在稀疏的松林间随意走着，只是在穿过森林。没武器的人认不出这地方，夜幕携着片片薄雾爬升，底下则是在幽暗中变得越来越密匝的森林。

远离了原来的小道让他不安起来；他试着——既然那个人好像是随意走的——他就试着往右边拐去，那里也许就是原来的小道，那个人也就跟着往右拐了，就好像是随意走出来的。那个人跟着他走，不管是往左还是往右，就好像是因为路这样走才好走。

他决定问一下:"可这指挥部在哪里?"

"我们正在去呢,"拿武器的人说,"您一会儿就能看到了。"

"可大概是在什么地方,什么区域?"

"怎么说呢,"拿武器的人答道,"指挥部是不说在什么地方,在什么区域的。指挥部就在是指挥部的地方。这您是明白的。"

他明白;这个没武器的家伙,是个明白人,不过他还是问了句:"可是去那里,连一条路都没有吗?"

另一个人说:"一条路——这您是明白的呀——一条路总是通往一个什么地方的。到指挥部不是从路上去的。这您是明白的。"

没武器的人明白,他是个明白人,一个机智的人。

他问道:"您经常去指挥部吗?"

"经常,"拿武器的人说,"我经常去。"

拿武器的人有一张忧伤的脸庞,双眼无神。他不怎么认识路,似乎不时地会迷路,但他仍继续走着,好像也无所谓。

"今天这个他们派人来押送我的苦差,为什么是由您来做?"没武器的人问道,同时仔细地观察他。

"押送您这活儿,就该由我做,"他答道,"我专门送人去指挥部。"

"您是传令兵吗?"

"啊,对啊,"拿武器的人说,"传令兵。"

"一个奇怪的传令兵,"没武器的人想,"他不识路。但是——"他想,"今天他不想从那些路上走,是为了叫我搞不清楚指挥部在哪里,因为他们不相信我。"他们还是不相信他,这不是个好迹象,没武器的人固执地想到。但是,在这个不好的迹象里面,有一点可以肯定,他们确实正在把他往指挥部带,他们真的是想放了他,还有,除了这个不好的迹象之外,有一个更糟糕的迹象,那就是森林变得越来越密了,不像是有出路的样子,那里面只有寂静,还有那个拿武器人的忧愁。

"您也陪了秘书去指挥部吗?磨面厂的兄弟呢?女教师呢?"他想都没想地一口气问出了这些问题,因为这是决定性的一问,将说明一切:市政秘书,磨面厂的兄弟,女教师,他们都是被带走的人,再也没回去过,大家再也不知道他们的消息了。

"秘书是个法西斯分子,"拿武器的人说,"磨面厂的兄弟在部队里帮忙,女教师也在部队里做辅助工作。"

"我这么说也就是想问问,因为他们再也没回去过。"

"我说了,"拿武器的坚持道,"他们是他们。您是您。没什么好比的。"

"当然,"另一个人说,"没什么好比的。我只是想问一下是怎么回事,就这么一问,好奇。"

没武器的人感到很自信,简直是信心十足。他是老家最机智的人,别人很难骗得了他。其他人,秘书和女教师,是再没回去,而他是回得去的。"我是伟大的同志[1],"他会跟上士这么说,"游击队员[2]不[3]能把我怎么样[4]。我[5]把所有的[6]游击队员[7]都打败[8]了。"也许上士还会笑起来。

---

[1] 原文为德语。
[2] 原文为德语。
[3] 原文为意大利语。
[4] 原文为德语。
[5] 原文为意大利语。
[6] 原文为意大利语。
[7] 原文为德语。
[8] 原文为德语。

但被烧焦的森林无边无垠，没武器男人的思绪被陌生和阴暗围裹着，就像森林中央的开阔地带。

"我不是很了解秘书的情况，其他那些人的也不了解。我只是个传令兵。"

"但是在指挥部，他们是会知道的。"没武器的人坚持说道。

"是啊。到了指挥部，您可以问这事儿。在那里他们是知道的。"

天晚了。在这荒地上走路得小心翼翼的，得注意步子落在哪里，才不至于因为踩在繁茂荆棘下的石头上而滑倒。还得在那种不安的情绪最强烈的时候，注意如何去安放自己的每一缕思绪，才不至于骤然被恐慌埋没。

当然，如果他们真的认为他是一个间谍的话，是不会把他这么扔到森林里的，是不会把他丢给那个好像根本就不管他的男人的；他真是可以想什么时候逃，就什么时候逃。如果他打算逃，另一个人会怎么做？

没武器的人穿梭在树与树之间，一边下着坡，一边开始有意识地跟另一个人空出一段距离来，当那人往左拐时，自己就往右拐。但是拿武器的人继续走着，几乎都没管他，他们就这样在寥落的森林里下着山，两人隔得已经挺远的了。有时他们甚至都看不到对方，被树干和灌木丛挡着了，但时不时地，没武器的人又看见那个人就在他上方，虽然好像一副不在乎他的模样，但却一直远远地跟在他后面。

"只要他们能给我片刻的自由，那就再也别想抓着我了。"到那时为止，没武器的人还是这么想的。但是现在，他突然想到："如果我自己能想办法逃掉，那就……"他在自己的脑海中，已经看到了德国人，一队队的德国人，在卡车和装甲车里的德国人，他看到别人的死亡,却对自己的未来十分笃定,他,机智过人,没有任何人能骗得了他。

他们从林中空地和荒地中走出来,进入了免受火灾之害的绿色密林。这里的地上铺满了干枯的松针。拿武器的人落后了不少,也许走了另一条道。于是,没武器的人咬紧舌头,小心翼翼地加快了步伐,钻进了林子的深处,躲进了陡坡上的松林。他发现自己正在逃跑。于是他害怕起来;但是他明白,自己已经离得太远了,那个人肯定已经发现了自己是想逃跑,而且肯定正追着他,他只能继续跑。现在他企图逃跑的想法已经被发现了,再落入那个人的射程内可就完蛋了。

突然他听见自己身后上方有脚步声,便转过头来。拿武器的人就在几米之外,正踩着从容不迫的步伐朝这边走来,一副无所谓的样子。他手里拿着武器,说:"这边应该有条近路。"然后做了一个让他先走的手势。

于是一切又回到之前的状态,一个模棱两可的世界,一切非凶则吉。那片森林总也走不到头,而且越来越密,而那个男人呢,有时甚至会默不作声地让他跑掉。

他问:"这片森林难道没有尽头吗?"

"一转过那个山头我们就到了,"那人说,"加油,今晚您就能到家了。"

"是这样吗,他们肯定会放我回家吗?我是说,比如说,他们不想把我留在那里当人质吗?"

"我们又不是德国人,才不会干扣人质的那种事。真要扣什么东西,他们最多也就会拿走您的鞋子,因为我们都没什么鞋子穿。"

于是那男人就嘟囔起来,就好像这鞋子是他最害怕失去的物

ANDATO AL COMANDO

件，但其实却在暗自高兴：他命运中的各种细节，好孬总算又给了他一点安全感。

"您听我说啊，"拿武器的人说，"既然您这么在乎这鞋，那我们这样吧，您穿上我的鞋，一直穿到指挥部去，因为我的鞋都破了，他们是不会拿走的。我穿着您的鞋，等我陪您回去后，再把这鞋还给您。"

现在就连一个孩子都会明白，这一切都是借口。拿武器的人想要他的鞋子，好嘛，那人想要什么就给什么，他可是个明白人，他很高兴自己能够这么轻而易举地混过去。"我是伟大的同志[①]，"他会跟上士这么说的，"我留给他们鞋，他们放我走。[②]"上士说不准

[①] 原文为德语。
[②] 这句话是用德国人的语法说出来的。

还会让人给他一双靴子,就像德国士兵的那种。

"那么你们什么人都没扣吗?人质?犯人?市政秘书和其他人都没扣?"

"这个秘书让我们的三个同志给抓了起来;磨面厂的兄弟和法西斯民兵一起去扫荡,女教师和第十师的那帮人上床。"

没武器的人停下来,说:"您不会以为我也是间谍吧。您把我带到这里来不会就是为了杀掉我吧?"说罢他露出一点牙齿,就好像想挤出一个微笑。

"如果我们认为您是个间谍,"拿武器的人说,"我也不至于费这么大劲了。"接着他把武器的保险打开。"就这样吧。"拿武器的人把武器对准他的肩,摆出要对他开枪的姿势。

"哎哟,"间谍想,"他不会开枪的。"

可另一个人并没有放下武器,而是扣动了扳机。

"火药,他枪里装的只是火药。"间谍甚至还来得及这么想了一下。但很快他就感到子弹像着了火的拳头一样射进自己身体里,噼里啪啦响个不停,他居然还能想到:"他以为把我给杀死了,然而我还活着。"

他倒了下来,脸贴在地上。他看见的最后一个东西,就是穿着自己鞋子的那双脚,正从他身上跨过。

就这样,他的尸体留在了森林深处,嘴里塞满了松针。两个小时以后,他浑身已经爬满了蚂蚁。

最后来的是乌鸦

这条河就像一张网,是用轻盈而清澈的波纹做成的,水在网中流。河面上不时地扑腾着银色的翅膀——那是一条背脊闪闪发光的鳟鱼,它很快又没入水中,顺着"之"字形游走了。

"这里全是鳟鱼。"那些男人中的一个道。

"如果我们扔一颗炸弹进去,它们就都会肚皮朝上地浮出来了。"另一个人说,接着从腰带上摘下一颗炸弹并拧起了火帽。

就在那时,一直在观察他们的一个小伙子往前走了一步,那是山里的孩子,脸是苹果形的。"你给我。"说罢就从他们中的一个人手中拿过步枪。"这个家伙想干什么?"那个男人说着,想从小伙子手上夺回步枪。但小伙子把武器对准了水中,就好像在找目标一样。"你如果往水里射,除了吓走鱼,不会有别的结果。"那男人想这么说,但话都没能说完。一条鳟鱼扭动着冒了出来,小伙子一枪射到它身上,就好像鱼在那里等着他一样。现在,鳟鱼翻着白色的肚子浮在水面上。"嘿呦!"那些男人说道。

小伙子又上了子弹,举枪转了一周。空气明净而紧绷着,从这里能看见对面岸上松树上的松针，还有像网一般的河水。一片波纹冲出水面——又是一条鳟鱼。他开枪了，死鱼立马浮在了水面上。男人们看了看鳟鱼，又看了看他。"这家伙枪法不错。"他们说。

小伙子又把枪口对准了空中。这事想来真挺奇怪的，人们如此被空气包围着，正是这几米的空气，把他们和其他东西隔开。然而如果用步枪瞄准的话，空气就是一条看不见的直线，是一条从枪口到被瞄准物之间绷直了的线，这会儿，枪正瞄准了一只小鹰隼，它正张着好似静止的翅膀，在空中翱翔。在扣动扳机的时候，空气仍像之前一样清朗而空透，但那上头，也就是在这条直线的另一端，小鹰隼合起了翅膀，像石头一般落了下来。从打开的后枪膛里，泄出一股好闻的火药味。

他又让人给了点弹药。在他身后的河岸上，已经有很多人在看他了。对岸树顶上的松果为什么只能看而不能碰呢？为什么在他和那些东西之间会有那段空荡荡的距离？为什么和他一起的、在他眼中的松果，却在遥远的那边？但如果用步枪瞄准的话，就会明白那段空荡荡的距离只是一场骗局；他碰了下扳机，就在同时，松果在叶柄处断开，掉了下来。这是"空"的意义，就像一种抚摸——步枪枪管里的那个空的部分，经由空气，继续推进，然后被射击填满，并一直延续到那边的松果、松鼠、白色的石头，还有罂粟花上。"这家伙一枪也没打歪。"那些人说道，没一个人敢笑。

"你跟我们来。"队长说。"那你们把枪给我。"小伙子答道。

"好啊。当然。"

他就跟他们走了。

他是带着一个装满苹果和两块乳酪的干粮袋出发的。他的村子其实就是山谷深处的一块板岩，稻草堆和牛粪。离开这里挺好的，因为在每个拐弯处,都能看见一些新东西,长着松果的树木,从枝头飞走的小鸟,石头上的苔藓,所有的东西都在虚假的距离范围内,在子弹吞噬着枪膛中空气时填满的那段距离范围内。

但是不能开枪,他们跟他说。他们经过这些地方时不能出声,而弹药是打仗时要用的。可是突然,一只听到脚步声而受惊的小野兔在他们的喊叫声和忙乱中穿过小路。正当它要消失在灌木丛中时,小伙子的一发子弹把它拦了下来。"好枪法,"队长说,"但是我们到这里不是来打猎的。就算你看到环颈雉,也再不能开枪了。"

没过一个小时,队伍里又听见了几声枪响。"又是那个小伙子!"队长发了火,赶上他。他用那张苹果形的、白里透红的脸笑着。"山鹑!"他说着,还指给他看。那是从一排篱笆后飞起来的一群山鹑。

"不管是山鹑,还是蟋蟀,我都跟你说了。把枪给我。你要是再让我生气,就给我滚回家去。"小伙子噘着嘴,有点不高兴;行军时手里没有武器一点意思也没有,但只要他还和他们在一起,就有希望重新拿回步枪。

夜里他们睡在牧羊人的小屋子里。天刚亮小伙子就醒了,而其他人还在睡着。他拿上他们最漂亮的枪,把干粮袋装满子弹,就出去了。外面的空气很明净,羞答答的,就是那种大清早的空气。离农舍不远处,有一棵桑树。这正是松鸦会出来的时候。真出现了一只。他开了枪,跑去拎起它,把它塞进干粮袋里。就在捡松鸦的地方,他原地又找到了一个目标——一只睡鼠!睡鼠被枪声吓坏了,跑到一株栗树顶端,想拱进树洞。死的却是一只大老鼠,碰到它的灰尾巴时它还掉了几撮毛。从栗树下面,他看见,在下面的草地上,有一只蘑菇,红色带白点的那种毒蘑菇。他一枪把蘑菇炸碎了，然后过去看自己是不是真的打中了。这样从一个目标跑到另一个目标真是个有意思的游戏，也许能这样周游整个世界。他在一块石头上看见一只很肥的蜗牛，他瞄准了蜗牛外壳，到那里后却只看见碎裂的石头，还有一点彩虹色的黏液。就这样，他远离了牧羊人的农舍，来到下面陌生的草地。

在打爆蜗牛的石头那里，他看见一堵墙上有条蜥蜴，站在墙那里，又看见一汪泥潭和一只青蛙，从泥潭那里，又看见公路上的路牌，这个靶子太好打了。从路标那里，能看见"之"字形的道路，而那下面——下面有些穿着制服的人，正平举着枪前进。当那个长着白里透红苹果脸的男孩，微笑着持枪出现在他们面前时，他们哇哇大叫起来，并把武器对准了他。而小伙子早就已经看中他们中一个人胸前的金色扣子了，并瞄准了这扣子，开了火。

很快传来了男人的惨叫声，一阵扫射和零星的几枪呼啸着从他头顶穿过，而他早就躺在地上，藏在路边死角的一堆石头后面了。他甚至可以活动，因为石堆很长，可以在什么猝不及防的地方露出脑袋来，可以看到那些士兵闪闪发光的枪口，看到他们制服的颜色和光泽，还可以对准一枚军衔、一个袖章开枪。然后还可以伏在地上，敏捷地爬到另一处开火。不一会儿，他听到自己身后也开始扫射，可这扫射都越过了他，击中了那些士兵——是战友们赶来用冲锋枪支援他了。"要不是这小子用枪声弄醒了我们……"他们说。

而小伙子呢，被战友们的枪火掩护着，瞄得更准了。突然，一颗子弹擦过他的脸颊。他转过身，一个士兵来到了他上方的路上。他跳进排水沟，躲了起来，跳下去以前他已经开了枪，可子弹并没有击中那个士兵，只是擦过他步枪的枪托。他听见那个士兵上不了子弹，把枪扔在了地上。于是小伙子猝然爬出来，朝那个正在逃跑的士兵射击。他把士兵的肩章打掉了。

他跟着士兵。士兵时而消失在树林里，时而又出现在射程之内。他打焦了士兵头盔的帽顶，然后是皮带圈。这么追着他，就追到了陌生的山谷里，那里听不到激战的喧嚣。走着走着，士兵的眼前就不再是树林了，而是一片林中空地，周围是长着浓密灌木的悬崖。可那小伙子就要从树林里出来了。在林中空地的中央，有一块巨大的石头；士兵刚好来得及躲在石头后面，他缩成一团，把脑袋埋在双膝间。

在那里，他暂时感到安全——他带着手榴弹，那小伙子是不能靠近他的，只能在步枪射程范围内守着他，不让他逃掉。当然，如果他能跳到灌木丛中，那就安全了，因为可以从荆棘丛生的斜坡上滑下去。但是得穿过那段光秃秃的地。小伙子会在那里待多长时间？他总不会一直用武器瞄准他吧？士兵准备做个尝试：他把头盔架在刺刀尖上，然后把头盔举过了石头。一声枪响，头盔滚到地上，还给钻了孔。

士兵并没有泄气；瞄准石头周围当然很简单，但如果他快速移动的话，那就不可能逮着他了。就在那时，一只小鸟急速穿过天空，也许是一只戴胜。一声枪响，它掉下来了。士兵擦了把脖子上的汗。很快又飞过一只鸟儿，一只鹡鸰；鹡鸰也掉了下来。士兵咽了口唾液。那里应该是一处通道，各种鸟儿继续飞着，那小伙子也就跟着继续射击，把鸟儿一只只地弄掉下来。这时士兵想到了一个办法："如果他正专注于打鸟，就不会太注意我。他一开枪我就扑到灌木丛里去。"但也许最好还是先试探一下。他拾起头盔，并把它盖在刺刀顶端，时刻准备着。这次是两只鸟一起飞过——是扇尾沙锥。士兵对要把如此一个绝妙的机会浪费在尝试上惋惜不已，但也不敢贸然

行动。小伙子朝一只沙锥开了一枪,于是士兵赶紧把头盔伸了出去,他听见了枪响,同时看见头盔蹦向空中。现在士兵感到嘴里全是铅的味道;他这才发现,另一只沙锥也随着另一声枪响落了下来。

所以他不该做出任何仓促的举动,在那块石头后蹲着,握着手榴弹,他还是安全的。为什么不试试把手榴弹扔到小伙子那边去呢?尽管小伙子也是藏着的。他仰面躺下来,在自己身后伸长了胳膊,同时小心不暴露出自己,然后攒足了劲,把手榴弹给扔了出去。扔得不错;也许可以扔得更远;但当手榴弹飞到抛物线的一半时,它在空中被一枪炸开了。士兵一头扑倒在地上,以防榴弹碎片砸在自己身上。

当他再抬起头来时,乌鸦来了。他头上的天空中,一只黑色的小鸟缓缓地盘旋着,也许是一只乌鸦。现在小伙子肯定会朝它开枪的。

但那枪声却迟迟没响。也许是乌鸦飞得太高了？尽管他击中的那些鸟都比这只飞得高，也飞得快。终于，枪响了一声。这下乌鸦该掉下来了，不，它依旧镇定自若地慢慢飞着，无动于衷。掉下来的却是旁边一棵松树上的松果。这会儿他居然打起了松果？他一枪一枪地把松果打下来，松果掉在地上时会"砰"地响一声，干巴巴的。

每响一枪，士兵就看一眼乌鸦，掉下来没？没有，那黑鸟在他头上盘旋着，飞得越来越低。那小伙子有可能没看见这鸟吗？也许是这乌鸦根本就不存在，只是他的一个幻觉。也许人在快死的时候，会看见各种鸟飞过，当看到乌鸦时，就说明时候到了。但是得告诉那个总是在打松果的小伙子，天上有只乌鸦。于是士兵站了起来，用手指着那只黑鸟，说："那里有只乌鸦！"他用自己的语言大叫道。就在这时，子弹正好打在他制服上绣着的那只展翅老鹰的正中间。

那只乌鸦打着圈地徐徐降下。

三个人中的一个仍活着

这三个人赤着身,坐在一块石头上。周围是这个村里所有的男人,那个长着胡子的大个子站在他们前面。

"……我看见山上最高的火苗了,"长胡子的老头说,"我就说嘛,一个村子怎么能烧出这么高的火?"

那三个人什么也听不懂。

"我还闻到难以忍受的烟味,我就说嘛,我们村子的烟怎么能这么臭?"

三个光着身子人中的高个子双手抱住双肩,因为起了一点风,他用胳膊肘顶了一下老人,想让他解释一下。他还努力想明白点什么,老人是他们三个中唯一一个懂点语言的人。但是现在老人的头埋在双手里,怎么都不肯抬起来,一阵阵的哆嗦不时会沿着他弓着的背,掠过那链条般的脊椎骨。那个胖子是没什么好指望的了;他只知道一个劲地打战,身上那女人一样的脂肪都抖动起来,而他那双眼睛就像是被雨水打上条纹的玻璃。

"然后他们跟我说,是我们麦地里的火焰烧掉了房子,房子里头有我们被杀死的孩子,唐沁的儿子,杰的儿子,还有税警的儿子,所以烧起来才会这么臭。"

"我的弟弟巴斯蒂安!"一个家伙嚷嚷起来,他的眼睛好似中了邪一般。他是村里男人中间唯一一个不时会插几句话的人。其他人手扶在步枪上,严肃而默不作声。

三个光着身子人中的高个子跟他的战友不是一个国籍,他来自的那个地区,也曾领教过什么是烧毁的村庄和被杀死的孩子。所以他很明白人们对那些烧房子和杀孩子的人是怎样想的,与其他战友相比,他应该是最不抱什么希望的。然而某种东西正在阻止他屈服于现状,那是一种让人焦虑的不确定感。

"现在我们只抓到了这三个人。"长着胡子的大个子说。

"只有三个,可惜啊!"中了邪的人嚷道,但其他人都沉默着。

"可能在他们中间也有不怎么坏的人,那些违心服从命令的人,也可能这三个就是那种人……"

中了邪的人朝老头瞪大了眼睛。

"你解释一下啊。"三个光着身子人中的高个子对老人低声说道。可老人所有的生命力似乎都已从丘陵般的脊椎骨上跑掉了。

"但是,现在孩子都被杀死了,房子也都被烧毁了,什么坏人啊,不怎么坏的人啊,这有什么区别吗。把这三个人处死,这肯定是没有错的。"

"Morte[①],"三个光着身子人中的高个子想着,"我刚听到这个词。这是什么意思? Morte。"

[①] 这是意大利语中"死"的意思。这个高个子不懂意大利语,但是听到了上一句话中的"死"字。

UNO DEI TRE È ANCORA VIVO

但是老人没理他,胖子好像已经开始喃喃地祈祷起来了。胖子突然想起来自己是个天主教徒。他是他们中间唯一的天主教徒,而他的战友也经常因此开他玩笑。"我是天主教徒……"他用自己的语言,低声重复起来。搞不清他是想祈求能幸存于人间呢,还是祈求能升入天堂。

"要我说,在弄死他们之前,得……"中了邪的人说道,但其他人都站了起来,没人理他。

"去库尔迪斯特雷加① 那里好了,"那个长着黑胡子的人说,"这样就省得挖坑了。"

他们让那三个人站起来。胖子用手捂着生殖器。没有什么比光着身子更让他们觉得自己是被指控的了。

---

① 这个地名的意思是"巫婆的屁股"。

他们把那三个人带到了一条岩石嶙峋的路上，把武器顶在他们的腰上。库尔迪斯特雷加是一个垂直走向山洞的开口处，那是一口伸到大山深腹中去的洞，这洞一直往下延伸，都不知道会通到什么地方。三个光着身子的人被领到洞口的边缘，手持武器的村民站在他们前面；这时老人大叫起来。叫的都是一些绝望的话，也许是用他的方言叫的，另外两个人听不懂。老人是一家之父，但也是他们中最坏的一个，他的嚷嚷在让其他两个人对他恼怒不堪的同时，也起到了让他们更平静地面对死亡的效果。然而那个高个子，依旧怀有那种奇特的不安感，就好像对任何事情都不是很肯定的样子。天主教徒双手合十，往下垂着，搞不清是在祈祷呢，还是想遮住被恐惧吓得起皱的生殖器。

那些武装的村民听到老人的嚷嚷，失去了镇静。他们想赶紧了结这事儿，于是就急急忙忙地胡乱扫射起来，甚至都没有等待发令。高个子看见天主教徒在自己身边重重地倒下，滚下了洞里的陡坡，紧接着老人也仰面倒了下去，消失在洞口，他最后的呼号顺着岩壁一直被拽到洞底。高个子透过那一团灰尘，正看着一个村民气急败坏地捣鼓被卡住的步枪封闭器呢，然后就稀里糊涂地跌入黑暗之中。

他没有很快失去知觉，因为大团的疼痛袭他而来，就好像被一群蜜蜂蜇到一般。他穿过一片荆棘地。然后，他感到肚子上被挂了什么空空的东西，有成吨重，接着就昏过去了。

突然，他感到像是被土地狠狠地推了一把，又回到了高处。他停下来了。他碰到了什么湿湿的东西，闻到了鲜血的味道。他一定是被击得粉碎，就快要死了。但他并没有感到自己昏死过去，跌落带来的所有疼痛也还很鲜活很清晰。他动了动一只手，左手，有反应。然后又摸索着去找另一条胳膊，他摸到了手腕、胳膊肘，可是胳膊上什么感觉都没有，就像死掉了一样，只有在被另一只手举起来时才动了一下。他这才发现，自己正用两只手举着一只右手的手腕——这是不可能的。于是他明白过来，手里的胳膊是另一个人的；他掉在了两个已死战友的尸体上。他摸了一下天主教徒的脂肪，正是这张柔软的地毯，缓冲了他的跌落，所以他才活了下来。所以，他现在才想起来，因为自己在被扫射击中前，就先掉了下来；但他记不得是不是自己故意这么做的了，可现在一切已经无关紧要。然后他才看清自己正看的东西：微弱的光线勉强能照到这洞底，三个光着身子人中的高个子于是就能看清自己的双手，还有从他脚下肉堆里冒出来的手。他转过身来，往高处望去，洞顶的开口处满是光亮，那是库尔迪斯特雷加的洞口。刚开始的时候，那黄色的闪光甚至把眼睛都弄疼了；后来他的眼睛就适应过来，能辨别天空的蓝色了，那离他远极了，比他离地表还要远好几倍。

　　看到天空，他失望起来，他还不如死掉了好。现在，他和两个被枪打死的战友留在了一口洞的洞底，永远也不可能从这里头出去了。他号叫起来。于是上头的那一小块天空突然被好几个脑袋削成了齿形。"他们中的一个还活着！"他们说道。然后就扔下来一个东西。光着身子的人看着那个东西像石头一样滚落下来，撞在岩壁上，然后又听到了一声爆炸。在他身后的岩石壁上，有一个凹槽，光着身子的人于是就一动不动地躲在那里面，洞里全是灰尘和塌方的石子碎片。他把天主教徒的尸体拉到自己身边来，让这尸体立在凹槽前；那尸体烂得也就是勉强能扶得起来，但这是唯一一个可以用来给他做掩护的东西了。他行动得很及时，另一颗炸弹落下来，掉到洞底，扬起一团血肉和石子。那具尸体给炸成了碎片。光着身子的人这下是既没什么可以用来防御的,也不抱什么希望了。他号叫起来。在洞口的星形天空中,出现了那个大个子的白胡子。其他人都退到一边。

"嘿。"长着胡子的大个子说。

"嘿。"光着身子的男人从洞底答道。

长着胡子的大个子又重复道:"嘿。"

他们之间没什么其他好说的。

于是长着胡子的大个子转过身,说道:"你们给他扔根绳子。"

光着身子的人这就不明白了。他看见人们的脑袋一个个地挪开,留下来的人在给他打手势,那是一种肯定的手势,叫他镇静的手势。光着身子的人从凹槽里探出脑袋,看着他们,不敢暴露全身,那种不安感自从他坐在石头上,被他们控诉以后,就一直再没离开过他。但是村民们现在不扔炸弹了,他们望着下面,问他好多问题,而他仅以呻吟作答。绳子不够长,村民们一个个地离开了洞口。光着身子的人于是就从藏身的地方钻了出来,估量着把他和那上面隔开的高度,对那面光滑而陡峭的岩壁打起了主意。

就在这时,那个中邪人的脸出现在洞口。他望了望四周,微笑着。接着就扒在库尔迪斯特雷加的洞口边缘,探出脑袋,用枪对准了下面,开了枪。光着身子的人听见子弹在耳边嗖的一声穿过。库尔迪斯特雷加是一条有点歪的隧道,不是很直,所以被扔下去的东西很少能到得了洞底,而子弹更是很容易撞着岩石的拐角,然后就停在那里了。他又躲进了自己的藏身处,嘴唇上挂着口水,就像一条狗。好了,现在那上面所有的村民都回来了,一个人往悬崖底下抛下一根长长的绳子。光着身子的人看着绳子降了又降,他却没有动弹。

最后来的是乌鸦 Italo Calvino

"来呀,"长着黑胡子的那个人对底下嚷道,"你拽着绳子,爬上来。"

但是光着身子的人仍然躲在凹槽里一动不动。

"快上来啊,听话,"他们喊道,"我们不会对你怎么样的。"

他们在他眼前晃了晃那根绳子。光着身子的人很害怕。

"我们不会对你怎么样的。我发誓。"村民们说道,尽量使出最诚恳的语气。他们也确实是诚恳的:他们想不惜一切代价地救他上来,也只是为了能再次枪毙他;但在那一刻,他们的确是想救他的,而且在他们的声音中,确实是有一丝关切,有一丝兄弟情的。光着身子的人感觉到了这一切,而且他也没什么好选择的。他抓住了绳子。但是,就在那些拉住绳子的人中间,他看到了那个双眼中邪人的脑袋;于是他松开绳子,藏了起来。他们不得不重新开始劝服他,请求他;最后他还是决定开始往上爬。绳子上打着很多结,很容易爬,而且还可以抓住凸出来的岩石,光着身子的人又缓缓地重新出现在光线中,而洞顶处村民的脑袋也变得越来越清晰,越来越大。这时,那个双眼中邪了的家伙突然又出现在洞口,其他人甚至都来不及拦住他,他手持一把自动武器,很快就开了枪。绳子在第一阵扫射后就断了,就在他双手上面一点点的地方。男人撞着岩壁猛跌下去,又落到战友们残余的尸体上。那上面的天空底下,长胡子的大个子伸了伸双臂,摇了摇头。

其他人打着手势,叽里哇啦地想跟他解释,说这不是他们的错,说他们会收拾那个疯的,还说现在他们会再去找根绳子,让他上去的,但光着身子的人已经不再抱有任何希望了,他再也不能回到那地上去了。那个在洞底的人,他再也不能从里面出来了,他会喝着人血、吃着人肉慢慢疯掉,却永远也死不掉。那上面,在那片天空底下，有着手执绳子的善良天使，还有着手持炸弹和步枪的恶毒天使，也有一个长着白胡子的大个子老头，他展开着双臂，却不能救他。

那些拿武器的人，看到自己再怎么好言都说服不了他，就决定几番轮炸结果了他，并很快扔起炸弹来。但光着身子的人又找到另一个藏身之处，一道可以安全地在里面爬行的平坦裂缝。每丢下来一颗炸弹，他就往这道岩缝里面钻一点，就这么一直钻到一个见不到任何光亮的地方，可他仍没有碰到这条缝隙的尽头。他肚子贴着岩壁，继续向前爬着，就像一条蛇，而他的周围是黑黢黢的一片，还有潮湿、黏糊的凝灰岩。凝灰岩的底部从起先的潮湿，后来直接变成水淋淋的了，最后甚至被水没过；光着身子的人感到一条冷冽的小溪在他的肚子下面淌着。那是被从库尔迪斯特雷加洞口滴下的雨水开出来的一条地下小道，一条长极了的、狭窄的山洞，一条狭长的地下通道。它会延伸到哪里？也许会消失在大山深腹中那些没有出口的山洞里，也许会通过多条注入泉水中的极细支流，通到外面去。于是他的尸体就会在一个地道里这样腐烂掉，会污染水源，使整个村子里的人中毒。

这底下的空气使人难以呼吸，光着身子的人感觉自己快到了肺部再也支撑不下去的时刻。然而这时溪水突然清凉起来，而且水位越来越高，水流也越来越湍急；光着身子的人现在整个身子都埋在水中爬行，正好可以洗净泥浆的硬皮，洗净身上自己的或是他人的血液。他不知道自己是走了不多的路，还是很多的路；彻底的黑暗和那种爬行式的行进，让他对距离完全没了概念。他筋疲力尽，他的眼里开始出现发着光、不成形的图案。越往前行，他眼中的这个图案就越清晰，并且呈现出了清楚的轮廓，尽管这轮廓仍在不停地变化形状。如果这不是什么视网膜的闪光,而是一粒光,一粒真正的光,那会是山洞尽头的光吗?其实只需要闭一下眼睛,或是往相反的方向看一眼,就可以得到验证了。但要是盯着某个光源看,就会在眼角底部留下一块光斑,即使合上眼皮,转动眼珠,这光斑也不会褪去。他分不清这外部的光亮和自己眼球中的光亮,于是又疑惑起来。

  他四处摸索时又发现了一个新东西——钟乳石。滑溜溜的钟乳石吊在地道的顶部,石笋从溪流边的地上升出来,没有被腐蚀。光着身子的人抓着头顶上的钟乳石前行着。爬着爬着,他就发现自己先前弯曲的臂膀,慢慢地需要伸直了才能够着钟乳石,也就是说,地道越来越宽敞了。很快男人就能弓起后背了,能匍匐前行了,光亮也不是那么不确定了,现在他能分得清自己的眼睛是睁着的还是闭着的了,而且已经能辨识出事物的轮廓,山洞的拱顶,钟乳石的挂坠,还有溪流黑色的闪烁了。

  很快,男人就已经能用双脚行走了,他走在长长的山洞里,走向光亮的洞口,水流没到他的腰间,他得抓住钟乳石,才能保持身体的直立。有一株钟乳石好像比别的都大,当男人抓住它时,感到手里展开了一只凉飕飕软兮兮的翅膀,这翅膀扑腾到他的脸上。一只蝙蝠!它继续飞着,而其他倒挂着的蝙蝠也给弄醒了,也飞了起来,很快,整个洞里都安静地飞满了蝙蝠,男人感到周围都是蝙蝠翅膀扇出来的风,蝙蝠的肌肤轻抚着自己的额头和嘴巴。他在蝙蝠飞出的云团里前行着,一直走到洞外。

  山洞口有一条河。光着身子的男人又回到地表,回到天空之下。他安全了吗?他得提醒自己小心,别自欺欺人。河流很安静,河里有着白色和黑色的石头。河的两边是一片密集的森林,林子里净是些奇形怪状的树木，树木下面只有干树枝和荆棘。男人光着身子，身处这片原始而荒芜的地带，离他最近的人类都是敌人，他们只要一看到他，就会手握长柄叉和步枪追赶他。

光着身子的男人爬到一棵柳树的树冠上。整个山谷里全是森林和荆棘丛生的悬崖，下面是一排灰秃秃的山。但是在山谷深处，在河流的一个拐弯处，有一块板岩做成的屋顶，还有一缕升起的白烟。生活，光着身子的人想，生活就是一个地狱，那些古老而幸福的天堂召唤是不大会有的。

牲口林

在扫荡的日子里，树林好像成了集市。在小路边上的灌木丛和树林间，赶着奶牛和牛犊的人家络绎不绝，还有用绳子牵着山羊的老妪，怀里抱着鹅的女娃娃。甚至有人带着兔子一起逃难。

不管在哪里，栗树林越稠密的地方，就越容易碰到大腹便便的公牛和下幅宽大的母牛，它们走在那些陡峭的山坡上，都不知道该怎么动弹。山羊们则自如许多，但最得意的还属骡子，总算有那么一次，它们可以不用负重地走路了，还能边走边啃路边的树皮。猪呢，忙着拱地，鼻子上扎得全是栗子壳；母鸡栖在树上，吓坏了松鼠；经过几个世纪的圈养而忘了挖洞做穴的兔子，只好钻进树洞里。有时还会遇到咬它们的睡鼠。

那天早上，农民朱阿·德伊·费奇正在树林一个遥远的角落里打柴。他对村子里发生的事情全然不知，因为他前一天晚上就出发了。为了大清早去采蘑菇，他在林子里一间秋天用来风干栗子的农舍里睡了一宿。

于是，正当他对着一桩枯树干挥动斧子时，隐约听到林子里远远近近一片牲口身上的铃铛声,他感到很惊奇。他停下手里的活儿,听着这声音由远及近,就喊了一声:"噢——呜!"

朱阿·德伊·费奇是个又矮又胖的小个子,满月般的脸上长着黑乎乎的毛发,透着健康的酒红色。他头戴一顶绿色的圆锥形帽子,帽子上插着根环颈雉的羽毛,身着一件有着黄色大圆点的衬衫,外面罩着件毛背心,球一般的肚子上,一条红色围巾系住了他打满蓝色补丁的裤子。

"噢——呜!"那些人回了他一声,在长着绿色苔藓的石头间,冒出了一个长着小胡子、头戴草帽的农民,那是他的老乡,正牵着一只长着白胡子的大山羊。

"你在这里干什么呀,朱阿,"老乡对他说,"德国人进村子了,正挨个搜查牲口棚呢!"

"我的老天哪!"朱阿·德伊·费奇大声道,"他们准会找到我的奶牛'七星瓢虫',会把它带走的!"

"你快去,也许把它藏起来还来得及,"他的老乡向他建议道,"我们看到一队人从谷底上来,就赶紧逃掉了。不过可能他们还没到你家呢。"

朱阿扔下木柴、斧子,还有装着蘑菇的篮子,拔腿就跑。

在林子里跑的时候,他遇到了一排排的鸭子,它们拍打着翅膀,从他脚下逃开,遇到了一群群绵羊,它们一只挨着一只、密密匝匝地行进着,一点都不给他让路,还遇到了一个个的孩子和老太太,他们对他喊:"他们已经到了玛多内塔了!正在挨家挨户地搜查桥上的住家呢!我看见他们过了进村之前的拐弯口了!"朱阿·德伊·费奇用他那双短腿飞快地跑着,下坡时就像一只球在滚,上坡时气喘吁吁的。

最后来的是乌鸦

跑着跑着，他来到了山脊上的拐弯口，从那里能看见整片村庄。清晨的空气中飘漾着一种柔和的东西，周围的大山若隐若现，那个村庄便坐落在群山之中，村里的屋子全是用石头和岩板搭成的，那些屋子就那么堆叠在一起，就跟骷髅似的。村里的气氛很紧张，不时传来德国人的叫嚷，还有用拳头砸门的声音。

"我的老天哪！德国人已经闯到屋里去了！"

朱阿·德伊·费奇的胳膊和腿都打起战来。一方面是因为，由于酗酒他一直就有发抖的毛病，另一方面是因为，他想到了奶牛"七星瓢虫"，那是他在世上的唯一财产，而它就要被人带走了。

朱阿·德伊·费奇悄悄地穿过田地，以一排排的葡萄架作掩护，靠近了村子。他的房子在最后面几家，也最靠外面，在那里，村子会消失在菜地里，消失在一片绿色的南瓜地之中。德国人可能还没到那里。

朱阿从墙边探了探头，开始往村里溜。他看见依然飘着干草味和马厩气味的道路已是空无一人，那些陌生的声音是从村子中心传来的：非人的言语声，带钉子的脚步声。他的家就在那里，大门仍是关着的。不管是底层牲口圈的门，还是屋子外面那截破楼梯顶上的房间门，都是关着的，楼梯底下的陶锅里种着一丛丛的罗勒。一个声音从牲口圈里传来："哞……"那是奶牛"七星瓢虫"，它识出了主人的到来。朱阿激动不已。

可就在这时，拱门下传来了轰隆隆的脚步声。朱阿赶紧躲进门洞里，使劲地把自己滚圆的肚子往里缩。那是一个农民模样的德国人，短小的制服遮不住他瘦长的手腕和脖子，他的腿也很长，拿着一支跟他一般高的破枪。他离开了同伴，是想看看能不能给自己捞点东西；也是因为村里的东西和气味让他回忆起了自己熟悉的东西和气味。就这样,他一边走一边嗅着什么,东张西望的,那顶扁扁的军帽下是一张猪一样的黄脸。这时,牲口圈里的"七星瓢虫"叫了一声:"哞……"它不明白主人为什么还不过来。一听这声,德国人在他那身紧窄的衣服里惊了一下,赶紧向牲口圈走去;朱阿·德伊·费奇感到自己快喘不过气来了。

他看见德国人在不停地踢门,肯定很快就能把门踢开了。于是朱阿闪开,绕到房子后面,去了干草棚,在干草堆下翻找起来。那里藏着他老旧的双管猎枪和子弹袋。朱阿把打豪猪用的两颗子弹推上膛,并把子弹袋系在腰间,悄无声息地,瞄准了步枪,去牲口圈门口隐蔽了起来。

这时德国人已经牵着被绳索套住的"七星瓢虫"出来了。这是一头漂亮的红色奶牛,它身上长着黑点,所以才被叫作"七星瓢虫"。这是一头年轻的奶牛,重感情而且也很固执,现在它不想被这个陌生人带走,怎么都不肯走;德国人不得不拽住它的鬐甲,推着它走。

朱阿·德伊·费奇躲在一堵墙后,开始瞄准了。要知道,朱阿是村里最蹩脚的猎人。他从来都瞄不准的,不用说兔子,就连一只松鼠都没打中过。当他向静止不动的鸫鸟开枪时,它们甚至都不会从树枝上飞走。没有一个人想和他一起打猎,因为他会打中同伴的屁股。他本来就手抖,瞄不准,现在就更不用说了!

他试着去瞄准,但双手抖得厉害,双管猎枪的枪口一直在空中晃来晃去。他正要瞄准德国人的胸膛,可准心上出现的却是奶牛的屁股。"我的老天哪!"朱阿想着,"如果我向德国人开枪,可却打死了'七星瓢虫'可怎么是好?"于是也不敢贸然扣动扳机。

德国人牵着这头奶牛吃劲地走着,奶牛感到主人就在附近,怎么也不肯被拖走。德国人突然发现他的战友们已经撤离村庄，而且已从大路上下去了。他于是准备拉上那头倔强的奶牛赶上他们。朱阿保持着一定距离，跟在他们后面，时不时从篱笆和矮墙后面跳出来，并举起他的破枪来瞄准。但他怎么也拿不稳枪，而德国人和奶牛又靠得太近，搞得他一枪都不敢开。但也不能就这么让它给带走啊？

为了赶上越走越远的大部队，德国人抄上了林中的一条小道。现在，朱阿藏在树干的后面，就更容易跟着他们了。而且现在，也许德国人走路时会离奶牛远一些，这样就好对他开枪了。

一进入树林，"七星瓢虫"好像就不是那么不愿意走了，相反，因为德国人在那些小道上走吧，不怎么识路，所以是奶牛领着他走的，由它来选择走哪条岔路。没过一会儿，德国人就发现自己不在通往那条大道的近路上了，而是来到一片密林里——一句话，他和那头母牛一同迷了路。

朱阿·德伊·费奇跟在他们后面，他鼻子擦过荆棘，双脚踏入小溪，身旁是拍翅起飞的鹧鸪，还有从泥塘里跳出的青蛙。在树林间瞄准更是困难，瞄准要穿过重重障碍，而奶牛那辽阔的红黑色臀部又总是在他眼前晃来晃去。

德国人早已是心惊胆战地打量着这片密林了，现在又听到杨梅丛中响起一阵窸窣声，而后又看见一头漂亮的粉红色小猪从里面钻出来，于是就琢磨着怎样才能脱身。在他老家，他从没看过猪在树林中出没。他松开牵着奶牛的绳子，跟着猪走起来。"七星瓢虫"一看见自己自由了，就小跑着拱入密林中，它能感觉得到那里聚集着很多朋友。

对朱阿来说，是时候该开枪了。德国人正在手忙脚乱地逮那头

猪,好不容易抱住它,结果猪还是挣脱了。

正当朱阿准备扣下扳机时,他身边出现两个小孩,一个男娃娃一个女娃娃,头戴羊毛绒球帽,脚踩长筒袜。他们大粒的泪珠就快要落下来:"你可要瞄准了,朱阿,拜托了,"他们说道,"如果你打死了那猪,我们可就什么都没有了!"于是朱阿·德伊·费奇手中的那支步枪又跳起了塔兰泰拉舞。他这个人,心肠太软,太容易激动,倒不是因为他得杀死那个德国人,而是他可能会失手打死那两个可怜孩子的猪。

德国人和怀中的那头猪在石头与荆棘丛中跌打滚爬着,那猪一边挣扎,一边叫着:"咯咿咿……咯咿咿……咯咿咿……"突然,一声"咩……"回应了猪的叫唤,原来是一只小羊,从一个洞里冒了出来。德国人放开那猪,又去追羊。真是奇怪的森林,他想,小猪钻在灌木丛中,羊羔圈在大山洞里。他抓住了那只声嘶力竭叫唤的羊羔的一只蹄子,然后像个善良的牧羊人①那样,把羊扛在自己的肩上,走了。朱阿·德伊·费奇悄悄地跟着他。"这一次他再也跑不了。这一次能行。"他这么说着,正准备开枪,这时一只手抬起了他的枪托。那是一个留着白胡子的老牧羊人,双手合十地对他说:"朱阿,你可别杀了我的小羊羔,你把他杀掉,但别杀了我的小羊羔。你瞄准了,就这么一次,你可要瞄准了!"但是朱阿早就傻了,连扳机在哪里都找不着。

德国人在树林里走着,总能发现什么让人嘴巴大张的东西:栖在树上的小鸡,在空树干里探出脑袋来的豚鼠。整个就是条诺亚方舟。这不,在松树的树枝上,他看见一只开屏的火鸡卧在那里,便赶紧伸出手去抓它,但是火鸡轻轻一跳,就跳到更高一层树枝上去待着了,继续开着屏。德国人于是就丢下了羊羔,爬起了那棵松树。但他每爬高一层,火鸡就跳到更上面一层,不紧不慢地,昂首挺胸,悬挂着的垂肉如同火焰一般耀眼。

朱阿来到这树下,头顶着一根枝叶繁茂的树枝,另外两根扛在肩上,还有一根捆在枪杆上。但是,过来一个头戴红手帕的年轻胖姑娘。"朱阿,"她说,"你听我说,如果你杀了德国人,我就嫁给你,如果你打死了我的火鸡,我割断你的肠子。"朱阿年纪不小了,但还是个单身汉,童子身,听得满面通红,枪杆又像烤肉用的铁叉一样在他跟前翻转起来。

德国人还在往上爬着,来到了最细的树枝上,他脚下的一根树枝突然断了,他掉了下去。他差一点砸到朱阿·德伊·费奇身上,朱阿这次判断准确,赶紧逃开了。但是掩护自己用的所有树枝都留

---

① 也就是基督。

在那地上了，于是德国人就摔在松软的树枝上，一点没伤着。

德国人跌下来以后，看见小道上有只野兔。但它不是野兔，它有着卵形的大肚子，听到声响后，不仅不逃，反而趴在地上不动。原来是一只家兔，德国人抓住它的耳朵，就这么拎着它走着，它一边尖叫，一边浑身扭动，为了不叫它跑掉，他不得不抬着胳膊跳来跳去。林子里一片哞哞声，咩咩声，还有咯咯声。每走一步，就会发现新的动物：枸骨叶冬青树枝上的一只鹦鹉，在一口泉眼里游弋着的三条红鱼。

朱阿骑在一棵高高的老栎树上，盯着德国人和兔子在那里手舞足蹈。但是瞄准德国人有些困难，因为兔子总是在不停地变化位置，他总是不知怎么地就瞄住兔子了。朱阿感到有人在拽他的背心下角，那是一个扎着辫子、满脸雀斑的小姑娘："你别打死我的兔子，朱阿，否则那就跟德国人已经把我的兔子带走一样了。"

就在这时，德国人来到一个遍地都是灰石头的地方，石头上爬满了蓝色和绿色的苔藓。周围只长着很少几棵干枯的松树，而旁边就是悬崖。一只母鸡正在松枝铺成的地毯上觅食。德国人正要去追赶母鸡，兔子就乘机逃了。

那是一只又瘦又老又掉毛的母鸡，真是从没见过那样的母鸡。那是吉如米娜的母鸡，吉如米娜是村里最穷的老妇人。德国人很快就把它捉住了。

朱阿埋伏在那些石头顶上，并用石头给自己的枪搭了一个底座。他甚至筑起了一座有着立面的小碉堡，只留下一个很窄的射击孔，用来搁放枪杆。这样，他就可以毫无顾虑地开枪了，因为就算他把那只掉毛的母鸡打死，也没什么大关系。

但就在这时，裹着黑色破披肩的老太太吉如米娜赶上他，说起了这番道理:"朱阿,如果是德国人带走了这母鸡,这个我在世上唯一的东西,那已经很伤心了。但如果是你用枪把我的母鸡打死,那我就更伤心了。"

朱阿的手于是又抖起来,比以前抖得更厉害,落在他身上的责任太大了。但他还是鼓足了勇气,扣动了扳机。

德国人听见枪声,看见手里的母鸡扑扇着翅膀,突然没了尾巴。然后又是一枪,母鸡少了一只翅膀。这母鸡难道是中了妖术,会时不时地在他手中自行爆炸,自我消耗?又是一声枪响,母鸡完全脱了毛,简直可以直接送去烧烤了,尽管这样,它仍在不停地拍着翅膀。德国人开始怕了,他捏着母鸡的脖子,远远地拎着它。朱阿的第四发子弹正好打在德国人手下面一点的鸡脖子上,这样一来他手里只留下了还在动弹的鸡头。德国人赶紧把手中的东西扔了,撒腿就跑。但他再也找不着路了。旁边就是那个岩石嶙峋的悬崖。悬崖前的最后一株树是一棵豆角树,在豆角树的树枝上,爬着一只大猫。

现在德国人看到树林里的各种家畜已经不觉得奇怪了,他伸出手来,想抚摸那猫。他拎住猫的后颈,希望能听见它发出呼噜声,好自我安慰一番。

要知道,那片树林长久以来饱受一只恶野猫的侵扰,它弄死林里的飞禽,有时甚至还会冲到村里的鸡舍那里。于是那个本以为能听见呼噜声的德国人,看见那只猫科动物竖着一身乱毛,直冲着自己扑来,他感到它的指甲把自己撕成碎片。在持续的混战中,男人和那只野兽双双滚下了悬崖。

就这样,朱阿,这个蹩脚的射手,却被当作全村最了不起的游击队员和猎人,受到了人们的热烈欢迎。而可怜的吉如米娜呢,人们用公家的钱给她买了一窝小鸡。

雷 区

"布雷了。"老头是这么说的,他一边说着,一边伸出手在眼前挥来舞去,好像想擦净一块模糊的玻璃。"就在那边,也不知道埋在哪儿了。他们经过这里时,埋上了地雷。我们当时都躲了起来。"

穿着朱阿夫①兵裤的男人看了一眼山坡,又看了一眼直直立在门口的老头。

"但是从战争结束到现在,"他说,"他们有这么长时间可以扫雷。而且总该有条路是没铺雷的。肯定有人了解情况的。"

"你,老头,你就知道。"他这么想,因为这老头肯定是个走私犯,对自己的烟袋锅有多熟悉,就对边界摸得有多清楚。

老头看了看男人打着补丁的朱阿夫兵裤、他开了缝的软塌塌的干粮袋,还有从头到脚结的那一身皮一样的灰尘,这一切都证明他已经走了很长的路。"也不知道埋在哪儿了。"他重复了一遍这话。"在山口那里。有片雷区。"他又做了一遍那个动作,就好像在他和

---

① 朱阿夫,法国轻骑兵。

其余一切之间有块模糊的玻璃。

"我说,我还不至于那么倒霉,不会正好撞上一片雷区吧?"男人问道。他的笑容粘住了牙齿,就好像吃了一个生涩的柿子。

"嘿。"老头说了句。只是一个:"嘿。"于是男人只好努力去回忆那个"嘿"的语气。因为可能是一个"嘿,怎么可能",或者是一个"嘿,这可不知道",再或者是一个"嘿,这还不容易"。可那老头仅仅说了个"嘿",不带任何语气,干巴巴的,就像他的眼神,也好像那些山上的土地,地上的草既短又硬,好似没剃好的胡子。

山坡上长着一些不会高过荆棘的植物,时不时冒出的一株滴满树胶的松树,也会本着尽可能少制造阴影的精神,歪歪扭扭地立在那里。现在,男人走在那条看不出模样的上山小道上,因为这路每年都会被荆棘吃掉,被走私犯或是不留踪迹的野兽踩烂。

"该死的土地,"穿着朱阿夫兵裤的男人说,"真想马上走到另一侧的坡子上去。"好在开战以前,这条路他已经走过一次,可以不要向导。他也知道,那山口其实是一段大峡谷中的上坡路,不可能整条路都敷上雷的。

而且,只要迈步时小心些就足够了,底下埋了地雷的地方和其他没埋雷的地方应该是有很大区别的。比如说:移动过的土块,故意堆出来的石头,还有新长的青草。比如那里,很快就能看得出来,是不可能有雷的。真不可能?翘起的那块岩板呢?草地中央的那块秃地呢?倒在路正中的那段树干呢?他停了下来。但是这里离山口还很远,是不可能有雷的。他继续走着。

也许他会喜欢在夜间穿过雷地,在黑暗中爬行,倒不是为了躲过边界巡逻队,因为有巡逻队的地方是安全的,而是为了躲过对于地雷的恐惧,这地雷就好像是些睡眼蒙眬的大型野兽,在他经过时，它们会惊醒。巨大的旱獭蹲伏在地下的洞穴里，其中一只会立在一块石头上，从高处放哨。旱獭都是这么做的，当它们看见他时，会用咝咝声来发出警报。

"当那个咝咝声响起的时候，"男人想，"雷区就会爆炸，硕大的旱獭就会朝我冲过来，把我啃个稀巴烂。"

男人从来没有被旱獭咬过，他也不会在雷区里被炸死。他只是饿了，饥饿让他产生了那些想法；这男人知道，他了解饥饿，了解人在挨饿时会经历的幻觉游戏，每一个看到或听到的东西，都会承载一种食物或是啃咬的含义。

不过，旱獭倒真是有的。从石子堆的高处，传来了它们的咝咝声：咯咿……咯咿……"我能用石头砸死一只旱獭就好了，"男人想，"这样就能把它穿在树枝上烤上一烤了。"

他想着旱獭的油腻味，却也不觉得恶心；饥饿让他对旱獭的油腻味，对任何可以咀嚼的东西都产生了欲望。这一个星期以来，他转遍了村里的家家户户，也找牧羊人讨过黑麦面包，要过凝乳奶。

"我们要有就好了。这里什么都没有。"他们说着，向他指了指墙，给烟熏黑了的墙上什么都没有，除了几串大蒜。

他终于看到了山口，他本以为要花上更多的时间。突然间他惊讶得激动不已，很快这种惊讶几乎变成了惊吓——他没有料到那里开满了杜鹃花。他以为会看到一片光秃秃的峡谷，以为每走出一步之前，都能仔细研究好每一块石头，每一丛荆棘，然而，他却身陷一片没过膝盖的杜鹃花海洋，在这片平坦的、不可穿透的海洋中，隆起几块背面朝上的灰色石头。

那下面有地雷。"也不知道埋在哪儿了，"老头这么说过，"那里都是雷。"说这话时还在空中挥了挥那双摊开的手。穿朱阿夫兵裤的男人似乎看到了那双手的影子落在了浩瀚的杜鹃花上，而且在不断扩大，直至盖住了那片花的海洋。

他选出了一个行进方向，也就是沿着与峡谷平行的蜿蜒小径走，这路很不好走，但对那些想在这里布雷的人来说也不方便。越往上走，杜鹃花长得越稀薄，从石头间传来旱獭"咯咿……咯咿……"的叫声，一刻不休，晒在后颈上的太阳也是不给他喘气的机会。

"哪里有旱獭，"他一边想着，一边拐到有旱獭的方向上，"就说明那里没有布雷。"

但这是一个错误的推理——地雷是针对人类的，一头旱獭的重量并不足以引爆地雷。这时他才想起地雷是针对人类的，这可把他吓住了。

"针对人类的，"他重复道，"针对人类的。"

陡然间，单是那个名称就让他害怕起来。当然，如果他们是在山口埋上雷了，那真是完全难以通行了。他最好还是回去，跟这边的人问问清楚，再试试另外一条路。

他转过身，准备往回走。但是，之前，他的脚步都落在了哪里？他身后的那片杜鹃花一直延伸着，就像一片植物的海洋，难以穿透，根本就看不出来他走过的路。也许他已经身处雷区了，一步走错就能叫他完蛋，还不如继续往前走。

"该死的土地，"他想着，"该死的土地直到最后都不放过我们。"

他要有只狗就好了，像人一般重的一条大狗，这样就好把它赶到前面去试路。他甚至咂起了舌头，就好像在唆使一只狗跑到前面去。"我得给我自己当狗。"他想。

也许一块石头就能试出来了。他身边就有一块，很大，但还挪得动,正合适。他用双手把石头捧起来,然后把它抛到前面尽可能远的坡子上。石头没有落得很远,还朝他滚了回来。这样一来就只能碰运气了。

现在,他已经来到了峡谷的高处,周围净是危机重重的石头堆。旱獭的群落听到了男人的到来,便发出了警报。空气顿时被它们的尖叫戳破,就好像被仙人掌的刺戳穿一样。

但是男人再也不想逮什么旱獭了。他发现这峡谷,在入口处相当宽阔,但是进去以后却慢慢地窄了起来,到最后就剩下一条铺满石头和灌木的裂缝。于是男人明白了,雷区只可能在那里。只有在那种地方,隔着适当距离安置地雷,才可能封锁住所有必经通道。这个发现不但没有吓住他,反而带给他一种奇特的平静。好了,他现在终于身处雷区了,这起码是确定的。现在也只能继续往山上爬,随便走,想往哪走,就往哪走。如果命中注定他就该那天死,那总归都是会死的;如果他就不该死,那在穿过一片一片的雷区时,是怎么都能幸免于难的。

他提出了这个有关命运的理念,自己却不是很信服。他不相信命运。当然,如果他迈出了一步,那是因为他没有别的选择,是因为他的肌肉活动,是因为他的思考的推进把他带向了那一步。但有的时候,真是走这一步和走那一步都差不多,他自己也糊涂了,而肌肉也绷在那里找不到前行的方向。他决定不再胡思乱想了,决定让自己的腿像机器人一样摆动,决定在石头上随便走;但他总担心是自己的意志决定了该往右还是往左拐,决定了该踩这块石头还是那块石头。

他停下来。他感到身上有种奇怪的焦躁感,这焦躁感是饥饿和害怕带来的,他不知道怎么才能让这种感觉平息下来。他在口袋里

CAMPO DI MINE

掏了掏，他有一面小镜子，那是有关一个女人的记忆。也许这才是他想要的——照一下镜子。在那一小块模糊的玻璃上，出现了一只眼睛，肿胀而发红；然后是一张脸，脸上的尘土和毛发都结成了硬皮；接着是干燥、开裂的嘴唇，还有比嘴唇更红的牙龈、牙齿……但是男人想在一面大镜子中照一照自己，看一眼自己的全身。他举着那面小镜子围着自己的脸照了一圈，看看自己的眼睛、耳朵，但这不能满足他。

他继续走着。"到目前为止，我还没有碰到雷区，"他想，"我已经走了四五十步了吧。"

他每一次落脚，感到脚下那结实而静止的土壤时，都要深吸一口气。他走了一步，又走了一步，又走了一步。这块泥灰岩像个圈套，然而却很坚固；这一丛石楠也没藏着什么：这一块石头……他身子下面的石头陷下了两指深。"咯咿……咯咿……"旱獭叫道。

他继续前进,迈出了另一只脚。

突然间,土地变成了太阳,空气变成了土地,旱獭的"咯呦"声变成了雷鸣。男人感到一只铁手抓住了他的头发和脖子。不是一只手,而是上百只手,每只手都抓住他的一根头发,把他从头到脚撕得粉碎,就像把一张纸撕成无数小碎片。

食堂见闻

我早就知道会发生点什么。他们俩隔着桌子面无表情地互相望着,就像鱼缸里的鱼。但是很快你就会明白,他们是完全不同的两种人,而且远得不可计量,是两个互不了解的物种,正在互相观察,互不信任。

她是先到的。她是一个身躯庞大的女人,一身黑衣,显然是个寡妇。一个从乡下来的寡妇,进城来做买卖的,我很快把她定义成这样的人。在我常吃的人均六十里拉的平民食堂里,也会来这一种人,做大买卖或小本生意的黑市生意人,在经历了贫困时期后,对节俭抱有特殊的偏爱,当他们突然想起自己的口袋里装满了千元的票子时,偶尔也会有要挥霍一番的冲动,这种冲动会怂恿他们点宽面条和牛排,而我们这些瘦弱的单身汉,全靠赠票吃饭,我们眼巴巴地盯着他们的盘子,却只能一勺一勺地喝菜汤。那女人应该是个有钱的黑市生意人;她坐在那里,占着桌子的一侧,正从自己的包里掏出白面包、水果,还有被胡乱包在纸里的奶酪,把桌布上铺得满满的。然后,她很机械地,用指甲发黑的手指摘下一颗颗葡萄,

掰下一块块面包,然后送到嘴里,这些食物一进嘴就细声消失了。

他就是在那个时候靠过去的,他看到桌子的一角还没有被食物占满,桌角前的座位正好也是空着的。于是就问了:"我可以坐吗?"那女人嚼着食物,扫了他一眼。于是他又问:"对不起……我可以坐吗?"女人摊了一下双臂表示无所谓,然后用那张嚼着面包的嘴嘟囔了一声。男人稍稍地抬了一下帽子以示敬意,然后便坐下了。那是一个上了年纪的男人,身上的衣服虽然很破旧但也算整洁,衣服的领口是浆洗过了的,虽然还没入冬,但他穿了一件厚大衣,耳朵上挂着助听器的线。你一看到他,就会为他,为他举手投足流露出来的那种修养而感到不自在。他一定是什么没落贵族,从一个充满了恭敬和礼数的世界突然落进一个推推搡搡、摩肩接踵①的世界,但

---

① 直译的话应该是"摩拳接腰"。

他并没有意识到这一点,继续在那个挤满了小市民的食堂里点头鞠躬,就好像在宫廷里接待客人一样。

他们现在面对面了,新富和旧贵,两个互不了解的物种;矮宽的女人那双大手,就像螃蟹的钳腿一样,搭在台面上,而她的喉头也像螃蟹呼吸那样动了一下;老头呢,坐在椅子的边缘,胳膊肘紧贴着体侧,戴着手套的双手因为关节炎的毛病僵在那里,深蓝色的细小血管从他的脸上凸起,就好像一块被苔藓侵蚀的石头。

"这帽子,我很抱歉。"他说。女人用她的黄眼珠看着他。她一点都不明白他是什么意思。

"我很抱歉,"男人又重复了一遍,"我头上还戴着帽子。因为这里有点风。"

于是,肥寡妇的长着虫子般汗毛的嘴角露出一个笑容来,脸上的肌肉甚至都没怎么动,那是一个被咽下去的笑容,就像在说腹语。"葡萄酒。"她对正好经过身边的服务小姐说。

戴着手套的老头听到那个词的时候眨了眨眼睛。他应该挺喜欢葡萄酒的,他鼻尖的血管表明他长期饮酒,但喝得很谨慎,是那种很讲究吃喝的人。但是他应该有很长时间不喝了。现在那个肥寡妇把一块块白面包浸到葡萄酒酒杯里,嚼了又嚼。

戴手套的老头有时应该是感到阵阵羞愧的,就好像他正在追求一个女人,又很怕让别人觉得自己太吝啬。"请给我也来点葡萄酒!"他说。

然后很快,他就后悔自己说了那话,这样一来自己可能在月底之前就会把退休金用完了,那就得饿上几天肚子,只能穿着大衣在自己的阁楼里瑟瑟发抖了。他没有把酒倒进杯子里。"也许,"他想,"我不碰的话,说不定就可以把酒退回给他们,就说我不想喝了,这样就不用付酒钱了。"

他是真的不想喝了,连吃也不想吃了;他用勺子叮叮当当地舀着寡淡无味的菜汤喝,用仅剩的几颗牙齿咀嚼着食物,而胖寡妇却在大口大口地吃沾满黄油的通心粉。

"他们现在最好别说话,"我这么想着,"谁先吃完赶紧走人。"我不知道自己在怕什么。他们俩都是某种怪物般的存在,在那个甲壳类动物的迟钝外表下,蕴藏着一种对对方的极度厌恶。我想象他们就像什么深海水怪一样,正进行着一场缓慢的撕咬打斗。

老头现在已经几乎被寡妇的食物重重包围了,桌上到处都是包食物的纸,都堆到他这一角来了,和他那无味的汤和用粮票领的两块长面包混在一起。于是他又把面包向自己拢了拢,就好像担心自己的面包会落入敌人的阵营。可是他那只手本来就很僵硬,现在又戴着手套,一失手撞到一块奶酪,奶酪掉地了。

庞大的寡妇坐在他对面,冷笑着。

"对不起……对不起……"戴手套的人说。那寡妇瞅着他就好像在欣赏什么新物种。她没搭他的话。

"这下好了,"我想,"现在他会嚷嚷起来,说:'够了!'然后就掀掉台布!"

然而,他俯下身,做着可笑的动作,在桌子下面找起奶酪来。胖寡妇待在那里看了他一会儿,然后,几乎是一动不动地,把她一只巨大的脚爪伸到地下,踢出那块奶酪来,把它弄干净,再送到她那昆虫般的嘴里,然后在戴手套的老头从桌子底下露出头来之前就把奶酪给吃掉了。

老头终于站起来了,因为用力过猛,一副很痛苦的样子,经历了这一番折腾以后,脸都红透了,他的帽子也歪了,助听器的线歪歪扭扭地挂在那里。

"好了,"我想,"现在他会拿起刀,然后把她给杀了!"

然而,他好像确信自己丢脸了,却也找不到什么方式来给自己找台阶下。他想说点什么,随便谈点什么都好,只要能消除那种尴尬的气氛就好。但不管是和尴尬有关的话,还是道歉的话,他什么都说不出来。

"那块奶酪……"他说,"真可惜啊……我很抱歉……"

对胖寡妇来说,仅仅用沉默来羞辱他已经远远不够了,她想叫他输得一败涂地。

"对我来说很重要,"她说,"我在卡斯戴尔布朗东奈有很多这种奶酪。"说完还做了一个手势。但是让戴手套的老头感到惊讶的并不是那个手势的夸张幅度。

"卡斯戴尔布朗东奈?"他问道,两眼放光,"我在卡斯戴尔布

朗东奈的时候做过少尉！九五年的时候。因为枪法好。您既然是那儿的人，肯定认识布朗东奈·达斯布莱兹伯爵一家！"

这下寡妇不只是冷笑了，而是放声大笑起来。她一边笑一边环顾四周，想看看是不是其他顾客也注意到那个老头有多么可笑。

"您可能记不得了，"老头继续说道，"您当然记不得了……但是当年在卡斯戴尔布朗东奈，就因为我枪法好这事儿，连国王都来了！是在达斯布莱兹的城堡里接待的！就是在接待的时候，发生了这件我要跟您说的事儿……"

胖寡妇这时看了一眼手表，要了一盘牛肝，并赶紧吃了起来，根本没听他说话。戴手套的老头虽然明白自己是一个人说话，但并没有因此而停下来。他要是刚开了个头就停下来的话，可就出洋相了，怎么也得把故事讲完。

"国王陛下走进灯火通明的大厅中，"老头继续说着，眼中全是泪水，"大厅一侧都是些穿着晚礼服、点头致敬的贵妇人，另一侧全是我们立正站好的军官。国王吻了女伯爵的手，并一个个地向大家致敬。然后他向我走过来……"

他们两人的酒杯靠得很近，寡妇的酒几乎喝完了，老头的还是满的。那寡妇装作一副心不在焉的样子，把老头小酒杯里的酒倒进了自己的杯子，喝掉。老头虽然讲故事讲得热血沸腾的，可还是看见了，这下好了，这回是真没戏了，这酒钱得付了。胖寡妇肯定会把酒都喝完的。但如果向她指出她搞错酒杯了，那就太不礼貌了，她也许会感到不好受的。不行，太不礼貌了！

"然后国王陛下就问我：'您呢？中尉？'他真的是这么问我的。我呢，立正回答道：'克莱蒙特·德·弗隆杰斯少尉，国王陛下。'然后国王就说：'克莱蒙特！我见过您的父亲，'他说，'一个优秀的士兵!'然后他握了握我的手……他真是这么说的:'一个优秀的士兵!'"

胖寡妇吃完饭了,站了起来,然后在她放在另一张椅子上的包里掏起东西来。她俯下身,身体露在桌面上的部分只剩下臀部了,那是一个肥女人巨大的臀部,被黑色布料包裹着。老克莱蒙特·德·弗隆杰斯正前方的巨大臀部就那么一直蠕动着。而他呢,也就一直那么容光焕发地讲着故事:"……整个大厅里的吊灯都亮着,那些大镜子……国王握住我的手。好样的,克莱蒙特·德·弗隆杰斯,他跟我说……周围所有的女士都穿着晚礼服……"

糕点店里的盗窃案

机灵鬼来到事先约好的地方时,其他人已经等了他一会儿了。另外两个人都到了——"圣婴"和屋奥拉-屋奥拉。万籁俱寂,静得能听见路边屋子里钟走的声音。今晚要行两起窃,动作要快,否则天亮了会给人抓住。

"我们走。""机灵鬼"说。

"去哪里?"另外两个人问。

"机灵鬼"就是那么个人,从来不解释要行什么窃。

"我们现在就去。"他答道。

"机灵鬼"在空旷的街道上默不作声地走着,这街道就像一条干涸的河流,月亮沿着有轨电车的电线跟着他们,"机灵鬼"走在最前面,黄眼珠转个不休,鼻孔也是翕动个不停,就好像在嗅着什么。

"圣婴",他们这样叫他,是因为他头大得就像是新生儿,身体矮胖;也许也是因为他的头发削得很短,漂亮的小脸蛋上长着乌黑的小胡子。他一身肌肉,活动起来却柔韧得像只猫;什么时候要爬高了,要蜷身了,没有人能比得过他。每当"机灵鬼"带上他时,总是有什么原因的。

"'机灵鬼',这次能偷到好东西吧?""圣婴"问。

"如果能偷到的话……""机灵鬼"说,扔下这么一个没有任何意义的回答。

就在这时,他让他们拐进那些只有他认识的小巷子中,躲进了一个院子里。他们马上就明白了,这次要在一个商店的后院里干活,屋奥拉-屋奥拉走到最前面,因为他不想放哨。屋奥拉-屋奥拉就是放哨的命;他的梦想就是能像别人那样,钻到那些屋里去,去翻箱倒柜,然后塞满自己的口袋,可每次总是轮到他站在寒冷的大街上放哨,时不时得冒着遇上巡逻队的危险,他冷得牙齿直打战,却好过冻在一起,另外还得抽支烟做个样子。瘦高个的屋奥拉-屋奥拉是个西西里人,生着一张黑白混血儿那种忧伤的脸,手腕露在袖口外面。每次要行窃时,他都会穿得很高雅,也不知道为什么:帽子,领带,雨衣。如果有情况要逃跑的话,他就会拎起雨衣的下摆,就好像要张开双翼一样。

"你去放哨,屋奥拉-屋奥拉。""机灵鬼"一边说,一边翕动着鼻孔。屋奥拉-屋奥拉快快地走开了,要不然,他知道"机灵鬼"会越来越频繁地翕动着鼻孔,然后会突然停止翕动,并掏出手枪。

"那边。""机灵鬼"对"圣婴"说。那里有扇离地面较高的小窗户,在破损的玻璃上,糊着一张硬纸板。

"你爬上去,进去,给我把门打开,"他说,"注意千万别开灯,从外面能看见的。"

"圣婴"就顺着光滑的墙体,像只猴子那样爬了上去,他捣破了硬纸板,没弄出一点声音来,把头探了进去。直到这时他才闻到那味道。他猛地吸了口气,于是一团甜点特有的香味飘到鼻孔中来。顿时，他感到的不是贪婪，而是一种急切的激动，一种遥远的温柔。

"这里头，应该有什么甜点吧。"他想。他已经好多年，也许是自从战争爆发以后，就没像样地吃过什么甜点了。他现在要是不把这甜点找出来，是不会罢休的；一定要给找出来。他在黑暗中攀缘而下；先是踢到一部电话，然后一把扫帚戳进他的裤筒里，最后他落在地上。甜点的味道越来越浓，但搞不清楚是从哪里飘过来的。

"这里应该是有很多甜点吧。""圣婴"想。

他伸出一只手，尝试着在黑暗中适应环境，摸索着去给"机灵鬼"开门。可很快，他就一脸厌恶地把手抽回来了，他面前肯定有个动物，一种海洋生物，也许是种软绵绵、黏糊糊的东西。他的手就这么顿在空中，变得粘兮兮、湿乎乎的，就像那手得了麻风病。他感到自己的指间长出了一个圆乎乎的东西，一个赘疣，可能还是什么毒疮。他在黑暗中睁大眼睛，可什么都看不见，即使是把手放在鼻子下也什么都看不到。他看是看不到，可是还能闻得到，于是就笑开了。他明白自己刚刚是碰到了一个蛋糕，而手上沾着的呢，都是奶油，还有一个樱桃蜜饯。

他赶紧舔起手来，而另一只手继续在周围摸索着。现在他碰到了一个固体，但是很松软，面子上有一层颗粒状的东西——是油煎饼！他一边摸索着，一边把整块油煎饼都塞进嘴巴。随后还发出了一小声惊叹，因为他发现油煎饼里面还有果酱。这个地方真是妙极了，黑暗中那手无论伸到什么方向，总能碰到什么新的甜点。

忽然他听到不远处有敲门声，一副很不耐烦的样子——那是"机灵鬼"在等他开门。"圣婴"往传来敲门声的方向走去，他的双手先是撞到了蛋白夹心饼，然后是杏仁甜饼。他打开了门。"机灵鬼"的袖珍手电筒照亮了他的脸,那小胡子已被奶油染白。

"这里面全是甜点!""圣婴"说,就好像另一个人对此一无所知一般。

"这不是吃甜点的时候,""机灵鬼"一边说着,一边绕过他,"没时间耽误。"他向前走去,又混入黑暗之中,那手电筒的光束就像一根棍子似的。手电筒不管照到哪里,都会照亮一排排的货架,货架上面是一排排托盘,托盘之上又是一排排各种形状、各种颜色的糕点,还有渗出了奶油的蛋糕,就像是从燃烧着的蜡烛上流下来的蜡,也有被排成了一行行的圣诞大面包,和堆成城堡似的果仁饼[①]。

一时间,一种强烈的恐慌感罩住"圣婴":他害怕没有时间饱食一顿,害怕还没来得及尝完所有的甜点就得逃跑,害怕自己手中所有的那种美妙在他的整个生命中只有那么短短几分钟时间。他看到的甜点越多,他的这种恐慌感就越强烈,被"机灵鬼"手电筒照出来的每一间储藏室和每一个新的甜点挡在他面前,好像要拦住他的去路。

于是他扑向货架,狼吞虎咽起来,每次都能塞进两三块糕点,根本就顾不上去品尝什么味道,就好像要跟这些甜点打仗一般。这些甜点就像狰狞的敌人或是奇特的怪物,把他团团包围,这种松脆的、糖浆式包围,得借助下颌骨去打开缺口。被切成一半的大面包向他张开黄色多孔的大嘴,奇怪的蛋糕圈像食肉植物的花朵一般绽放着;一时间,"圣婴"恍惚觉得自己被甜点吞噬了。

"机灵鬼"拽了一下他的胳膊。

[①] 圣诞大面包和果仁饼都是圣诞节期间的特色食品。

FURTO IN UNA PASTICCERIA

"钱柜,""机灵鬼"说,"我们得拿下钱柜。"

"机灵鬼"一边走着,一边往嘴里塞一块彩色的西班牙面包[1],然后又吞进一颗蛋糕上的樱桃,接着是一块奶油蛋糕[2],动作总是很敏捷,尽量不影响工作。他关掉手电筒。

"从外面很容易发现我们。"他说。

他们来到糕点店的正厅,那里摆着玻璃橱柜,放着大理石桌子。外面的街灯直照进正厅里,因为店里的金属门帘是网状的,从里面能看得见外面的屋子和树木,影影绰绰,很是诡异。

现在得撬开钱柜。

"你拿着这个。""机灵鬼"对"圣婴"边说着,边把手电筒递过去,并叫他把电筒灯头朝下照着,以免别人从外面看到他们。

---

[1] 实则一种蛋糕,这是意大利语的叫法。
[2] 原文为法语。

但"圣婴"一手举着手电筒,另一只手却在胡乱捣弄着什么。就在"机灵鬼"用他的铁家伙撬保险锁时,"圣婴"抓到整个一块葡式干糕饼①,并像嚼面包一般嚼了起来。但他很快就吃腻了,就把吃了一半的干糕扔在大理石桌子上。

"你给我从那里挪开!你看你把这里搞得像猪圈一样!""机灵鬼"咬牙切齿地对他嚷嚷道。尽管"机灵鬼"干的是这一行,却对井井有条的工作环境怀有一种奇特的热爱。可很快他也抵不住诱惑,嘴里嚼上了两块饼干,就是那种一半是手指饼干一半是巧克力的饼干,但手里的活儿却没有停下。

可"圣婴"为了能把两只手都腾出来,就用一块块的果仁饼和托盘上的垫布做成一种灯罩似的东西。他看见一些蛋糕上写着"祝命名日快乐"。他在蛋糕旁边踱来踱去,琢磨着如何下手。他先用手指把蛋糕一个个地抹了一把,然后舔了一口巧克力奶油,最后干脆一头埋进蛋糕里,从蛋糕的中心开始吃,一个蛋糕一个蛋糕地吃起来。

他虽然嘴上吃着,但心里却一直有种狂躁感,不知道怎么去平息,他不知道怎么才能彻彻底底地享用这些蛋糕。现在他伏在桌上,身下压满了蛋糕。他甚至想脱光衣服,裸体躺在那些蛋糕上,并在上面滚上一滚,永远不再离开。然而,再过五分钟,十分钟以后,一切都将结束,他以后又不可能跟蛋糕沾边了,就像小的时候,他把鼻子贴在糕点店的玻璃窗上那样。要是能在这里待上三四个小时就好了……

"'机灵鬼'!"他说,"如果我们在这里待到天亮,谁会看到我们?"

---

① 原文为英语。

"你别傻了。""机灵鬼"说,他已经把钱柜给撬开了,正在那里翻票子呢,"在巡警到来之前我们就得离开这里。"

就在这时,窗户上传来了敲击声。在半弦月的月光中出现了屋奥拉-屋奥拉的身形,他隔着网状金属门帘敲着窗户,指指点点着什么。店里的两个人给吓得跳了起来,但屋奥拉-屋奥拉打了打手势,叫他们别紧张,然后向"圣婴"比画了一番,表示想让里面的人换自己的岗,这样屋奥拉-屋奥拉就可以进屋去了。另外两个人却向他龇了龇牙,还挥了挥拳头,叫他赶紧离开店门前,还问他是不是疯了。

这时,"机灵鬼"发现收银台里只有几千里拉,于是骂起人来,还把气发到"圣婴"身上,说杰酥邦比诺不想帮他。"圣婴"似乎已经失去理智了,他咬着果馅奶酪卷①,一颗一颗地掰着甜葡萄,舔着糖浆,不仅把衣服弄得一塌糊涂,还把橱柜的玻璃搞得脏兮兮的。他发现自己已经不再想吃什么甜点了,甚至感到恶心感沿着胃壁涌上来,但他不想妥协,他还不能放弃。油煎饼变成了海绵块,而煎蛋卷变成了粘蝇纸,滴下来的蛋糕变成了粘鸟胶和沥青。他只能看到甜点的尸体,要么都已经腐烂了,躺在它们白色的敷尸布上,要么在他胃里化成一团浑浊的糨糊。

现在,"机灵鬼"又对另一个钱柜的保险锁发起火来,也顾不上甜点和饥饿了。就在那时,屋奥拉-屋奥拉从店铺的后屋进来,他用西西里方言骂这骂那的,没人能听懂他在说什么。

"有巡警?"其他两个人问道,脸上已是苍白无色。

"换班!换班!"屋奥拉-屋奥拉用他的方言嘟嚷道,通过反

---

① 原文为德语。

复发出"唔"① 这个音来表达自己的不公待遇,他在寒冷中饿着肚子,而他们却在享用甜点。

"你去放你的哨!你去放你的哨!""圣婴"愤怒地对他大嚷。饱食后的愤怒让他变得更自私更恶毒。

"机灵鬼"明白给屋奥拉-屋奥拉换一下班是再正当不过的了,但也知道"圣婴"是不会如此轻易被说服的,而没人放哨又是不行的。于是他掏出手枪,对准了屋奥拉-屋奥拉。

"赶紧回到你的位子上去,屋奥拉-屋奥拉。"他说。

屋奥拉-屋奥拉十分沮丧,想在离开之前给自己捞上点东西,于是他捧了一大堆松子杏仁饼干。

"笨蛋!你拿着这么多饼干如果给他们抓到,怎么跟他们解释?""机灵鬼"大骂道,"全给我放下来,滚。"

屋奥拉-屋奥拉哭了。"圣婴"顿时觉得他很烦人。他抄起一块写有"祝你生日快乐"的蛋糕,朝屋奥拉-屋奥拉的脸上摔去。屋奥拉-屋奥拉本来是可以躲开这蛋糕的,可他却偏把脸伸向前去,把蛋糕接了个正着。他笑了,现在他脸上、帽子上、领带上粘得全是蛋糕,然后他跑掉了,一边跑一边还用舌头舔着鼻子,舌尖一直舔到了颧骨。

"机灵鬼"最后终于把那个有钱的钱柜给撬开了,他往口袋里塞起了钞票,一边塞一边还骂骂咧咧的,因为他的指尖上脏兮兮的全是果酱。

"快点,'圣婴',我们该走了。"他说。

可是对"圣婴"来说,这事可不能这样就算了,这一顿吃的

---

① U字音为西西里方言的特点之一。

绝对可以跟伙伴们、跟托斯卡纳的玛丽说上好几年。托斯卡纳的玛丽是"圣婴"的情人,她的腿既长又光滑,生着几乎是马一般的身材和脸庞。她喜欢"圣婴",因为他能像一只大猫那样蜷缩成一团,趴在她的身体上。

这时,第二次闯进来的屋奥拉-屋奥拉打乱了这些思绪。"机灵鬼"立刻把手枪掏出来,可屋奥拉-屋奥拉叫了声:"巡警!"然后就拔腿逃走了,手中捏着的雨衣下摆飘来飘去的。"机灵鬼"收好最后几张票子,两步跳到了门口;"圣婴"跟在后头。

"圣婴"还在想着玛丽,直到那时他才想到自己本可以给她也带些糕点回去,想到自己从没给她送过什么礼物,想到她可能会对此大闹一场。他回去又抓上一把西西里煎饼卷,藏在衬衫底下,不过他很快就意识到自己拿的是最脆软的糕点,于是他又找了几块硬一点的,揣在胸前。就在这时,他在店里的橱窗上看到了警察的影子,乱作一团,指着路尽头的什么人;其中一个还朝那个方向开了一枪。

"圣婴"蹲伏在一张椅子后。他们应该是没击中目标,一副气急败坏的样子,接着往店里看了看。很快,他就听到他们发现边门是开着的,然后就进来了。小店里一下子挤满了带枪的警察。"圣婴"蜷缩在那里,但同时发现果脯就在他胳膊能够得着的地方,为了保持冷静,他又吞起了香橼果和甜梨果的果脯。

巡警队的那些警察确认了偷窃和货架上甜点被偷吃的痕迹。他们一边检查现场,一边心不在焉地把被吃剩下来的糕点往嘴里送,同时注意避免破坏作案痕迹。几分钟以后,那些热衷于寻找罪证的警察,都在那里狼吞虎咽起来。

"圣婴"也在嚼着果脯,但其他人比他嚼得更起劲,就盖过了他的咀嚼声。这时他感到在皮肤和衬衫间有一种很浓的东西在融化，恶心的感觉又从他胃里爬升上来。他不停地吃着果脯，人都吃傻了，过了好一会儿才发现通向大门的路已是畅通无阻。事后，那些巡警说看见一只花脸猴子，雀跃着穿过店铺，把托盘和蛋糕都打翻了。而在他们明白是怎么回事以前，"圣婴"早已踩着脚下的蛋糕，逃之夭夭了。

到了托斯卡纳的玛丽那里，当"圣婴"解开衬衫时，他发现自己的胸前被敷上了一层奇怪的混合物。于是，他和她躺在床上，一直待到第二天早上，直至把最后一块蛋糕渣和奶油的最后一点残余都舔了个干干净净。

美元和老妓女

晚饭过后，埃马努埃莱就对着玻璃拍起了灭蝇拍。他三十二岁，是个胖子。他的妻子约朗达正在换袜子，准备出去散步。

玻璃窗外是一片被摧毁的空地，那里有个老的免税港，朝着大海，是个下坡，夹在两侧的屋子中间。海正在变黑，小路间升起一阵疾风。六个从抛锚在港口外的"深安多阿[①]号"美国驱逐舰下来的水手，来到"迪奥杰内的木桶[②]"酒馆里。

"六个美国人去了费利切那里。"埃马努埃莱说。

"是军官吗？"约朗达问。

"是水手。这样更好。快点。"他拿起帽子，原地转着圈，怎么都找不到外衣的袖子。

约朗达已经穿完了那只吊带袜，正在把跳出来的胸罩肩带藏起来。

---

① 原文为 Shenandoah，是北美印第安人的一个土著语，有多种含义，比如"星星的女儿""森林里的鹿"等。
② 迪奥杰内是古希腊犬儒派的哲学家，拒绝一切享受，赤裸着身子，住在木桶里。

"好了。我们走吧。"

他们贩卖美元,所以想问那些水手是否能卖给他们一些。但他们是正经人,尽管是贩卖美元的。

在被摧毁的空地上,种了几株棕榈树。仿佛是为了愉悦一下气氛,风一吹,棕榈树树叶就像给吹乱了头发,一副沮丧到绝望的模样。空地中央灯火辉煌的便是"迪奥杰内的木桶"酒馆,尽管反对派的议员抗议说这酒馆破坏了景色,老兵费利切还是获得了政府特许权,弄了这么一家酒馆。它是木桶形状的,里面有吧台和酒桌。

埃马努埃莱说:"这样,你先去,看看情况,先把话谈起来,问他们愿不愿意换。如果你去,这事儿更好办,他们很快就会同意的。这时候我再出面,就可以谈价钱了。"

在费利切那里,这六个人把吧台从一头到另一头全占满了,那些白裤子,还有那些撑在大理石台面上的胳膊肘,让他们看起来就好像是十二个人一样。约朗达走上前,她看见那十二只眼睛在自己身上转来转去,听见那些紧闭的嘴巴一边嚼着一边哼哼着。他们大多是些营养不良的瘦高个,套在那些白色的巨大衬衫里,头顶上戴着那种小帽子,但她身边有个家伙,高两米,有着苹果似的腮帮,锥状的脖子,即使穿着制服,就跟光着身子一般。他有两只滚圆的眼睛,眼珠子上上下下地转着,从碰不到边缘。约朗达又把总爱跳出来的胸罩肩带收了进去。

费利切在吧台上,戴着厨师专用的大帽子,一双眼睛困得都浮肿了,正在火急火燎地倒着酒。他奸笑着跟她打了个招呼,那张修鞋匠的脸,即使被剃了胡子也总是黑黑的。费利切会说英语,于是约朗达就说:"费利切,你跟他们说说,问他们想不想换美元。"

费利切闪烁其词地继续奸笑着。"你跟他们说。"他说道。并让一个长着沥青色头发和洋葱色脸庞的小伙子把新出炉的比萨和炸糕送到前面去。

约朗达周围挤满了这些穿着白衣服的瘦高个,他们嚼着东西,发出一种非人类的哼唧声,都看着她。

"Please[①]……"她说,边说还边打着手势,"我,给你们,里拉……你们,给我,美元。"

那些人继续嚼着。那个长着公牛脖子的大个子笑了。他的牙白极了,白得都看不到间隙。

一个矮子开出路来,脸膛黑得像个西班牙人。"我,美元,给你。"他也打着手势说,"你,和我上床。"

然后他又用英语把整句话重复了一遍,其他人都笑了好久,但笑得很有分寸,一边继续嚼着嘴里的东西,一边继续盯着她看。

约朗达转向费利切。"费利切,"她说,"你给他解释一下呀。"

"Whisky and soda.[②]"费利切用奇怪的发音说道,他让杯子在大理石台面上打着转,要不是因为他这么困,他的奸笑一定会很讨厌的。

于是那个巨人就说话了。他有着铁浮标一般的声音,就好像海浪把浮标上的铁拍跳起来的那种声音。他为约朗达点了喝的东西。他从费利切手里拿过杯子,送到约朗达面前。不知道那玻璃酒杯的细脚为什么没有被他粗大的手指捏碎。

约朗达不知道该怎么办了。"我里拉,你们美元……"她重

---

① 英语,意为"请""求求你了"。
② 英语,意为"威士忌加苏打水"。

DOLLARI E VECCHIE MONDANE

复道。

但那些人早就学过意大利语了。"上床。"他们说,"上床就有美元了……"

就在那时,她丈夫进来了,他看见那一圈蠢蠢欲动的后背,他妻子的声音从那里面传了出来。他挤到吧台前,"嘿,费利切,跟我说说怎么回事。"他说。

"我请你喝点什么?"费利切问道,他疲惫地奸笑着,嘴旁的胡子是他两小时前刚剃过的,可现在又重新长出来了。

埃马努埃莱把帽子从沁着汗的额头上摘了下来。他一跳一跳地,想看看那一堵后背做成的墙后面究竟在发生什么事儿。"我的妻子,她在干什么?"

费利切爬上一个凳子,伸着下巴看了一眼,跳了下来,"她还在那里头。"他说。

埃马努埃莱为了能呼吸得顺畅些，松了松领带结，"你跟他说，叫他让一下。"他说。但费利切正顾着骂那个洋葱脸色的小伙子，因为他托盘里没放炸糕。

"约朗达……？"她丈夫喊道，努力往两个美国人中间的空隙里钻；结果他下巴先是被一只胳膊肘顶了一下，后来胃也给顶了一下，两下之后就给顶了出来，又只好在那一圈人外面蹦蹦跳跳的了。一个颤颤巍巍的声音从人群深处回应了他："埃马努埃莱……？"

他清了清嗓子，"怎么样……？"

"好像，"她说道，就好像在用电话说话一样，"好像他们不想要里拉……"

他保持着镇静，一手敲着大理石台面。"啊，不想吗……？"他说，"那你出来好了。"

"我这就出来……"她说。她在那一排人墙中努力地划动着胳膊。但有什么东西阻碍了她。她垂下目光，但见一只大手从下面捧住了她的左乳房，一只有力而柔软的大手。长着苹果腮帮的巨人正堵在她面前，他的牙齿就像眼球一样闪闪发光。

"Please……"她说，说得很慢，试图摆脱那只手，并对埃马努埃莱叫道，"我这就来。"然而仍被拦在那中间。"Please，"她重复道，"Please……"

费利切把一个杯子递到埃马努埃莱鼻子下面。"我能为你做什么？"他低下戴着厨师帽的头问道，十指张开撑在吧台上。

埃马努埃莱望着空处。"有办法了。等等。"他出去了。

外面的路灯已经亮起来了。埃马努埃莱跑着穿过马路，来到拉玛尔摩拉咖啡店，张望了一番。经常打"三七"纸牌的那伙人不在。"你来打一局，马努埃莱①！"他们说，"你脸色不好啊，马努埃莱！"他早已跑走了。他一口气跑到巴黎酒吧。他一边在桌子中间转来转去，一边不停地把拳头砸在另一只手的掌心里，最后只好悄悄跟老板问话。那人说："今晚还没来。"他转身就跑。老板哈哈大笑，去和收银员解释是怎么回事。

在百合花酒吧里，当那个帽子一直扣到颈子上的大胖子不知道为什么事气喘吁吁地闯进来时，博洛尼亚女人因为静脉曲张的折磨，刚刚在桌下把腿伸开。

"你过来，"他边说着，边牵起她的一只手，"你赶紧跟我来，很紧急。"

"马努埃里诺②，你怎么啦？"博洛尼亚女人道，睁大了黑色短刘海下那双布满皱纹的眼睛，"都这么多年过去了……你这是怎么啦，马努埃里诺？"

但他已经拉着她的手跑起来了，她吃力地跟在他后面，在那条露了一半大腿的贴身衬裙里，一双臃肿的腿跌跌绊绊地走着。

在电影院前面，他碰到了疯女人玛利亚，她正在给一个二等兵拉皮条。

"好嘞。你也来。我带你去找美国人。"

疯女人玛利亚甚至都没等他说第二遍，轻轻地拍了拍二等兵，然后就扔下了他，挨着埃马努埃莱跑了起来，她麻絮般的红头发迎风飘荡着，含情脉脉的眼神把黑暗都撕穿了。

在"迪奥杰内的木桶"酒馆里，情况并没有什么改变。在费利

---

① 为埃马努埃莱的昵称。
② 同为埃马努埃莱的昵称。

切的货架上，多了好些空瓶子，杜松子酒已经全给喝掉了，比萨也要吃完了。两个女人和埃马努埃莱突然闯进酒吧，他推着她们的背把她们推到人群里，水手看见他们中间突然冒出来两个女人，于是就嚷嚷着跟她们打起了招呼。埃马努埃莱栖在一张凳子上，累得不行。费利切给他倒了点烈酒。一个水手从那堆人中抽出身来，过来拍了一下埃马努埃莱的肩。其他人也友好地望着他。费利切正和他们说着他什么。

"嗯？"埃马努埃莱问道，"你感觉这事怎么样？"

瞌睡的费利切带着他那永恒的奸笑，说："怎么说呢！至少要六个……"

情况没有好转，的确如此。疯女人玛利亚爬到一个有着胎儿般脸蛋的瘦高个脖子上去，她穿着那条绿裙子，全身上下扭着，活像一条快要蜕皮的蛇；博洛尼亚女人用她的乳房把那个矮小的西班牙人埋掉了，然后完全像母亲那样哄着他。约朗达仍没有现身。一个男人的庞大肩背总挡在他跟前，遮住了他的视线。埃马努埃莱气急败坏地向那两个女人打着手势，叫她们不要犯傻，叫她们帮忙想想办法；但那两个女人好像早就忘记自己是来干吗的了。

"嘿……"费利切说，他站在埃马努埃莱背后偷偷地观察着一切。

"你说什么？"埃马努埃莱问，但酒店老板早就训斥起那个小伙子来了，因为他擦玻璃杯时手脚不够快。埃马努埃莱转过身来，看见又有新的水手来到酒吧里。现在大概有十五个人了。"迪奥杰内的木桶"酒馆很快就被微醉的水手堵得水泄不通；疯女人玛利亚和博洛尼亚女人混在那团喧闹中间：一个女人从一个人的脖子跳到另一个人的脖子上，在空中挥舞着她猴子一般的双腿，另一个女人带着被口红固定住的异样笑容，像老母鸡那样把稀里糊涂的水手拢在自己的胸前。

埃马努埃莱不时看见约朗达在那群人中间转来转去，然后又没了影。约朗达常常感到自己就要被她周围的那些人打翻过去，但每次她都发现那个牙齿和眼球都很白的巨人就在自己身边不远的地方，于是每次她都感到非常踏实，虽然也不知道为什么。那个男人总在她身边，他活动起来身段十分柔软，在他静止不动的白色制服下，那巨大的身躯应该会像猫那样沿着蠕动的肌肉摆动；他那徐缓升起又降下的胸膛，就好像充满了海面上那非凡的气息。然后突然，他那浮标深处石头般的声音，用一种不同寻常的节奏，隔着很远说出一些话来，接着飘出来一首气势恢宏的歌，每个人都原地转了起来，就好像有音乐一般。

就在那时，熟悉店里每个角落的疯女人玛利亚，被一个长着小胡子的水手搂在怀里，正朝酒店后间的小门方向，用脚踢出一条路来。费利切刚开始的时候并不想让他们开门，但他们身后河水一样的人流，把他们给挤了进去。

埃马努埃莱蜷在他凳子的顶端，用那水栖动物般的眼睛瞅着眼前的场景。"那边怎么回事呀，费利切？那边是怎么回事啊？"但费利切也不理他，正琢磨着怎么吃的喝的全没了。

"你到瓦尔齐利亚酒吧里去，叫他们借我们一点喝的，"他跟洋葱小伙子说，"什么都行，哪怕是啤酒。还有点心。快点儿！"

约朗达呢，这个时候被挤到了小门那边。那里有个小房间，很干净，而且有个小帘子，房间里有张小床，床上很整齐，有张天蓝色的床罩，还有个盥洗池，以及所有该有的东西。于是那个巨人就开始把其他人往外赶，镇静而果断地用他那双大手推着别人，把约朗达拦在自己的身后。但是水手们不知道为什么，都想留在小房间里，巨人水手每把一浪推出去以后，同时又会退回来一浪，但是退回来的人越来越少，因为总有什么人累了，就留在外面了。约朗达对巨人的所作所为非常满意，因为这样她就能更自在地呼吸了，还能把总是跳到外面来的胸罩肩带收进去。

埃马努埃莱也在观察着。他看见巨人的双手把人们推到小门外去，而他的妻子却失踪了，所以她肯定是在那里头，他还看见其他水手潮涌似的涌进门，但每涌一次都会少一两个人——先是十个人，然后九个，再然后七个。从现在起再过多少分钟巨人就能把那门关上了？

于是埃马努埃莱跑了出去。他穿过了广场，就像在参加套袋赛跑一般。在停车场上有一列出租车，司机们都在打瞌睡。他从一辆跑到另一辆，叫醒了所有的司机，跟他们解释他们该怎么办，如果有什么人没搞明白，他还会大发一通脾气。于是出租车就一辆辆地朝着不同方向驶去了。就连埃马努埃莱也踩在一辆出租车的踏脚板上，搭顺风车出发了。

巴奇，老马车车夫，听到有动静，便在那高高的马车夫座位上醒了过来，赶紧跑过去打听有什么路能跑。像他这种做这一行的老狼，很快就什么都明白了，他爬上马车，叫醒了他的老马。巴奇的马车吱吱嘎嘎地离去以后，广场上彻底空掉，也安静下来，只有从老自由港空地上的"迪奥杰内的木桶"酒馆里传来的噪声。

在"伊利斯"酒吧里，姑娘们正在跳舞。那里都是些未成年的少女，她们有着小花一样的嘴唇，紧身的毛衣衬出了她们圆球一般的乳房。埃马努埃莱可没耐心等她们跳完舞。"嘿，你！"他对一个姑娘说，她正在和一个额头被头发盖住的伙计跳舞，"你想找什么？"那伙计对他说。其他三四个伙计都已经围上来了，他们都长着拳击运动员的脸，鼻子一抽一抽的。"你赶紧走，"司机对埃马努埃莱说，"这里也要闹事。"

他们去了潘德拉的家，但她不想开门，因为她有客人。"美元。"埃马努埃莱喊道，"美元。"她打开门，穿着一件好像希腊神话中的那种晨衣。他们把她从台阶上拖下来，又把她塞进了出租车。接着他们又扫荡在海边牵着狗散步的巴里拉，在旅客咖啡店里脖子上围着狐皮领子的"漂亮宝宝"，在和平旅店里叼着象牙烟嘴的贝楚安娜。然后又和"睡莲"酒吧的老板娘找到了三个新来的，她们笑个不停，还以为要去乡下郊游。他们把所有的姑娘都装上车。埃马努埃莱坐在前面，给挤在后面女人的聒噪声搞得心神不宁；而司机只是担心她们会把汽车的板簧压坏。

突然，路中央冒出一个家伙，就像想被汽车轧过去一样。他做了个停车的手势。原来是那个长着洋葱脸的小伙子，他扛着一箱啤酒，还有一盘点心，他想搭个车。车门一开，小伙子就连同箱子和一身的东西一下子给吸了进去。汽车又开了。夜游的人睁大了眼睛，望着那就像要急救一样疾驰而去的出租车，车里面传出链条一般刺耳的叫声。埃马努埃莱不时听到什么东西发出吱吱嘎嘎的声音，声音拖得很长，他就对司机说："你看一下肯定是出什么故障了，你没听见什么声音吗？"司机摇摇头，说："是那个小伙子。"埃马努埃莱擦了把汗。

出租车在"迪奥杰内的木桶"酒馆前停了下来，小伙子第一个冲了出去，他高举着托盘，另一只胳膊下夹着箱子。他的头发直挺挺的，那双眼睛占了半张脸，下车后他像猴子那样一跳一跳地跑开了，因为他身上连一颗纽扣都没有了。

"费利切！"小伙子大喊道，"都在这里！我可什么都没让她们拿！你要知道她们都对我做了些什么，费利切！"

约朗达还在那个小房间里，那个巨人还在玩那个推门的游戏。现在只有一个人还非要进去，他喝了个酩酊大醉，每次都被巨人的双手给弹了回来。新到的这一拨人就是在那个时候进去的，而已经疲劳不堪的费利切为了能看得更清楚，便爬到凳子上站着，他看见一大片白色小帽子中间不时会露出一个个的口子，从口子里一会儿冒出一顶羽毛帽，一会儿拱出一个裹着黑丝绸的屁股，一会儿踢出猪蹄子般的一条肥腿，一会儿露出一双衬有花饰的乳房，一切就像气泡一样时隐时现。

就在那时，传来一阵急刹车声，四五六辆出租车组成的一整条车队来到酒馆门口。从每辆出租车里都下来一些女人。先是"风情万种"，她梳着优雅的发型，正端庄地走上前来，那双近视的眼睛转个不停；然后是西班牙女人卡门，全身裹着纱，脸就像骷髅一样被挖空了，那瘦骨嶙峋的髋部像猫科动物一样扭动着；接下来是瘸子乔瓦内萨，她正拄着把中国小伞一瘸一拐地走着；还有"长巷"的黑女人，她长着黑人的头发和多毛的双腿；还有"小老鼠"，穿了一件画着各种香烟牌子的裙子；还有服硫酰胺的女人米莱娜，她的裙子上画着纸牌；还有"吮狗"女人，她满脸的疖子；最后是"致命女人"伊涅斯，她的裙子上绣了一圈蕾丝花边。

这时传来什么东西在地面上滚的声音，那是巴奇的马车，马已累得半死；马车停下来，那里面也跳出一个女人。她穿着肥大的天鹅绒衬裙，裙子绣有镶边和饰带，胸脯被项链围绕着，脖子上是一条黑色细带，耳朵上挂着饰有古文的坠子，戴着一副有镜脚的眼镜，还有一顶黄色的假发套，发套上是顶火枪手的帽子，帽子上有玫瑰、葡萄、小鸟，还有一团鸵鸟的羽毛。

最后来的是乌鸦 Italo Calvino

在"迪奥杰内的木桶"酒馆里，又冒出来一群水手。一个在拉手风琴，一个在吹萨克斯管。酒桌上是跳舞的女人。不管他们做了怎样的努力，水手总是比女人多，而且只要伸出手去，总能碰到一半屁股，一双乳房，一条大腿，就好像走丢了一般，都不知道是谁的——悬在半空中的屁股，膝盖前的乳房。那些像爪子一样毛茸茸的双手在人群中胡乱摸索着，而另外那些手，长着尖尖的红指甲，颤颤巍巍地偷偷伸进水手外套下面，解开纽扣，抚摸着肌肉，在隐秘处摩挲。嘴唇近乎是在空中飞驰相遇，像带着甜味的舌头和粗糙的吸盘那样吸附在耳朵下面，用口水舔吮并腐蚀着皮肤，嘟起巨大的胭脂红色嘴唇，一直舔到鼻孔。下面好像有无边无际的无数大腿在四处滑动，就像一只巨大章鱼的触角，一些腿钻进另一些腿之间，在大腿和小腿的撞击中像蛇一般地游移着。然后就好像一切都散落在了他们的手里，有人在手里找到一顶饰有串串葡萄的帽子，有人找到一条花边内裤，有人找到一口假牙，有人找到裹在脖子上的一条袜子，有人找到一条丝巾。

现在只剩下约朗达一个人和巨人水手留在房间里。门被钥匙锁上了，她在盥洗池上面的镜子前梳着头发。巨人走到窗子前，拉起窗帘。外面是黑黢黢的海岸区，堤道上立着一排路灯，在水中映出了倒影。于是巨人就唱起了一支美国歌，歌中唱道："白昼已尽，夜晚降临，天空碧蓝，钟楼起鸣。"

约朗达也来到玻璃窗前，望着外面，他们的手在窗台上碰着了，就那样一动不动地靠在一起。有着铁一般声音的大个子水手唱道："上帝的子孙们，我们同唱哈利路亚。"

约朗达重复道："我们同唱哈利路亚，哈利路亚。"

此时，埃马努埃莱正焦躁地在水手中间走来走去，他怎么都找不着妻子,同时还得躲开时不时会落在他怀里那些看不清面目的女人。突然他走到一群司机面前,他们正在找他,要他给他们跑的路付钱。埃马努埃莱满眼是泪;可如果他不付钱,他们就不放他走。就连老头巴奇也赶到这边来,挥着他巨大的赶马鞭。"如果您不付我钱,我就把她带走。"

就在这时传来了口哨声,原来是警察包围了酒馆。"深安多阿号"驱逐舰的巡逻队头戴盔帽手持步枪,把水手一个个地弄了出来。与此同时,意大利警车也停在店前,他们把所有的女人都抓上车带走了。

水手被命排成队,向港口行进。这时满载女人的警车从他们跟前经过,女人和水手都夸张地挥舞着胳膊,告起别来。站在队首的巨人高昂地唱了起来:"白昼已过,太阳下沉,我们同唱哈利路亚。"

约朗达在警车里缩在"风情万种"和"吮狗"中间,听见他的声音飘过,于是也唱起歌来:"白昼已逝,工作完结,哈利路亚。"

于是所有的人都唱起了那支曲子,水手和女人,他们中的一些要上船,另一些要去警察局。

在"迪奥杰内的木桶"酒馆里,老兵费利切堆起了酒桌。被遗弃的埃马努埃莱坐在一张凳子上,下巴抵在胸前,走了形的帽子贴在颈子上。他们差点儿也把他逮走,但指挥这一次行动的美国海军军官询问了一下周围的人,做了一个让他留下的手势。而他本人,海军军官,也留了下来,于是现在店里就只剩下他们两个人了——在那张凳子上悲痛万分的埃马努埃莱,还有站在他面前,双臂交叉护在胸前的海军军官。当他确定只剩下他一个人时,军官就摇了摇那胖子的胳膊,跟他说起话来。费利切靠过来当翻译,他那张修鞋匠的黑脸继续奸笑着。

"他说你能不能也给他找个姑娘。"他对埃马努埃莱说。

埃马努埃莱眨了眨眼睛,然后又把下巴垂在胸前。

"您,给我,姑娘,"军官说,"我,给您,美元。[1]"

"美元。"埃马努埃莱用手绢擦了擦脸颊。站起身。

"美元,"他重复道,"美元。"

他们一起出去了。天空中飞过深夜的云朵。堤道顶头的灯塔继续有节制地眨着眼睛。空气中仍洋溢着《哈利路亚》那支歌。

"白昼已尽,天空碧蓝,哈利路亚。"胖子和军官一边唱着这歌,一边在小路中央臂挽臂地走着,寻找一个可以彻夜狂欢的地方。

---

[1] 这两句话都是用意大利语说的。

一个士兵的奇遇

在车厢隔间里,一位高个丰满的妇人挨着步兵托马格拉坐过来。她应该是个小地方的寡妇,这从衣服和面纱上可以判断得出来:衣服是黑纱制的,是那种长期守寡之人穿的,但绣着一些多余的装饰和镶边,面纱挂在一顶沉甸甸的帽子上,围在帽檐一周,雨帘般遮住了她的脸庞。步兵托马格拉注意到,车厢隔间里其他座位是空着的;他本以为这寡妇会选其他座位的;然而,她却对与他一个士兵粗鲁地亲近毫不在乎,偏偏过来坐在那里,这显然是为了旅途中有个照应,步兵赶紧这样想,比如空气流通的因素,或是行驶方向的原因。

那身高耸的曲线若不是被那种庄重的柔软削弱,单看她那结实得甚至有些方正的丰满体形,人们会认为她不过三十岁出头;但再看看她的脸,红润的面色既冷峻却也不失放松,沉重的眼皮和浓密的黑眉毛下是遥不可及的眼神,嘴唇也是严格密封住的,被匆匆涂抹上一种挑衅般的红色,这一切于是又给她平添几分上了四十岁的气色。

因为复活节第一次休假回家的年轻的步兵队士兵托马格拉，在座位上缩起身子，因为担心如此丰满和庞大的妇人坐不进来；很快，他就被环绕在她的香味之中，这是一种熟悉，或是普通的香味，但由于长期使用，已经和人的自然体味融为一体。

这妇人端庄地坐在他旁边，比她站着时感觉要小一圈。她双手交叉着护住肚子，那手胖胖的，几个深色的戒指紧箍在手指上，怀里是一只亮闪闪的小包，还有一件已经脱下的外套，浑圆的浅色胳膊露在外面。见她这样做，托马格拉也挪了挪，就好像要留出地方来好好伸展一下胳膊似的，但她却几乎一动未动，只是肩部连同上半身稍稍地活动了一下，让衣袖滑落下来。

这火车座位对两个人来说还是相当舒适的，托马格拉可以感到妇人的绝对接近，也不用担心自己的触碰会冒犯到她。但是，托马格拉琢磨了一下，她确实是位妇人，可即便如此，也没有对他，对他那身粗硬的制服，表现出什么反感，否则，她会坐到更远的地方去。于是，这样想着，他之前绷紧和被拉扁的肌肉就自如而恬静地伸展开来；更准确地说，这肌肉是在他保持不动的前提下尽量扩张到最大限度，而原先肌腱紧缩得甚至都碰不到裤管的一条腿，也放松下来。他扯了扯腿上的布料，于是，他的布料就擦上了寡妇的黑纱，如此一来，隔着这布料和那黑纱，士兵的腿就贴着了她的腿，这动作温柔而短促，好似鲨鱼的相遇，他血管中涌动的波，就这样又涌向了她的血管。

这怎么说都是一种极为轻微的触碰，是火车的每一次震动都可以创造出来而同时也可以弄丢掉的；妇人的膝盖既强健又肥厚，而火车每每一颠，托马格拉的骨头都能猜得出来，她的膝盖骨也会跟着慵懒地一跳；她丝缎一般的小腿肚子凸耸着，为了能和她的小腿贴在一起,他得以一种难以察觉的动作把自己的小腿挤过去。这种小腿间的相会很是宝贵,但也造成了一个损失:事实上,他的身体重心转移了,而两瓣臀部的轮流支撑却不再像先前那样顺从与放松。为获得自然而称心的姿势,则需要在座位上稍微挪动一下,既可以借助铁轨的转向,也可以借助不时得活动一下筋骨的合理需求。

那妇人仍是不动声色,在庄重的帽子下,被眼皮覆盖住的,是她直勾勾的眼神,她静止的双手搁在怀里的小包上。她的身子,沿着那条极长的体侧,倚向男人的体侧。也许是她还未发现?或是准备避开?还是要反抗?

托马格拉决定用某种方式给她传达一条信息:他收紧小腿肚子上的肌肉,就像一个刚劲的四方拳头,接着,他又用自己这个拳头般的小腿肚子,冲去敲击寡妇的小腿肚子,就好像他的小腿肚子里有只手要打开一般。当然,这个行动极快,也就是牵引一下肌腱的时间。总之,她没有往回退,至少以他能理解到的就是这样!因为托马格拉很快就为自己那个秘密的举动找到了借口,他移了移腿,就好似想舒展一下身体。

现在又得从头开始。那个耐心而极为谨慎的接触操作失败了。托马格拉决定鼓起更大的勇气,他装出要找什么东西的样子,把手插进靠近妇人那一侧的口袋里,一副漫不经心的模样,之后就再没把手抽出来了。这个动作很快,托马格拉也不知道有没有碰到她,一个无关紧要的动作;然而,他这才明白过来这一步走得有多重要,也明白自己陷入了怎样一种冒险的游戏中。一袭黑衣妇人的臀部正挤着他的手背;他的每根手指,每节指骨,都能感到她的重压,现在不管他的手做出什么动作,对寡妇而言都将是一种骇人听闻的亲密举动。托马格拉屏住气,在口袋里把手翻过来,也就是说，把手心摊向妇人，手仍留在口袋里。这是个不可思议的姿势，腕关节是扭着的。都已经这样了，干脆再试一个决定性的动作。于是，他那只翻过来的手，又斗胆动了动手指。再不会有任何疑问了：寡妇不可能没发现他在那里捣鬼，而她却没退缩，装作无动于衷，装作不在场，这就意味着她不拒绝他的接近。不过他又想了下，她不在意自己的手这么动来动去，也可能是说明她真以为他在口袋里找什么东西却找不到呢——一张火车票，一根火柴……这不，如果现在士兵这具有骤然远见的手指肚，隔着这些不同质料的衣服，也能摸出内衣的边缘，甚至连皮肤细微的凹凸都能摸得出来，还有痣，我是说如果，他的手指肚都感觉到这些，那么也许她大理石般慵懒的肉身，刚刚感受到的正是这手指肚，而不是，我们假设，而不是感受到了指甲或指关节。

于是这手就偷偷摸摸地挪出了口袋，踌躇不决地定在那里，接着就匆匆打理了一番体侧的裤缝，并慢慢溜到膝盖上。更准确地说，这是打开了一道突破口：因为为了继续打理裤缝，这手不得不再次钻在他和这个妇人之间，这个过程尽管很快，却富于热望与甜蜜的激动。

要说明一下的是，托马格拉的头是仰在座位靠背上的，所以也可以说他是在睡觉。这样一来，与其说他是在为自己找借口，不如说是给那位妇人提供一种不会使其为难的方式，如果他的坚持没有让她反感的话，她就会知道，他的这些举动都是游离于意识之外、是浮在睡意深潭之上的。在那个警觉的睡觉幌子下，从托马格拉搁在膝盖上的手上，移出一根手指，也就是小拇指，他派小拇指去四处打探。小拇指于是爬上她的膝盖，而她却默不作声，顺从容忍；托马格拉便可以在她的丝袜上完成小拇指孜孜不倦的动作了，他半眯着眼睛，隐约能看见她白皙的长筒袜曲成了弓形。但是他发现这

L'AVVENTURA DI UN SOLDATO

个游戏的风险是没有报酬的，因为这个小拇指吧，就那么一点肉，还活动得十分笨拙，只能传递出部分的感觉，根本不能用来感知那个它触碰对象的形状和质地。

于是他又把小拇指并回到手的其余部分，但不是把它收回来，而是把无名指、中指、食指全都靠到小拇指上去。这下，他的整只手都呆滞地搁在妇人的膝盖上了，而火车就以一种波浪般的轻抚摇着这手。

直到那时，托马格拉才想到还有其他人呢。如果这妇人，不管是因为生性顺从随和，还是什么神秘不可感知的缘由，才没有回应他的放肆，但是对面还坐着些其他人，他们很可以对这种有悖于士兵原则的行为加以指责，还可能指责那妇人不守妇道。于是，为了把那妇人从这样的怀疑中挽救出来，托马格拉抽回了手，甚至还藏了起来，仿佛只有那手才是有罪的。然后他又想，把手藏起来，不过是一个虚伪的托词：事实是，他把手那样摊在座位上，无非是打算让手更亲近亲近那妇人，那位确实占了座位很大空间的妇人。

于是，那手在周围摸索了一番，而如蝴蝶停落一般的手指，已经感到了她的存在，现在只需温柔地把整只手掌推过去就行了。但寡妇面纱下的目光深不可透，她的胸部因为呼吸而微作起伏，搞什么呀！托马格拉已经抱头鼠窜似的又抽回了手。

"她没动，"他想，"也许她愿意。"但他又想："要是再慢一秒可能就太晚了。也许她就是码准了时候要来跟我大闹一场的。"

于是，不是为了别的，只是为了谨慎地核实一下情况，托马格拉把手拖到椅子上，手背朝下，等着火车的颠簸，不知不觉地让妇人滑到他的手指上。尽管说是等，那也不尽然，事实是，他在座位和她之间，把指尖拢成楔形地戳着，动作轻微得几乎体察不到，因为这也可能是火车疾行的效果。如果他哪一刻突然停下来了，可不是因为那位妇人以某种方式表示了反对；而是因为，托马格拉想，如果她是接受的，只要稍稍扭动一下肌肉，她是应该很容易就迎合他、压在他身上的，也就是说，压在那只等待她的手上。为了向她表示他这种勤勉的友好意图，托马格拉就这么等在妇人身下，手指摇尾巴似的试探着；妇人望着窗外，她那只怠惰的手漫不经心地摆弄着包上的搭扣，打开来，又关上。这些信号是为了让他明白要中止一切呢，还是一种给他的最后通告呢，是在告诫他，她的耐心再也经受不住考验了？是这样吗？托马格拉自问，是这样吗？

他发现自己的手，就像一只小型章鱼，正在扣紧她的肉。一切都已明了了：托马格拉再也退不回去了；而她，她，她真是一个斯芬克斯。

士兵的手这会儿已经踩着螃蟹的斜步,爬上她的大腿;他就敢在光天化日下,在众目睽睽下做这等事?不,这不,寡妇整了整之前叠放在肚子上的外套,使其搭在一侧。这是在给他打掩护呢,还是在封锁通道?这下好了,他的手可以自由活动,再不会被看见了,他抓住她,贴着她延绵地摸下去,就像抚过一阵微风。但寡妇的脸仍旧朝着那边的远方;托马格拉盯着她身上一处裸露的皮肤,就在耳朵和那一圈丰盈的发髻之间。耳朵后面,有一根血管在搏动;这就是她给他的答案,很明确,很折磨人,又叫人捉摸不透。突然,她转过脸来,满面自豪,可仍是大理石般的冷淡,从帽子上垂下的面纱就像窗帘一样抖动起来,沉重的眼皮下是她迷惘的目光。但那目光是越过托马格拉而去的,也许甚至都没挨着他,就那么望着他的身后,望着什么东西,或者什么也没望,只是一缕思绪的遁词罢了,但总之是什么比他更为重要的东西。这是他后来才想到的,因为之前,一见她动弹,他就赶紧闪回身去,紧闭双眼,佯装睡觉,还得尽量克制住在自己脸上蔓延开来的红晕。就这样,在她这第一道闪电般的目光中,他错过了可以解释自己那些疑惑的机会。

他的手,藏在那件黑外套下,几乎是跟自己分开的,僵在那里,手指朝内屈着,勾向手腕处。这不再是只真正的手,除了他骨头那树枝般的触觉,这手再也感知不到任何东西了。但是,寡妇既然已经用那四处张望的茫然一瞥,对她那岿然不动的休战迅速做出了了结,于是在他手里,又流淌起了血液与勇气。就在那时,当他和她柔软的大腿重新建立起联系时,他才发现,自己已经达到一个界限:他的手指沿着裙边游移下去,越过膝盖的惊动,就是那空处。

结束了,步兵托马格拉想,这场秘密的狂欢结束了。现在,一想起来，在他记忆中，整件事情显得那么可怜，尽管他在经历这件事时，是把它贪得无厌地扩大了的：在丝质衣服上的不雅抚摸，这是一件他不能以任何方式被拒绝的事情，正是因为他身为士兵的可怜境地，使那妇人分寸得当，却也不外露地屈尊，让步于他。

但是，正当他伤心地打算收回手时，却发现她把外套护在了膝盖之上，那手因而中止了收回的动作。外套不再是叠着放的了（尽管他觉得之前是那么放的），而是随意地披着，这样，衣服边就一直铺到腿跟前。如此一来，这里就成了一个封闭的洞穴，也许，这是对妇人让予他信任的最后一次考验，她确信自己和士兵间是如此的不相称，以至于他是肯定占不了便宜的。士兵费劲地回忆着在寡妇和他之间到目前为止发生的一切，回顾她的举止，他尝试去发现，有没有什么表现是超越了只是迁就他的迹象的，再想想自己的举动，时而好似微不足道的轻盈，都是偶然的擦掠与触碰，时而又好似一种决定性的亲密，迫使他难以后退。

他的手当然是服从了这次追忆中的后一种方式，因为，在他对自己行为的无法弥补性做出深思熟虑之前，就已经克服了这个障碍。那妇人呢？正在睡觉。她垂着头，头上是那顶华丽的帽子，帽子卡着墙角，双眸紧闭。托马格拉是否应该尊重这场难辨真假的沉睡，并且撤退呢？或者这只是妇人作为共犯的伎俩？而他早应该识别出来的，甚至必须以某种方式对此表示感激？他都走到这一步了，再容不得什么踯躅了；只能继续挺进。

步兵托马格拉的手既小又短，它的坚韧与老茧都很好地渗入到肌肉里，于是这手柔软而均质；骨头是一点儿都感觉不到的，所以手摩挲的时候是感受不到指骨的，只能感知到神经，而且饱含着温柔。为了保证接触足够强烈、兴奋，这只小手动个不停，幅度很小却无处不及。终于,寡妇温软的身躯上扫过第一阵骚动不安,犹如远方涌动的洋流,穿过水下隐秘的小径,但士兵却是大惊不已,就好像他这才相信,直至那时为止,寡妇当真是什么都没发现,当真是一直在睡觉,于是他就胆战心惊地把手抽了出来。

现在他把双手摆在自己的膝盖上,僵坐于座位上,她刚进来的时候,他就是那样坐着的。他表现得十分荒唐,这他知道。于是他蹬了蹬鞋跟,挪了挪臀部,像是又想迫不及待地建立起联系,但就连他的小心谨慎也是荒唐的,这就好像是他又想从头开始那种极需耐心的劳动,好像还不敢确信这深远的目的已然达到。但他真的达到了吗?或者一切都只是梦境一场?

他们突然冲进一条隧道。黑暗越来越浓,于是托马格拉,先是羞怯地动了动手,时不时地还抽回来,就像真是头一次挨近似的,也好像是被自己的大胆吓着了,然后越尝试也越能说服自己,说服自己已经和那妇人到了极为亲密的地步,于是,他就把那只小母鸡一般哆哆嗦嗦的手,伸向了她巨大的胸部,那胸部因为太重而稍显下垂,他呼吸急促地摸索着,尽量向她解释自己的不幸,还有这难以抵御的幸福,以及她的需要,不是别的什么需要,而是她从她的矜持中解脱出来的需要。

寡妇果然回应了,但却是以一个突然的动作,护住了自己,拒绝了他。这就足够使托马格拉缩回自己的角落,掰弄起手指来。然而,可能,只是因为过道里一粒光的虚假警告,让寡妇担心隧道会突然到头。也许,或者是他做过了头,对已经如此慷慨的她做了什么特别糟糕的事?不,他们之间,已经不会再有任何忌讳了,她的举动,相反,正是一个标志,说明这一切都是真的,说明她接受,并参与其中。托马格拉又靠过去。当然,经过这一番斟酌,又丢了不少时间，隧道不会很长了，被骤然的光亮捉住可就太不小心了，托马格拉就等起了隧道墙壁由黑转灰的第一处痕迹，这不，他越等，就越冒险，当然隧道是挺长，他前几次经过时，记得这隧道长得很，当然如果他早就动手的话，就会有大把的时间了，现在最好是等隧道到头，可这隧道总也到不了头，也许这是他最后一次机会了。这下好了，阴暗稀疏开来，隧道走完了。

这是城郊线上的最后几站。火车慢慢空下来；这个隔间中的大部分乘客都已下了车，现在连最后几个也在卸行李，开始往门口走了。在隔间里，最后只剩下士兵和寡妇，靠得很近，但也没挨着，两人都是双臂交叉，默不作声，望着空处。托马格拉仍旧需要想一下："现在所有的座位都空了，如果她想清净一会儿，如果她厌烦了我的话，就会换到其他地方的……"

还是有什么东西在约束他，让他担心，也许是在过道里，出现了一群抽烟的人，或是因为夜晚的到来而点起的灯火。于是他想把面向过道的窗帘拉上，就好像谁要睡觉一般。他站起身，踩着大象般的步伐，缓慢而小心翼翼地解开窗帘，再拉上，并扣了起来。当他转过身来时，却发现她已经躺下了。似乎是要睡觉，不同的是，她双眼大睁，直勾勾地望着前方，躺下时还保持着贵妇那种完好无损的端庄，头倚在座位扶手上，头上仍扣着那顶华丽的帽子。

托马格拉站着，居她之上。他还在想借睡觉这个幌子，把车窗遮住，于是他朝她俯过身去，想去松开车窗上的窗帘。但这只不过是他在无动于衷的寡妇上方笨拙的活动方式罢了。于是他不再折腾那个窗帘扣眼了，他明白得做点别的事情，得让她看到自己的欲望已经不能再延缓了，哪怕只是为了跟她解释，解释她肯定是遭遇了一场误会，就好像是在对她说："您看，您一直都很迁就我，因为您以为,像我们这样既孤单又可怜的士兵,对爱情有着遥远的需求,可这不就是嘛,我就是那么一个人,我是如何接受了您的好意,这不,您看,我那不可思议的野心都到了怎样的地步。"

因为现在显然是任何事情都不能叫寡妇吃惊了,甚至,每一件事情似乎都能被她以某种方式预测到,所以,步兵托马格拉也就只得不再让她对此存有任何疑惑了,只能让自己这种疯狂的痛苦抓住她那样一个好似哑物的人。

当托马格拉站起来时,他底下的寡妇仍是目光清澈而严肃(她有着碧蓝色的眼睛),饰有面纱的帽子还扣在头上,田野中,火车尖利的鸣笛无休无止,外面仍是无边无际的成排葡萄架,而整个旅途中都在不懈地给玻璃窗画线的雨珠,这会儿来得更猛烈了,他心中又涌起一阵惧怕,惧怕他步兵托马格拉冒险已是太多。

像狗一样睡觉

每当他睁开双眼时，都能感到自己身上洒满了从售票处大灯上打出来的那片刺眼黄光。他把眼睛收进被竖起的外套翻领中，找寻着黑暗与温暖。躺下来的时候，他都没发现地上的石头板是那么冷、那么硬，现在一片片的寒冷就从衣服下，从鞋子上的洞里钻到他身上来，而他臀部那一点可怜的肉，被挤在骨头和石头之间，把他弄得生疼。

但这地方选得倒很不错，藏在大台阶下的角落里，被挡住了，也不挨着过道。果然，他在那里刚待了一会儿，就来了高个子女人的四条长腿，她们在他头的上方说："嘿，那家伙抢了我们的位置。"

那男人听见了，但并没有醒过来。他的嘴角一侧流出口水来，躺在硬纸外壳被磨破的小旅行箱上，那是他的枕头，他的头发沿着身体的水平线自顾自地睡去了。

"好吧。"之前的那个声音说，那是从沾满泥土的膝盖和裙子的喇叭形下摆上方传来的。"请您让一让。我们好歹要铺一下床。"

这是那些脚中的一只，是只穿着靴子的女人的脚，那脚踢了踢他的腰,就好像动物的口鼻部在嗅着什么东西。那男人撑着肘关节爬起来,在黄色的街灯下胡乱摸索着,他双眼蒙眬愠怒,完全没发现自己的头发全都竖了起来。然后他又跌了下去,就好像想用脑袋去撞行李箱。

女人们把袋子从头上卸下来。跟在她们后面的那个男人放下卷起的被子,他们就准备起了床。"嘿,"最老的那个女人对躺着的人说,"你起来一下,我们也好给你底下垫上。"可是呢,他一直在睡觉。

"他一定是累坏了。"最年轻的女人说,那女人瘦得皮包骨,所有的脂肪几乎就是架在那一身瘦肉上的,当她屈下身子来铺被子,并把被子掖在面粉袋下时,她的乳房和臀部在她衣服下面上蹿下跳着。

他们三个是黑市上的人,驮着满满的袋子、空空的铁皮桶从山上下来。他们学会了在火车站硬硬的地面上睡觉,在装牲畜的车厢里跑路,但也积累了一套经验,他们带着被子跑路,被子垫在底下是为了柔软,盖在上面是为了暖和,而口袋和铁皮桶可以用来当枕头。

最老的女人试图把被子的一角塞到睡觉人的身下去,但她得抬一点儿、塞一点儿、抬一点儿、再塞一点儿,因为他一动不动。"他可真是累坏了,"老女人说,"也许他是从外地来的。"

而和她们一起的那个男人,一个穿着带拉链衣服的瘦子,已经钻进了上下两条被子之间了,他把头上的帽子一直拉到眼睛上。"来啊。快到这被子底下来,你还没准备好吗?"他对着年轻女人的屁股说,那女人仍弓着身,拾掇着用作枕头的口袋。那个最年轻的女人是他妻子,但比起他们的双人床,他们更熟悉候车大厅里的地板。两个女人也睡了进去,年轻女人和丈夫几乎是肩并肩地蹲在一起,时不时还发出打战的声响,然而老女人却在折腾那个可怜的睡觉男人。也许那个老女人也没多老,只是好像被生活糟蹋过,头上总是顶着面粉和油桶,在火车里上上下下地忙活着。她穿着一件口袋似的衣服,头发是扎向四面八方。

睡觉男人的头从行李箱上滑了下来,因为行李箱太高,他的脖子得一直歪在那里;她试着把他弄得舒服一些,但他脑袋差点没掉到地上去,于是她就把他的头架在自己肩上。男人合上嘴巴,咽了咽口水,在女人身上更下面更柔软的地方找到个舒服的姿势,继续流起口水来,现在他睡在她的乳房上。

他们在那里,正准备入睡,来了三个从南意大利来的家伙。他们是长着黑胡子的父亲和两个棕色皮肤的胖女儿,三个人都是小个子,挽着柳条编成的篮子,在那一大片光中,给困意压得睁不开眼。好像是女儿们想去一个地方,而父亲想去另一个地方,于是就那么吵着,互相都不看着脸的,几乎不是在说话,而是咬牙切齿地反复吐着一些短促的句子,还会猛地停下来或走起来。他们发现这位置已经给那四个人占据了,就越来越迷茫地待在那里,直到又来了两个捆着绑腿,斜搭着短披风的年轻人。

这两个人立刻混入那些南意大利人中间,还说服他们把所有的被子铺在一起,把那四个躺着人的被子整作一条。这两个小年轻是移民到法国的威尼斯人,他们让那些黑市的人站起来,重新理了一下被子,好叫所有的人都能挤得进去。很明显,他们这么忙活完全是为了偷摸那两个瞌睡姑娘的乳房和屁股,但最后大家也都安稳下来,包括那个最老的黑市女人,她一动没动,因为那个呼呼大睡男人的脑袋正枕在她的一个乳房上。两个威尼斯人自然是挤在两个姑

SI DORME COME CANI

娘中间,把那个南意大利男人丢在了一边;但是,在那些被子和短披风底下捣鼓来捣鼓去的,他们的手也能摸着其他女人。

有些人已经在打呼了,但南意大利男人却怎么也睡不着,尽管那许多睡意正沉沉地压在他身上。那刺眼的黄光一直追到他的眼皮底下,一直追到挡住他眼睛的手下面;而且扬声器那非人的声音还在响着:"……快车……站台……出发……"这声音让他感到久久的不安。然后他又感到要撒尿,但他不知道该去哪里,又怕在那个火车站里走失。最后他决定叫醒一个人,于是他开始摇那个人,那个从一开始就睡在那里的倒霉人。

"厕所,老兄,厕所。"他边说着,边拽着那人的胳膊肘,坐在那一摊裹着被子的身体中间。

那个一直在睡觉的男人最终突然坐了起来,对那张俯在自己身上的脸庞,睁大了通红又迷糊的眼睛,张大了流着树胶般液体的嘴巴，那是张猫一样的小脸，满是皱纹，长着黑色的胡子。

"厕所，老兄……"南意大利人说。

那个家伙呢，却还傻愣着，他担惊受怕地望着周围。于是他和那个南意大利人都大张着嘴巴，你看着我，我看着你。那个总在睡觉的人完全不明白是怎么回事。他看见那个女人的脸，躺在他身下的地上，他满心恐惧地打量着她。也许差点儿都能喊出声来了。然后突然，他又把头埋入女人的胸前，沉沉地睡了过去。

南意大利人踩着两三个人的身体站了起来，在那个光亮而寒冷的庞大大厅里迈开了迟疑的步伐。从那边的窗子里，可以看见夜晚澄净的黑暗，还有一些铁制的几何形景色。他看见一个比他还矮小的棕色皮肤男人走过来，穿着一身皱巴巴的衣服，戴着西西里式的帽子，脸上一副心不在焉的表情。

"厕所，老兄。"南意大利人问道，几乎是在哀求。

"要美国的，还是要瑞士的？"那个人答道，他没明白是怎么回事，弄出一包烟来。

这是在火车站周围勉强维持生计的漂亮的小摩尔人[①]，他在这地表上是既没家也没床，时不时地搭趟火车，他那些没把握的香烟和口香糖在哪里好卖，就去哪里。晚上，他就和几群睡在火车站的人们聚在一起，等着换车，甚至还能在一条被子下躺上几个小时，如果不碰上什么性欲倒错的老头，他能一直转到早上，因为这些老头会把他带回家，让他洗澡，给他吃的，还让他和自己睡在一起。漂亮的小摩尔人也是个南意大利人，于是对长着黑胡子的小老头非常友善；他把老头子带到了厕所，等他撒完尿，再陪他回去。他还给

---

① 摩尔人以矮小的身材和棕色的皮肤著称。

老头子烟抽,于是他们就一起抽着烟,用含着沙子一般睡意蒙眬的双眼看着火车出发,看着底下的大厅里那一堆睡在地上的人们。

"像狗一样睡觉,"南意大利人说,"我有六天六夜没看过一张床了。"

"一张床,"漂亮的小摩尔人说,"有时候我会梦到一张床。一张漂亮的白床,是我一个人的。"

南意大利人又回去睡觉了。他掀开被子想挤出点地方来,却看见一个威尼斯人的手插在他女儿的腿间。他于是也把手插了进去,想把威尼斯人赶走,而他女儿的肉柔软地动弹了一下,那个威尼斯人就认为是他的朋友也想摸上一摸,于是他就一把拳头挥过去,把南意大利人推走了。南意大利人骂骂咧咧地朝他举起了拳头。其他人嚷嚷着睡不成觉了,南意大利人只好用膝盖撑着,跨过他们,回到自己的位子上去,垂头丧气地钻进自己的被子。他很冷,缩成了一团,在他手上,还能感到女儿衬裙下的热量。他突然很想哭。

就在那时,大家都感到一具外来的身体混进了他们中间,好像一只狗在被子下扒着什么。几个女人大叫起来。很快大家就忙着把被子扯开,看看到底是什么东西。结果在他们中间,发现了漂亮的小摩尔人,他已经蜷起了身子,打上了呼,就好像一个胎儿一般。他没穿鞋,脑袋埋在一条衬裙下,脚却插在了另一条衬裙下。他被砸在后背上的拳头弄醒了,"抱歉啊,"他说,"我不想打扰你们的。"

但所有人都已经醒了,骂天骂地地,除了流着口水的那第一个男人。

"这里能把骨头睡坏,能让背上结冰,"他们说,"还要把那盏灯砸掉,再把那个扬声器的电线剪断。"

"如果你们愿意，我可以教你们怎么来做床垫。"漂亮的小摩尔人说。

"床垫，"其他人重复道，"床垫。"

漂亮的小摩尔人已经拿掉了几条被子，接着把被子折成手风琴那样，凡是在监狱里待过的人都知道这种叠被子的方法。他们叫他停下来，因为这样的话被子是不够的，有些人可能会完全没被子盖。于是大家又说起这觉睡得不舒服，什么头下没点东西的话，根本就睡不了，不是所有人头下都有东西垫的，因为南意大利人的篮子派不上用场。于是漂亮的小摩尔人就设计出来一种全新的办法，使每个男人都能把头枕在某个女人的屁股或大腿上；不过因为那些被子，这事操作起来也很麻烦，但最后大家也都安稳下来，这样一来就出现了新的组合。可没过多久就不管用了，因为他们不能保证自己一动不动，于是漂亮的小摩尔人找着了一个法子，让每人都买上了他的"民族"牌香烟，然后大家都抽起烟来，诉说起自己有多少个不眠之夜。

"我们已经漂泊了二十天了，"威尼斯人说，"为了穿越这条该死的边境线，我们足足试了三次，他们每次都把我们赶了回来。在法国，我们看到的第一张床就是我们的，我们在上面连续睡了四十八个小时。"

"一张床，"漂亮的小摩尔人说，"干净的床单，还有可以陷进去的羽毛褥垫。一张窄窄的床，暖暖和和的，上面只能睡上我一个人。"

"我们一直过着这样的生活，说这些有什么意义？"黑市男人说，"回到家，只能在床上过一夜，接着又要离开，在火车上过夜。"

"有张干净的、暖和的床,"漂亮的小摩尔人说,"光着身子,我要光着身子钻进去。"

"我们有六个晚上没脱过衣服了,"南意大利的姑娘们说,"六个晚上没换过内衣了。我们像狗一样睡了六个晚上。"

"我想像贼一样潜到什么人家里去,"一个威尼斯人说,"但不是为了偷什么。而是为了能钻到一张床上,在上面一直睡到天亮。"

"或者干脆偷一张床出来,然后把床搬到这里,睡在上面。"另一个威尼斯人说。

漂亮的小摩尔人想到一个主意。"大家等一等。"他说,然后就走开了。

他在拱廊下走过来走过去,直到遇上了疯女人玛利亚。如果疯女人玛利亚夜里搭不到客人,第二天就吃不上饭,所以即使是凌晨她也不会放弃任何机会,这一会儿还在人行道上前前后后地晃着,能一直晃到天亮,一头干枯的红发毫无光泽,小腿肚子也肿成了长颈大肚瓶。漂亮的小摩尔人是她很好的朋友。

在火车站的营地里,人们谈着瞌睡和床,还有他们怎么像狗一样睡觉,同时等着窗户玻璃上的黑暗渐渐淡去。没过十分钟,漂亮的小摩尔人又回来了,肩上扛着一张卷起的床垫。

"过来躺下,"他边说着,边在地上展开床垫,"轮流睡,每隔半小时就换一次,五十里拉,一次能睡两个。来呀,每人二十五里拉很贵吗?"

原来,他从疯女人玛利亚那里租来一个床垫,她的床上有两个床垫,现在她每半小时一租地把床垫给转租出去。于是其他这些等着转车的瞌睡旅客都饶有兴致地靠了过去。

"躺下,"漂亮的小摩尔人说,"我来负责叫醒你们。我们在上面盖一床被子,行啦①,没人会看得到你们,你们甚至可以在里面弄孩子。快躺下。"

一个威尼斯人第一个上去试了试,和一个南意大利的姑娘一起。黑市的老女人为自己和睡在她身上的那个可怜人预定了第二轮。漂亮的小摩尔人早就掏出了个小本子,在上面记着顺序,一副心满意足的模样。

拂晓时,他得把床垫带回给疯女人玛利亚,他们会在床垫上翻筋斗翻到中午。然后,最终,他们也会睡去。

---

① 这个词的原文 Vualà 是用意大利写法写的法语词 voilà。

十一月的欲望

寒冷是在十一月的一个早晨来到城里的,骗人的太阳挂在假装澄净的空中,寒冷分流到又长又直的巷子里,就像被切成了好几片,使猫从檐槽钻进还没有生火的厨房。晚起的人们并不开窗,穿着薄薄的外套出门,总是说着同样的话——"今天冬天迟迟不来啊"——一边打着战,一边呼吸着冰冷的空气。然后想到了从夏天就开始储备的木炭和柴火,为自己的先见之明而欣喜。

对于穷人来说,这是糟糕的一天,因为他们不能再把之前搁置的问题往后推了:取暖的问题,衣服的问题。小花园里有一些修长的小伙子在闲逛,他们看中了纤细的梧桐树,但时不时得躲开警卫,因为他们打着补丁的大衣下藏着有锯齿的锯子。在一张慈善机构宣布要发毛衣和保暖裤的宣传画下面,一群人在读着画上的字。

他们是从某个教区来接受救济的人,要去堂格里罗的家里领取衣物。堂格里罗的家在一栋老房子里,上去要经过一截很窄的、没有楼梯井的楼梯。他房子的门直接对着小花园,门旁边隐约能看到一个楼梯平台的边缘。在分衣服的那几天,穷人们会挤在这些台阶上,排队领衣服,他们一个接一个地敲那扇关着的门,然后把证明书和票根交给一个泪眼婆婆的秃额女佣,然后他们就在楼梯上等着那个女人带着一小个包裹回来。从外面能看得到房间里面全是被虫蛀了的旧式家具,身材魁梧,声音却瓮声瓮气的堂格里罗总爱笑,坐在堆满包裹的桌子后面,在登记表上做着记录。

排队的人有时会在楼梯下面的拐弯处挤成一团,其中有一些是从不出阁楼的没落寡妇,一些是咳嗽咳得很厉害的乞丐,一些是从农村来的家伙,他们满身尘土,穿着铁钉鞋在小花园里踏来踏去,还有一些——不知道从什么地方来的——蓬头散发的瘦小伙,穿着冬天穿的拖鞋和夏天穿的雨衣。有时,这一拨不成形的、缓慢移动的队伍会延伸到中间平台还要往下的地方,那里有扇玻璃门,那是"法布里兹雅"皮货店。于是,那些高雅的太太每次去找法布里兹雅预定水貂皮衣或是阿斯特拉罕羔皮的时候,为了不碰到那些乞丐,都得贴着栏杆上楼。

一天,堂格里罗要发法兰绒和保暖裤的时候,一个裸身的男人过来排起了队。那是一个干粗活的老头,又高又壮,那一脸灰白的胡子上还有几撮毛是金色的。他穿着一件军大衣,底下什么也没穿。他的大衣裹得严严实实,扣子全扣满了,但他的小腿是光着的,也光脚穿着靴子。人们惊讶地张着嘴,看着他,而他却笑着,还开人们的玩笑。他长着一双欢快的大眼睛,蓝蓝的,花白的刘海垂到额前,宽宽的脸庞透着酒气,一副很开心的模样。

他叫巴尔巴加罗,今年夏天,当他在河里铲卵石的时候,别人偷走了他脱在岸上的衣服。从那时起,他就穿着几块破布得过且过,偶尔也会锒铛入狱,或是混进养老院,但是在监狱里待过一阵后,他们会把他放出去,他自己呢,也会从养老院里逃出来,然后在城里、在镇子上流浪，要么游手好闲，要么到处干点小时工。如果他又没有更好的地方去了，没有衣服倒是去行讨或被关进监狱的绝佳借口。那天早上，突如其来的寒冷让他决定去搞件衣服，所以他才会光着身子穿着大衣转来转去，像梭子一样从一个机构跑到另一个机构，顺便吓吓一路上碰到的姑娘，每到一个十字路口还会被警卫拦下来。

自从他来了以后，在楼梯的队伍中，人们就一直在谈论他。他呢，挥动着胳膊数着排队的人数，想方设法地找机会插队。

"是啊，是啊，我就是光着身子的！你们看见没？不只是光着腿啊！你们想要我把扣子解开给你们看吗？快给我让让，你们要是不给我让路，我就把衣服给解开！真冷啊！从来没这么冷过！夫人，您想摸摸吗？想看看我暖不暖和吗？神父只给保暖裤吗？我拿保暖裤能干什么？我拿保暖裤去卖钱！"

最后他干脆在排队的人中间坐下来，坐在楼梯平台的台阶上，那里正好就是"法布里兹雅"皮货店。那些太太来来往往地经过那里，头几天会炫耀炫耀自己买的皮衣。"哎呀！"她们看到坐在那里的老头一双光着的腿，失声叫道。

"夫人，您可别叫警卫，他们已经抓过我了，就是他们叫我来这里，让我来看看他们能不能给我弄点衣服穿的。再说，您什么也看不到的，您可别给我找麻烦。"

太太们于是匆匆走过，巴尔巴加罗感到自己被带着樟脑丸和铃兰香味的柔软下摆抚过。"好毛，夫人，真是没得说，毛底下一定很暖和。"

每走过一位太太，他就会把手伸上前去摸她们衣服的皮子。"救命啊！"她们哇哇大叫。然后他还把脸颊贴到她们的皮衣上，就像猫那样。

在"法布里兹雅"那里，太太们开了个秘密会议，没有人再敢出去了。"我们要喊警卫吗？"她们互相问道，"但是他们把他打发到这里来不就是为了让他穿上衣服的吗？"她们每过一会儿就打开一道门缝："他还在那里吗？"有一次他甚至把胡子拉碴的脑袋挤到门缝里，人还坐在外面，叫了一声："哎呀！"她们差点没吓晕过去。

最后巴尔巴加罗决定了："我们去找交涉。"他站起来，按了"法布里兹雅"的门铃。两个徒工给他开了门，她们中一个脸色苍白，腿瘦得只剩下膝盖了，另一个编着黑色的辫子。"你们给我把夫人们叫来。"

"走开！"脸色苍白的姑娘说。但巴尔巴加罗不让她关门。

"你去，把太太们叫来。"他对另一个姑娘说。另一个姑娘转身去叫人了。"真乖。"巴尔巴加罗说。

店主人和她的顾客冒了出来。"如果你们想要我不解开衣服，能给我多少钱？"那个大老粗说。

"什么？"

"赶紧给钱，少废话。"说着，他一只手就开始从脖子口解扣子了，另一只手伸出来要钱。太太们于是纷纷在提包里掏起零钱来，给了他一些。一个浑身穿金戴银的贵妇好像没有找到零钱，她用那双肥大的、深褐色的眼睛注视着他。巴尔巴加罗停下来，不解扣子了。他说："那么，如果我解扣子，您给我多少钱？"

"哈哈哈！"那个编了辫子的徒工大笑起来。

"琳达！"女主人大喝道。

巴尔巴加罗把钱塞进口袋后出去了。"再见，琳达。"他说。

这时队伍中传话说，衣服可能不够，不是所有的人都能领到。

"应该先给我,我光着身子呢!"巴尔巴加罗一边说着,一边挤到了队首。

在门口,神父的用人双手合十地说道:"底下居然什么都没穿!怎么能这样!您等一下,别,别进去!"

"让我进去,管家,否则,我用罪恶来引诱你。尊敬的神父在哪里?"

他走进神父的房间,房间里都是些巴洛克式画框裱起来的圣心流血的画像,几个极高的五斗柜,还有展在墙上的十字架,就像黑色的鸟一样。堂格里罗从写字台边站起来,大笑起来:

"吼吼,吼吼,吼吼!谁把您整成这副模样的?吼吼,吼吼,吼吼!"

"您说说,神父,今天发的是法兰绒,但是我来这儿是拿裤子的。您有吗?"

神父听了他的话,扑到他那个椅背很高的沙发上,仰面躺下,笑出了双下巴:"没有,没有,吼吼,吼吼,吼吼,不是我没有……"

"我又不是要您的裤子……我是说,我会一直在这儿待到您给主教打电话,待到您让人把裤子带来。"

"这样啊,这样啊,孩子,去大主教那里,您去大主教那里,吼吼,吼吼,吼吼,我给您一张条子……"

"一张条子。那法兰绒的呢?"

"这边,这边,吼吼,吼吼,吼吼,我们来看一看啊,孩子。"

接着他就翻出一套套的套头衫和保暖裤,但是没找着一条适合巴尔巴加罗的那种大码的裤子。当他们找到最大号的一套衣服时,巴尔巴加罗说:"我这就穿上。"神父的用人赶在他把大衣脱下来之前,逃到楼梯平台上去了。

巴尔巴加罗现在光着身子,为了取暖,做了一会儿俯卧撑,然后就穿起了内衣。堂格里罗看到他那个加里波第式的脑袋被紧紧地扣在领口,而袖口和脚踝也是收得紧紧的,保暖裤又紧紧地贴在身上,笑得停不下来。

"哎哟!!"巴尔巴加罗大叫一声,缩成一团,就好像是被电击了一下。

"您怎么了,您怎么了,孩子?"

"真扎,哪儿都扎……尊敬的神父,您给的这是什么衣服啊?我浑身都痒痒……!"

"好了,好了,都是新的,能看得出来是新的,很快您就会习惯的。"

"哎呀呀,我的皮肤很娇嫩的,现在我都已经习惯光着身子了……哎呀呀,痒死我了。"他为了挠背,把身子扭作一团。

"好了,好了,洗一下就好,洗过以后会软得跟丝绸一样了……现在您去找这个我给您的地址,他们会想办法给您弄一件衣服的,走吧。"说着神父就把他推向门口,同时让他把大衣再穿上。

巴尔巴加罗已经不再坚持了,他认输了。他一出门,他们就把门关上了。他弓着身子,往楼下走,一边抱怨着,一边摸着自己的身子,而那些还在楼梯上排队的人也问起他来:"他们对您做了些什么?他们打您了吗?胆子可真够大的!一个神父,打老人家!但是这保暖裤还真不错!"他们看着他穿在白色法兰绒裤子里的小腿肚子说道。

巴尔巴加罗看上去好像老了十岁,蓝色的眼睛里肿得全是泪。他下了楼。正好经过皮货店的门口,他突然转过身来,也不抱怨了，而是敲了皮货店的门。

编了辫子的徒工在门口露出了脑袋。"但是……"她说。

"你看。"巴尔巴加罗哭丧着脸，勉强挤出微笑，向她指了指自己身上绷在脚踝上的白色保暖裤。

姑娘说了句："哎呀……"

而他却已经钻进门了。"你把夫人叫过来，快点！"姑娘去了。巴尔巴加罗纵身一跃，躲进一个侧房，然后用钥匙把自己反锁在里面。

法布里兹雅太太出来了，没见着他，于是又回到那里头去，摇着头说："为什么不把疯子给关起来，我真是不明白……"

巴尔巴加罗刚用钥匙把门锁上，就把大衣、套头衫、保暖裤和鞋子从身上脱下来，终于又光着身子，幸福地呼吸起来。他在一面大镜子里看着自己，鼓起自己的肌肉，又做了一会儿俯卧撑。屋里没有暖气，真的能把人冻成狗，但他真是太得意了。于是就环顾起四周来。

原来他是把自己给锁进"法布里兹雅"的仓库了。那里有一条长长的挂衣架，衣架上所有的皮大衣挂成一排。

这个粗老头的眼睛里闪烁着愉悦的光芒。皮大衣！他用手一件一件地摸起这些大衣来，就像是在弹拨竖琴一样；接着他又用肩膀和脸颊去蹭了蹭皮衣。那里有一些阴险的灰色水貂皮，柔软服帖的阿斯特拉罕羔皮，像长了草的云朵一样的银光狐狸皮，灰鼠皮[①]，极薄而不可捉摸的松貂皮，结实而温和的褐色河狸皮，善良而高贵的兔子皮，窸窣作响的、长着斑点的白色小山羊皮，最后是摸起来

---

① 原文为法语。

令人发抖的豹皮。巴尔巴加罗这才发现自己正冻得牙齿打战。于是他就顺手拿了一件小羊皮的外套,在自己身上试了试,正正好。他用一条狐狸皮裹住腰,把它黄褐色的尾巴拉到前面来,当作遮羞布。他穿上一件非洲羚羊皮大衣,那应该是给一个奇胖无比的女人穿的,大衣柔软得甚至能缠在自己身上。他还找到了一双有着河狸皮里子的短靴,还有一顶漂亮的皮帽。他这一身真是太棒了,再来一个皮手筒,好了。现在什么都不缺了。他恰然自得地站在镜子前,站了好一会儿,几乎分辨不出来哪里是自己的胡子,哪里是动物的皮毛。

衣架上的皮衣还是挂得满满的。巴尔巴加罗把这些皮衣一件件地扔在地上,慢慢地他脚下便被皮衣铺成了一张宽广柔软的床,软得叫人想深陷其中。于是他就干脆躺下,让所有剩下的皮衣全落在自己的身上,就像雪崩那样。那里暖和得甚至让人觉得如果现在就睡着的话,会是一种遗憾,因为舒舒服服地躺在那里实在是一种享受,但是这个粗老头没撑多久就陷入了安详的梦乡,连梦都没有做。

他醒来的时候看见窗外已是深夜了。四周寂静无比。当然,皮货店已经关门了,谁知道他怎么才能出去。他竖起耳朵,突然听到有人咳嗽,就在隔壁的房间。一束光从门缝里投进来。

他站起来,用水貂皮、狐狸皮、羚羊皮和皮帽把自己打扮了一番,然后轻轻地打开了门。在一盏台灯的灯光下,编了黑辫子的徒工正伏在一张桌子上缝着什么。因为考虑到仓库里货品的高昂价值,法布里兹雅太太就决定让一个姑娘在这里过夜,就睡在作坊里的小床上,这样如果有人偷东西的话,她就能及时发出警报了。

"琳达!"巴尔巴加罗喊了一声。那姑娘睁大了双眼,看到在

DESIDERIO IN NOVEMBRE

阴暗中，一个像熊一样的巨人交叉着双臂，把手收在阿斯特拉罕的皮手筒里。她说了句："……好看极了……"

巴尔巴加罗前前后后又走了几步，孔雀开屏般地炫耀着，就像时装模特那样。

琳达说："……但是现在我得喊警察了。"

"警察！"巴尔巴加罗生气了。"但是我又不偷东西。我能拿它干什么？我穿成这样肯定不能上街的。我来这儿只是为了把身上的衣服脱掉，太扎人了。"

于是他们说好了，他那天晚上可以在那里过夜，但是第二天一早就得走人。其实是琳达知道用哪种方法来洗衣服，可以让衣服不扎人，还说会给他把衣服洗掉。

巴尔巴加罗帮她把洗好的衣服挤干，把晾衣绳拉上，把衣服晾在一个电炉旁。琳达有几个斑皮苹果，于是他们俩把苹果给吃了。

然后巴尔巴加罗说:"我们现在来看看你穿上这些皮衣怎么样。"接着他让她把所有的皮衣都试了一遍,并试了各种搭配,编着辫子和头发披下来也都试了,他们还就各种皮子直接穿在身上的柔软度交换了意见。

最后,他们搭了一个用皮衣做成的小屋,大小正好够他们俩躺在里面,于是他们就钻进去睡觉了。

当琳达醒来的时候,他已经起来了,正在穿套头衫和保暖裤。曙光透过窗户洒进来。

"衣服都已经干了吗?"

"还是有点儿潮,但是我得走了。"

"衣服还扎人吗?"

"哪有!我现在舒坦得就跟教皇一样。"

他帮琳达把整个仓库收拾整齐了,然后穿上他的军大衣,在门口跟她挥手告别。

琳达在那里看着他慢慢远去,那一段白色的保暖裤夹在大衣和靴子中间,那一缕头发在拂晓凛冽的空气中显得那么骄傲。

巴尔巴加罗不打算去找大主教讨衣服,他想穿着这一身衣服,去附近镇子的广场上转转,去做点儿力量训练。

法官的绞刑

那天早上,奥诺夫利奥·克莱利奇法官在来来往往的人群中,觉察到一种不一样的气氛。以前每一天他都坐在小型马车上,从家里坐到法院,穿过整个城市:马车下面的人们挤满了人行道,有的是狠狠躲过马车肩膀的路人,有的是挤在违章卖烤栗小贩边上的顾客,有的是喊着"彩票……百万里拉的彩票……"的盲人,小学生们四方形书包里的练习本咕咚咕咚地撞来撞去,农民的菜篓子里堆满了被蜗牛啃烂了的甘蓝和芹菜。

今天好像有什么变化在那些渺小的人群中涌动:那些从冷冷的三角形眼白中抛出来的斜眼,还有嘴唇间露出来的牙齿。人们身上的大衣和披肩更清晰地勾勒出棱角分明的肩膀轮廓;下巴的边缘在毛衣边和翻领前面凸显;奥诺夫利奥·克莱利奇法官觉得一种令人不舒服的东西在自己身上滋生。

几个星期以来,他家屋子外面的墙上用粉笔写的东西越来越密,也越来越大,都是一些上绞刑架或者是被吊死在绞刑架上的人,而那些被吊死的人也总是戴着顶法官高帽,就是那种圆柱形、冒顶很宽、还缝着个圆蝴蝶结的帽子。奥诺夫利奥·克莱利奇法官发现人们恨他已经不是一天两天了，他们在法庭里吵吵嚷嚷的，证人席上的寡妇们与其说是冲着牢笼叫，还不如说是冲着他喊叫；但他踌躇满志，他也恨他们，这些筋疲力尽的小人，在证人席上不会好好回答问题，不会在旁听席上毕恭毕敬地坐着，这一群破人总是拖着孩子，背负着债，满脑子的坏主意。这些意大利人。

奥诺夫利奥·克莱利奇法官明白意大利人都是些什么人已经不是一天两天了：女人永远在怀孕，怀里抱着的孩子也总是结着乳痂，年轻人的脸颊几乎是蓝色的，如果没在打仗的话，他们只对失业在行，最多也就是在火车站卖卖香烟；老人们也都患有哮喘和腰椎间盘突出，手上的老茧多得连笔都拿不住，无法在会议记录上签字。他们这个人种永不知足，整天哭哭啼啼的，一言不合就吵架，如果不对他们严加控制，他们会索取一切，会拖着他们结着痂的孩子，拖着他们突出的腰椎间盘，踩着地上的烤栗子壳，随处安顿下来。

幸好还有他们其他这些人，这个正派人的人种，他们皮肤光滑柔软，鼻孔、耳朵里都长着毛，沙发椅上的屁股稳固得就好像地基一般。他们这个人种叮叮当当地戴满了奖章、勋章、项链、有眼镜腿的眼镜、单片眼镜、助听器和牙套；他们这个人种多少个世纪以来是在历代总理公署的巴洛克扶手椅上成长起来的；他们这个人种会制定、执行，并让人们遵循法律，但那法律只是顺着他们的意志来实施的；他们这个人种受某种秘密协议的约束，受某种共识的约束——意大利人是一种让人作呕的小人，在意大利如果没有意大利人一切都会好很多，如果一定要存在，至少别吱声。

奥诺夫利奥·克莱利奇法官来到法院，法院又破又旧，曾几度被炮轰,已经被毁得差不多了,被腐烂的房梁支撑着,墙上的灰泥都已经脱落了,三角楣的巴洛克中楣也都塌下来了。紧闭的大门前挤满了人群,被看守拦着,在诉讼前总是这样的。在旁听席上有一些为被告亲属和朋友,或是为那些懂得尊重人的、值得信赖的人预留的席位;尽管这样,人群中每次总是会有人偷偷钻进法庭,在最后一排的凳子上找到位子,并用抗议或是嘘声来影响听证。其他人原地留在外面,吵吵嚷嚷的,又是抗议,又是恐吓,还有人会举牌子示威;他们的吵闹声偶尔会涌进法庭,这让奥诺夫利奥·克莱利奇法官很烦躁,并让他再次肯定了自己对这些意大利人的恨,这些蛮不讲理的意大利人,对于自己不熟悉的事情也会指手画脚。

但是那一天人群却异乎寻常地安静、规整,当人们看到奥诺夫利奥·克莱利奇法官从摇摇晃晃的马车上下来,从一个边门走进法院时,敌意的低语声就再也没有从人群中消失过。

在法院里,那种不自在的感觉在法官的心里稍稍平息了一些:那里面所有的人都是朋友,法官和检察官,还有律师,总之是善良的人种,他们的嘴角浮着被咽下的微笑,然后喉咙两侧会跳动一下,就像青蛙的腮。这些人很平静,可以说是放下心来了,在政府里,在国家所有高级领导人中,都是些像他们一样的人,那些人眼皮下垂,还有着青蛙式的喉咙,要不了多久,蛮不讲理的意大利人就会理智地顺从他们的意愿了,也会向他们几个世纪以来一直忍受的乳痂和腰椎间盘突出投降。

在等待开庭的过程中,在陪审员穿起法袍的时候,一个满脸疙子的律师从口袋里掏出一份反对意大利人的报纸,然后大笑着给其他法律人士看那些滑稽的漫画,在那些漫画里,意大利人被描绘得既笨拙又可怖,他们戴着有帽舌的帽子,舞着可笑的粗棒子。他们中间只有一个人没有笑，那是新的秘书，一个长着松果型脑袋的小老头，他看起来既温和又懂得尊重人。法官们一个接一个地转动着因大笑而充血的眼睛，笑话他那张悲伤而粗糙的脸，然后那笑容在他们青蛙式的喉头处平息下来。"不需要信任那个家伙。"奥诺夫利奥·克莱利奇法官这么想到。

然后法庭开始审判。奥诺夫利奥·克莱利奇法官在那段时间内主管的诉讼并不是那种走投无路的小偷撬门抢劫的常规诉讼。他手上的这些诉讼是处理上一次战争中那些与意大利人为敌的人，他们让人把意大利人抓起来枪决，而奥诺夫利奥·克莱利奇法官，在听到人们说到他们的诉讼时，他确信他们是值得尊敬的人，是遵循内心想法的人，像他们这样的人真是越多越好，他们可以好好管管这些可笑的意大利人；而这些意大利人，总是憔悴而疲惫，骨头里都透着饥饿感，动不动就要找个理由哭可怜。

但是奥诺夫利奥·克莱利奇法官手上有法律，而且一直是由他们制定出来的法律，他们就是那些长着青蛙喉头的人，尽管那些法律偶尔像是为那些意大利穷鬼制定的；他知道，只要他们愿意，法律就能反过来使用，就能任意颠倒黑白。这样他就能给所有那些人开脱，而人们在案子了结以后，会滞留在广场上，焦躁地晃到晚上，服丧的女人会为她们已被吊死的男人尖声呼号。

奥诺夫利奥·克莱利奇法官坐上了他的椅子，仔细地观察起听众来：看起来好像都是些值得信赖的人；这些人的牙又长又龅，领子都是上过浆的，紧紧地勒住他们的后颈，他们的眉毛架在鼻子的顶部，像是种猛禽，而太太们又瘦又黄的脖子上顶着饰着面纱的帽子。但是再仔细看一下的话，法官发现最后一排椅子上坐着一些小人，他们违反规定混了进来。他们中间，有编了辫子、脸色苍白的姑娘，有把下巴架在拐杖上的残疾人，有蓝眼睛周围长满了皱纹的男人，有戴着被绳子固定住眼镜的老人，还有用披肩裹着身子的老婆婆。这最后一排椅子和倒数第二排椅子有一定距离，而那些闯入者在那里一动不动、双臂交叉地坐着，所有人都直勾勾地盯着他这个法官。

那种揪心的不适感在奥诺夫利奥·克莱利奇法官的心口越来越强烈了。在陪审席桌子两侧有两个看守，他们被安排在那里显然是为了保护陪审团不受那些亡命徒的抗议，但是今天他们的脸和通常那些看守的脸有些不一样，他们的脸既苍白又悲伤，一绺绺金色的头发被压在他们的帽檐下。然后那个记录员好像在写着什么自己的东西，一直趴在那张桌子上。

被告已经在牢房里了，他毫无表情，衣服很干净，烫得很平整。他的头发是灰色的，一种不透明的灰色，在离眼睛和颧骨上面不远的地方被很仔细地梳到了后面；他的眼皮发红，没有睫毛也没有眉毛，眼皮下的眼窝里是一对颜色非常浅的眼珠，显得毫无生气；他的嘴唇很厚，但是有着和皮肤一样的颜色；嘴唇合上的时候，仍能看见他那方正的大门牙。他的胡子在他光滑的皮肤上留下了一片像大理石一般的阴影。他的手以一种镇静的姿态紧紧地抓住围栏，他的手指又粗又平，就像印章一样。

开庭了。证人们还是往常那群只知道哭哭啼啼的小人。他们叫喊着，特别是女人，用胳膊指着铁牢："就是他……我亲眼看见他的……他还说：'现在你们罪有应得了，你们这群强盗……'我就这么一个儿子啊，我的强尼……他就是这么说的：'你不想说话，行啊，狗杂种……'"

奥诺夫利奥·克莱利奇法官想，那些人不知道应该怎么做证，什么乱七八糟的人啊,既没纪律也没礼貌。总之,铁牢里的那个人曾是他们的头头,而他们没有服从他。现在他在行为举止方面给他们好好上了一课,教他们应该如何在那间铁牢里不动声色,用那些没有颜色的瞳孔看着他们,也不否认,还带着一丝厌倦的神气。

奥诺夫利奥·克莱利奇法官嫉妒他的镇静。他那种不自在的感觉越来越强烈了。能听见外面工人们的锤子叮叮咣咣地响着,他们在法院的院子里忙着什么,这声音让他觉得很烦躁。他们当然是在忙着撑起那座总是摇摇欲坠的房子,从审判厅那教堂式高高的窗户里,看得到一些木条和木板被光着的胳膊运到院子里。"谁知道他们为什么会赶在开庭的时候施工?"奥诺夫利奥·克莱利奇法官自问道,好几次他都想派门房去叫他们停下来,但每一次都不知道是什么原因阻止他去这么做。

在证词的帮助下,现在他正在还原起诉中最重要的一幕——屠杀,多少男男女女还有年老之人都死在了一个村子的广场上,后来整个村子都给烧了。慢慢地,奥诺夫利奥·克莱利奇法官的眼中也呈现出广场上尸体堆积如山的景象;他谨慎而严密地审问着,试图把当时场景中最微不足道的细节也给还原出来。那些被杀死的人在广场上躺了一天一夜,没有人能够靠近他们;奥诺夫利奥·克莱利奇想着那些瘦骨嶙峋的蜡黄色躯体,穿着他们那些血迹都凝成块的脏破衣服,尸体的嘴唇上、鼻孔边还落着好些大个儿的黑色苍蝇。最后一排的听众仍然保持着镇静,谁知道他们是怎么做到的;奥诺夫利奥·克莱利奇法官为了克服他们给他带来的畏惧感,就试图去想象被杀死、被堆在那里的是他们,他们大睁的眼睛就跟黑洞一样,鼻孔中流出的血就像一条条的虫子。

"然后他走到我们那些死去的人身边,"一个长着大胡子、弓着背的年长证人说道,"我看到他的,他在他们跟前停了下来;他就是这么对待我们死去的人的,我甚至都不屑对他这么做。他向他们吐了一口唾沫。"

奥诺夫利奥·克莱利奇法官似乎看到那些已经发黄的意大利死人,他们铅灰色的肚脐露在外面,瘦腿上的衬裙都给掀开了,他甚至感到自己嘴唇上流出了口水。他看着被告的嘴唇,那嘴唇突出而苍白,要是在那嘴唇间会吐出一颗口水做成的珍珠就太美了,他甚至感到一种隐秘的需要。这不,被告在回忆这些事的时候合上了嘴巴,在他方正的大门牙上,冒出了一层薄薄的泡沫;哎呀呀,奥诺夫利奥·克莱利奇法官真是太明白被告当时的厌恶感了,正是那种厌恶感让被告往那些死人身上吐口水的。

辩护人在帮被告辩护,就是那个大腹便便的小矮子,那个脸上生着疣子,特别享受那些奚落穷人漫画的家伙。他夸奖被告的功劳,被告那鼓舞人心的官员生涯,致力于秩序维护的精神。如果把所有的减刑都算在内,他请求最低服刑年限。

奥诺夫利奥·克莱利奇法官在他辩护的过程中不知道可以看哪儿。如果他的目光停留在旁听席上,坐在后排的那些意大利人的目光很快就会让他焦躁不安,他们都盯着他,那眼睛睁得很大,大得无边无垠。而外面那些木板被敲击的声音和被运来运去的声音一直响个不停……现在,窗户外面能看到一根绳子,还能看到两只手正在把绳子展开,就好像是为了看看这绳子有多长。那绳子究竟是用来干什么的?

现在是检察院方在讲话。那是一个骨架很长的男人,他倚在自己髋部凸出的地方,张开狗一样的颌骨,嘴上划过的全是肌腱一般的口水丝。他说了,惩处那段时间里犯下的诸多罪行以及惩罚真正的罪人有多么必要；接着他还补充说，被告当然不是这些人中的一个，而且他做的那件事情，也是不得不去做的。最后他还提出在辩护人提出的刑罚上再减半。

旁听席上的前几排听众鼓掌表示赞成，掌声里还混杂了一种奇怪的声音，就像是拍着骨头的声音，也像是打屁股的声音。奥诺夫利奥·克莱利奇法官就想，现在后排的那些人要开始嚷嚷了。但是他们却坐在那里一直不动，聚精会神地听着，搞不清他们是什么意思。

陪审团退到隔壁的小房间里审议。从那里的窗户里可以很清楚地看见庭院里的情况，而奥诺夫利奥·克莱利奇法官也终于明白他们在那外面用那些木条和绳子在折腾什么了。原来是一台绞刑架：他们在庭院的正中央搭了一台绞刑架；已经搭完了，黑黢黢立在那里，很是潦草，架子上方挂了一个活结；工人们已经走了。

"又愚蠢，又无知，"奥诺夫利奥·克莱利奇法官这么想着，"他们还以为被告被判死刑了呢，所以才搭了这么一个绞刑架。但我倒要叫他们看看！"他要好好给他们上一课，要用那种只有他才懂的律师式诡辩，向陪审团提议被告应该被免诉。而陪审团也会一致同意他的提议。

宣读判决的时候，最激动的是法官本人。没有一个人敢眨眼，被告那印章一样的手紧紧地抓住栏杆，不敢眨眼，旁听席上的人规规矩矩地，也不敢，闯入者更是不敢。那些编了辫子的、脸色苍白的姑娘，那些残疾人，那些围着披肩的老妇人，都站在那里，头高高地昂着，他们眼里不约而同地闪着火焰般的眼神。

这时记录员走过来，让法官签署判决；从记录员把那些纸张递给他时那种谦卑的悲伤来看，好像他要签的是死刑。因为那些

IMPICCAGIONE DI UN GIUDICE

纸——在第一张纸下面,这不,还有第二张纸,记录员在翻开上面一页纸的时候,只露出了下面那张纸的边缘。法官也签了这两页。戴着挂绳眼镜人的眼里和长着蓝眼睛老人的眼里,都燃烧着火焰般的眼神,全落在他身上。法官全身冒的都是汗。

这不,现在记录员把第一页纸翻开,翻过去又翻回来。终于,底下,在第二张纸上面,奥诺夫利奥·克莱利奇法官读道:奥诺夫利奥·克莱利奇法官,因犯下长期辱骂和嘲笑我们可怜的意大利人民这一罪行,被判绞死,就像狗那样。下面是他已经签过的名字。

两个脸色悲伤的黄头发看守走到他两侧。但是并没有碰他。

"奥诺夫利奥·克莱利奇法官,"他们说,"你跟我们来。"

奥诺夫利奥·克莱利奇法官转过身。这两个看守,一个从一侧、一个从另一侧领他通过一扇小门,依然并没有碰他,把他领到空旷庭院里的绞刑架下面。

"你走到绞刑架上去。"他们说。

但是他们并没有推他。"上去。"他们说。奥诺夫利奥·克莱利奇法官就上去了。

"把头放到那个绳子圈里。"他们说。

法官把头塞到那个绳套里。他们几乎都没怎么看他。

"现在你把凳子踢掉。"他们说完以后就走开了。

奥诺夫利奥·克莱利奇法官把凳子踢倒了,感到那绳子勒紧在他脖子上,他的喉咙就像一把拳头那样紧紧地握住,感到自己身上的骨头都要断裂了。而他的眼睛,就像硕大的黑色蜗牛,从他眼窝那个壳子里流出来,就好像他眼睛在寻找的光明能转化成空气,同时,黑暗在那空旷庭院的柱子上变得越来越浓;院子里什么人都没有,因为那些意大利小人甚至都没来看他是怎么死的。

猫和警察

警察很早就开始在城里扫荡被藏起来的武器了。他们爬上警车,头上戴着统一的、看不出人脸的皮制防护帽,他们穿过贫民窟,打着警报器,奔向泥瓦工或工人家里,翻乱抽屉里的内衣,拆掉炉子里的管道。在那些日子里,一种痛苦的焦躁感折磨着警察巴拉维诺。

巴拉维诺失业没多久,就去当了警察。于是他也是刚知道,在那个貌似平静而繁忙的城市底下藏着一个秘密:在沿着街道的水泥墙后面,在僻静的围栏中,在漆黑的地下室里,闪闪发光的可怖武器如密密匝匝的森林一般小心躺着,就像豪猪刺那样。人们谈论着矿层般的冲锋枪,地下宝库般的子弹;还有人说,有人在被砌死门的房间里藏着一整架大炮。正如金属物质的痕迹标志着附近有矿区,他们在城里的屋子中,查到了被缝进床垫里的手枪,被钉在地板下的步枪。警察巴拉维诺在他的市民中间感到非常不自在,他感觉,每一块下水道盖子,每一堆废物,都在守护着某种难以理解的威胁;他常常想那架被藏起来的大炮,有时还会把它想象成自己小时候去过一次的高档客厅,当时他妈妈在那户人家打扫卫生,就是常年总是关着门的那种房间。他在饰有花边、褪了色的天鹅绒长沙发旁看见了大炮,满是泥浆的大炮轮胎压在地毯上,机枪架直顶着吊灯;大得把整个大厅都撑满了,还把钢琴上的漆给刮掉了。

一天晚上,警察跑到工人聚居区,包围了一整幢房子。那是一幢看起来破破烂烂的大楼,就好像是这楼上承受的这许多人,把这房子的楼层和墙体都弄走样了,使它们沦为一摊结着硬壳和老茧的多孔老肉。

在堆满垃圾筒的院子一周,每一层楼的走廊上都围着一圈生了锈的歪栏杆;在这些栏杆上,在栏杆和栏杆之间拉着好些细绳,细绳上挂着衣服和碎布。而走廊上的门窗①不是用玻璃,而是用木头做的,走廊被一片片黑色的暖气管道穿过,在每层楼的走廊尽头,都是厕所的棚屋,整座楼都是这样,从外面看,一个厕所架在另一个之上,活像脱了灰泥的塔楼,走廊被半楼上房间窗户隔开,窗户里响彻缝纫机的声音,弥漫着汤汁的雾气,那声音、那雾气一直涌到顶楼,涌到阁楼里的铁栅栏上,涌到歪斜的屋檐下,涌到像烤箱一样大开着的破旧天窗前。

迷宫一般的破旧楼梯从地下室一直穿到屋顶,这幢老楼的主体,就像是有着无数分支的黑色血管,楼梯上,半楼上的房间门和混住套房的大门大开着,随意零星地散落在各处。警察们爬上楼,掩饰不住自己脚步发出来的凄凉声响,困难地认着门上标出来的名字,他们排着一列纵队在那些嗡嗡作响的走廊里转了一圈又一圈,

---

① 既有门也有窗的功用。

旁边尽是些探出脑袋来的孩子,还有披头散发的女人。

巴拉维诺在他们中间,戴着叫人难以辨认的机器人头盔,那头盔在他像云一样的天蓝色眼睛上投下了冷冷的阴影;但他仍为那些说不清道不明的烦心事折磨着。他们被告知,他们的敌人,他们警察的敌人,也就是奉令行事之人的敌人,就藏在那屋子里。警察巴拉维诺从半掩着的门里,惊恐地望着房间里面:在每一个衣橱里,在任何一条门窗的边框后,都有可能藏着可怕的武器;为什么每一个住户,每一个女人,都用焦虑、痛苦的眼神望着他们?如果他们中的某个人是敌人,他们为什么不可能都是敌人?在楼梯的墙后面,被扔到垂直走向管道里的垃圾正在扑通扑通地掉下去;为什么不可能是他们正在紧急处理的武器?

他们下到一个低矮的房间里,一小家人正围在铺着红格子布的餐桌旁吃晚饭。孩子们声嘶力竭地叫着。只有坐在爸爸膝盖上吃饭的最小的家伙,正用黑色而充满敌意的眼睛,一声不吭地望着他们。"我们有搜查房子的命令。"队长说道,敷衍地做了个立正的姿势,他胸前的彩色绶带也跟着蹦了一下。"圣母玛利亚!我们可都是些可怜人啊!我们可是做了一辈子老实人啊!"一个上了年纪的女人说道,双手捂住心口。爸爸穿着汗衫,他浅色的宽脸被硬得难以剃干净的胡子戳得星星点点;他正在给小孩一勺勺地喂食。他先是斜眼看了看他们,可能还有点讽刺的意思;然后就耸了耸肩,接着忙小孩去了。

房间里满是警察,多得都挪不了步。队长下达着无意义的命令,不是在指挥,而是在添乱。巴拉维诺惊愕地望着每一件家具,每一个橱柜。那个穿汗衫的男人,是了,他就是敌人,如果那以前他还不是,现在,当他看着抽屉被打翻、圣母和他们已故亲人的画给从墙上扯下来的时候,他肯定已经无法挽回地变成了他们的敌人。如果他是他们的敌人,是了,那他的家里肯定布满了埋伏:在五斗柜的每一层抽屉里,都可能整整齐齐地放着给拆卸掉的冲锋枪;如果打开碗橱的小门,顶端挂着刺刀的步枪可能会对准他们胸前;钩在挂衣架上的外套下面,可能就吊着金光闪闪的子弹袋;每一口锅和平底锅里都小心翼翼地孵着一个手榴弹。

巴拉维诺那修长的胳膊笨手笨脚地摸摸这、摸摸那。他摇了摇一个抽屉,里面的东西叮咚作响。是匕首吗?不是,是餐具。然后又晃了晃一个文件夹,里面咣当咣当响个不停。是炸弹吗?是书。卧室里拥挤得无法穿行:两张双人床,三张小床垫,地上还有两个破垫子。而在房间的另一头,一个小孩正坐在一张小床上,因为牙痛,啼哭了起来。警察巴拉维诺很想在那些床中间打开一条道去安抚他;但如果他是在给一座伪装的军火库放哨怎么办?如果在每张床铺下都藏着一架迫击炮的炮筒怎么办?

巴拉维诺转了又转,不放过任何一处。他试着打开一扇门,怎么都打不开。也许是大炮!他把大炮想象成在老家那套房子中的高档客厅里,那里有一瓶假玫瑰,从炮口里冒了出来,在机枪护板上还有花边饰带,陶土做的小雕像无辜地搁在高低机上。这时门突然打开了,那不是一个大厅,而是一个储藏间,里面都是些脱了坐垫的椅子,还有些箱子。都是达那炸药吗?是了!巴拉维诺在地上看到了两道轮胎的痕迹;什么有轮子的东西曾被拖出过房间,通过逼仄的过道离开这里。巴拉维诺跟着车痕走。那是一位正尽可能快地推着轮椅走的老爷爷。那个小老头为什么要逃?也许那盖在他腿上的毯子是用来藏什么斧子的!如果我经过他身边,老头就会一斧把我的头劈成两半!于是他去了厕所。那里会有什么秘密?巴拉维诺跑到走廊里,但是一个小笼子①的门打开了,从里面蹦出来一个扎红蝴蝶结的小女孩,她怀中抱着一只猫。

巴拉维诺觉得应该跟小孩们做朋友,问他们话。他举起一只手要来抚摸猫。"真好看,咪咪。"他说。那猫几乎是冲着他跳开了;那是一只灰色的猫,短毛,精瘦精瘦的。它龇着牙,像狗一样跳来跳去。"真好看,咪咪。"巴拉维诺试图去抚摸它,就好像对他来说,所有的问题都集结在要和那只猫交上朋友。那猫却突然斜着偏离方向,逃跑了,还不时转过身来,怀有敌意地看上几眼。

巴拉维诺追着那猫,在走廊里大跨步地跳开了。"咪咪,好看的咪咪。"他说。他进到一个房间,那里两个姑娘正伏在缝纫机上干活。地上堆着好些碎布头。"是武器吗?"警察巴拉维诺问道。他用脚踢开布料,却被困在那里了,他的脚给缠上了玫瑰色和淡紫色的布料。姑娘们笑了。

他转过一个过道和一节楼梯;那猫有时好像是在等他,然后等他靠过去了,它又会双爪僵直地跳走。他出去来到另一条走廊上,那里堵着一辆自行车,车子倒扣在那里,轮子悬在空中;一个穿着工作服的小个子男人正把轮胎浸到一盆水里找洞眼。那猫已经跑到另一头去了。"借过。"警察巴拉维诺说。"有洞。"小个子男人说着,还叫他看。从水里的轮胎中,升起了上千个小泡泡。"能让我过去一下吗?"也许这完全是为了拦住他的去路,或是为了把他从栏杆上扔下去?

他过去了。在一个房间里,只有一张小床垫,还有一个仰卧着的年轻人,他上半身赤裸着,双手垫在一头鬈发下,正抽着烟,神

---

① 说的是厕所。

色可疑。"抱歉,您看见一只猫没?"这对能在床下搜查是个很好的借口。巴拉维诺伸出一只手去摸,却被啄了一下。跳出来一只母鸡,是他们不顾政府法令偷偷在家里饲养的。光着上身的年轻人连睫毛都没动一下,继续躺着抽烟。

警察穿过一个楼梯平台,来到一个戴眼镜制帽人的作坊里。"搜……搜查……令……"巴拉维诺说,那里的一叠帽子:礼帽,草帽,大礼帽,突然倒了下来,散了一地。那猫从一挂窗帘后跳出来,敏捷地玩了一会儿帽子,就逃走了。巴拉维诺再也不知道自己是生那只猫的气,还是只想成为它的朋友。

在一间厨房里,有一个戴邮差帽的小老头,他卷着裤腿,正在泡脚。他一看见警察,就奸笑着向他示意了一下另一个房间。巴拉维诺把脑袋探进去。"救命!"一个几乎裸体的肥太太大叫道。一向贞洁的巴拉维诺赶紧说了句:"对不起。"邮差一脸奸笑,双手摊在双膝上。巴拉维诺穿过厨房,去了阳台。

整个阳台都被晾着的衣服挂满了,就像飘着旗子一样。警察巴拉维诺在那个床单搭成的迷宫中走着,旁边都是些白色封闭的过道;那猫不时擦过床单的边角,现出身来,然后又贴在另一条床单下隐去了。巴拉维诺突然害怕自己会迷路;也许他已经与外界隔离了,他的战友已经撤离了这座建筑,而他自然也是被那些被冒犯了的人囚禁起来,被那些展开的白色衣物囚禁起来。最后,他找到了一个出口,从一堵小墙上露出头来。底下是那个院子的天井,在铁栏杆围着的走廊上,已经升起了灯火。沿着栏杆,在上上下下的楼梯上,巴拉维诺不知是怀着宽慰还是带着焦虑地,看见像蚂蚁一样攒动的警察,还听见有人在发号施令,其他人因为受惊而尖叫,或是抗议。

最后来的是乌鸦
Italo Calvino

IL GATTO E IL POLIZIOTTO

那猫就坐在他身边的小墙头上，晃着尾巴，漠然地朝下望着。但他一动，它就跳开了，那边有一小节楼梯通往一间阁楼，那猫是在那里消失的。警察跟着它上去，他不再怕了。阁楼里几乎是空的，外面的月亮已经在黑色的房子上呈出了光泽。巴拉维诺脱下了头盔，他的脸又显出了人形，那是一个金发小伙子消瘦的脸庞。

"一步也不要走了，"一个声音说，"你在我手枪的射程之内。"

在一扇大窗户前的台阶上，蹲着一个长发垂肩的姑娘，她化了妆，穿着丝袜，没穿鞋子，在夜晚降临前的最后几道光线下，趴在一份全是插图、印着几行句子的报纸上，姑娘正用感冒的声调吃劲地读着。

"手枪？"巴拉维诺说，他一把抓住她的手腕，就像要把她的拳头打开。她稍稍动了一下胳膊，她胸前的开衫就被打开了，蜷成了球一样的猫从里面跳向空中，龇着牙，冲着他扑来。但警察已经明白一切都是场玩笑。

那猫逃到屋顶上，巴拉维诺从矮栏杆上伸出头去，注视着它在屋顶上自由而稳健地跑着。

"玛丽看见在她的床边，"那姑娘继续读道，"穿着燕尾服的男爵用武器对准了她。"

周围，在那像塔楼一样高耸而孤独的工人家里，亮起了光。警察巴拉维诺看着眼前这个庞大的城市：几何形的铁建筑在工厂的围墙里拔地而起，一簇簇云朵飘过烟囱筒的顶端，穿过天空。

"您想要我的珍珠吗，恩里科先生？"那个鼻子不通气的声音仍在固执而吃劲地念着，"不，我要你，玛丽。"

这时起了一阵风，巴拉维诺看见，自己面前密密匝匝的一大片全是水泥和钢铁；豪猪从成千上万的地洞里竖起它的刺。他在敌人的土地上已是只身一人。

"我既有钱又有风度，住在一座豪华的房子里，我有用人也有珠宝，我对生活还能有什么要求呢？"那个姑娘继续读着，她的黑发像雨帘一般垂落在插图页上，那上面有着蛇一般的女人和笑容光亮的男人。

巴拉维诺听见了口哨声，还有发动机的隆隆声——警队正在离开这幢楼。他真想从天空的串串云彩下逃走，再在地上挖出来一个大洞，把他的手枪埋在里面。

谁把地雷丢进了海里？

在金融家彭博尼奥[①]的别墅里，客人们正在游廊里喝咖啡。阿玛拉松达将军捧着放了小茶匙的茶杯，正在跟人讲解第三次世界大战，彭博尼奥太太笑着说道："真可怕！"笑容就跟她人一样冷血。

只有阿玛拉松达太太表示出有点儿震惊，她敢这样做是因为她丈夫勇敢到渴望第三次世界大战立刻全方位爆发。"希望这场战争不会持续很长时间……"她说。

但是记者斯特拉波尼奥是个怀疑论者，他说："哎呀呀，哎呀呀，一切都在预料之中。"他又说："大人，您记得，我的那篇文章，早在去年就……"

"哎呀呀，哎呀呀。"彭博尼奥表示同意，他记得是因为斯特拉波尼奥的那篇文章是在跟他谈过话之后写的。

"正因为如此，才不应该排除这个可能……"乌切利尼议员说，他在那场不可避免的冲突发生之前，在它发生的过程中，以及在它

[①] 几个主人公的名字都是根据古罗马时期名人的名字改编的。

发生以后,都没能明确地表现出梵蒂冈那种绥靖的天职。

"这是当然的,这是当然的,议员……"其他人都带着调解的语气说道。议员的妻子是彭博尼奥的情人,他们不能不给他面子。

从条纹窗帘的间隙中间可以看得到大海,大海摩挲着海滩,就像一只对一切毫不知情的猫,弓在微风拂过之处。

这时进来一个仆人,问他们想不想来一点海鲜。他说,来了一个老头,带着一篓筐的刺海胆和帽贝。于是话题一下子就从打仗的危险过渡到伤寒的危险上了,将军列举了发生在非洲的事情,斯特拉波尼奥则引用了文学作品中的例子,议员说大家说得都有道理。懂行的彭博尼奥让他们叫那个老头把他的东西带过来,然后他来挑。

老头叫作巴奇·德里·司考利[①];他刚跟仆人嚷嚷过,因为他不想让仆人碰篓筐。他有两个篓筐,半遮掩着,霉迹斑斑。一个篓筐他用腰撑着,一进屋就让篓筐滑到地上;另一个篓筐他架在肩上,从那篓筐歪斜的程度上看,筐子应该很沉很沉,他把筐子摆到地上的时候,也十分小心。筐子被一块布袋盖着,还用绳子捆了一圈。

巴奇的脑袋被一层银白的汗毛覆盖着,看不出来哪儿是头发哪儿是胡子。他露在外面的皮肤不多,通红通红的,就好像这么多年来太阳始终无法把他晒成古铜色,而只能把他烫伤,让他脱皮;他双眼充血很厉害,就好像甚至连眼屎在他的眼里都变成了盐分。他个头很矮,矮得就像小男孩一样,四肢上长了好多节疤,从旧衣服的窟窿中凸出来,他衣服底下连一件衬衫都没有。那双鞋子应该是从海里捞出来的,都已经变形了,也不成对,都缩水

---

① 意思为"礁石上的巴奇"。

了。而他整个人身上散发出一种浓浓的烂海带的味道。太太们说道:"真有特点啊。"

巴奇·德里·司考利掀开轻的那个箩筐,给他们看里面的海胆,海胆上的皮刺黑黝黝、亮晶晶的,张牙舞爪地堆在那儿。他那双枯瘦的手上全是海胆刺留下的小黑点,他摆弄着那些海胆,就好像它们是被拎着耳朵的兔子一般,他把海胆反过来,给他们看海胆软软的红肉。海胆下面垫着一层袋子,再下面是帽贝,帽贝长着毛茸茸的、苔藓似的贝壳,贝壳底下是黄褐相间的扁平躯体。

彭博尼奥仔细观察了一番,还闻了闻,说道:"这不会是从你们那一带的泥潭里流出来的吧?"

巴奇汗毛般的胡子中露出了笑容:"哎呀,不是的,我住在海岬上,你们这儿才有泥潭呢,就在你们下海游泳的地方……"

客人们换了话题。他们买起了海胆和帽贝,甚至委托巴奇为他们以后的日子备货。更准确地说,他们每个人都给了他自己的名片,好让他能去他们的别墅那里送货。

"您的另一个篮子里装了什么?"他们问。

"哎呀,"老头眨眼使了使眼色,"一个大家伙。这货我可不会卖的。"

"那您想拿它做什么?您打算吃了它嘛?"

"吃什么呀!那可是个铁家伙……得找到它的主人,把它还给人家。他自己闯下的祸自己解决,是这么说的吗?"

别人没明白他的意思。

"你们知道吗,"他解释道,"我会把大海拍到岸边的东西分给别人。易拉罐放一边,鞋子放另一边,骨头放那边。这不,叫我碰上这么一个鬼东西。我能把它放在哪儿呢?我看到它在深海,慢慢

CHI HA MESSO LA MINA NEL MARE?

被推到前面来,一半在水下,一半在水上,挂满了绿绿的海带,都生锈了。他们为什么把这些玩意儿放在海里,我可搞不明白。你们会喜欢在床底下,或是在衣柜里找到这种家伙吗?我拿上它,现在我得找到是谁把它们丢在海里的,我还要跟他说:还是你自己拿着吧,行行好吧!"

他一边说着,一边小心翼翼地把篮子拿过来,解开用袋子做成的盖子,弄出来一个很大的、怪物一样的铁家伙。开始的时候,那些太太没明白是怎么一回事,但是当阿玛拉松达将军叫道"是一个地雷!"的时候,她们都尖叫起来。彭博尼奥夫人直接昏了过去。

那里顿时乱成一团,有人给夫人扇风,有人安慰道:"夫人当然是毫无防范的,都过去这么多年了,早就已经迷失方向了……"还有人说:"赶紧把它弄走,还要把这个老头抓起来。"但那老头呢,带着他那个恐怖的篮子,早已消失不见了。

房子的主人找来所有的仆人,问道:"你们看到那个老头了吗?他跑到哪儿去了?"没有人能保证他已经离开了。"你们在整个房子里都好好找一找,把衣柜、床头柜都打开,把地下室都给我清空了!"

"能自救就自救吧,"脸色苍白的阿玛拉松达突然大叫一声,"这房子非常危险,所有的人都赶紧撤离!"

"为什么偏偏是我家?"彭博尼奥反驳道,"您家呢,将军大人,您还是想想您家吧!"

"我家也得检查检查……"斯特拉波尼奥说,他刚想起来自己以前和现在刚写的某些文章。

"皮耶德罗!"彭博尼奥太太叫道,她醒过来了,一下扑到丈夫的脖子上。

"皮耶利诺!"乌切利尼太太叫着,也扑到彭博尼奥的脖子上,和彭博尼奥的法定配偶撞了个满怀。

"路易莎!"乌切利尼议员看到这个情况大吼道,"我们回家!"

"您不会是认为您家更安全吧?"他们问他,"您想想您的政党弄的政策,您比我们的处境更危险吧!"

乌切利尼突然灵光一现:"我们给警察局打电话!"

警察很快开始在这个海滨小城搜索起那个带着地雷的老头来。金融家彭博尼奥、将军阿玛拉松达、记者斯特拉波尼奥、乌切利尼议员的别墅,还有其他人家的别墅,都给武装的值班人员监视起来,"天才"扫雷队从地下室到阁楼把房子检查了个遍。那天来彭博尼奥别墅里吃饭的客人准备当晚临时住在露天。

与此同时,一个因为朋友关系总是无事不晓的走私犯格里姆潘特,独自追起巴奇·德里·司考利的行踪来。格里姆潘特是个块头很大的家伙,总戴着顶白帆布做的水手帽;那些在海上或是在岸边进行的可疑买卖都要经他之手。所以对格里姆潘特来说,在老房子那个街区的饭馆附近转上一圈以后,碰到背着神秘筐子、微醉着从饭馆里出来的巴奇并不是很难。

格里姆潘特请巴奇去"断耳"酒馆喝几杯,给他倒酒的时候,格里姆潘特给他解释了一下自己的想法。

"把地雷还给主人是没用的,"格里姆潘特说道,"反正他一有机会,就会把地雷放回你找到它的地方。但是,如果你听我的话,我们会弄到好多鱼,到时候整个海边的市场都是我们的,我们要不了几天就会变成百万富翁。"

要知道有一个叫作泽菲利诺的淘气包,凡事都要插上一脚,他跟着这两个人一直跟到"断耳"酒馆,躲在桌子底下偷听他们的谈话。他一下子就明白了格里姆潘特的意思,逃走了,跑到老房子街区的穷人中间去散布这个消息。

"嘿,你们今天想来点儿炸鱼吗?"

于是一些胸前抱着孩子、披头散发的瘦女人,戴着助听器的老人,正在摘菊苣的长舌妇人,正在刮胡子的失业青年都从又窄又歪的窗户里探出头来。

"哪儿来的鱼?哪儿来的鱼?"

"别出声,别出声,你们都跟我来。"泽菲利诺说。

与此同时,格里姆潘特回了一趟家,再出来的时候带了一个小提琴箱,和巴奇老头并肩走着。他们走了那条紧靠海边的路。"老房子"街区里来的那些穷人蹑手蹑脚地跟在他们的身后。那些仍穿着围裙的女人肩上扛着平底锅，腿已瘫痪的老人们坐在轮椅上，残疾人拄着拐杖，在这群人身边还围了一帮孩子。

他们到了海岬的礁石上以后，把地雷抛进了海里，一股海浪把它带向深海。格里姆潘特从小提琴箱里掏出来一个那种用来扫射的杀人武器，然后把那个家伙架到礁石后面隐蔽的地方。当地雷进入他射程之内的时候，他一枪一枪地射起来，射到水里的子弹划出一道小水花打出的尾波。穷人们堵着耳朵，趴在沿海大道的地面上。

一股巨大的水柱突然从地雷被抛下的地方升起。那声音巨大无比，旁边别墅的玻璃窗都被巨响给震碎了。海浪一直涌到岸边的路上来。海水一退下，鱼的白肚子就浮了出来。就在格里姆潘特和巴奇拿起一张大网的时候，突然被一大群冲向大海的人冲倒在地。

穷人们穿着衣服就跳进水里，有的人卷起了裤腿、手里抓着鞋子，有的人是踩着鞋子穿着衣服就直接扑到水里去了，女人身上的

CHI HA MESSO LA MINA NEL MARE?

衬裙围着一圈浮在水面上——所有的人都下水去捞死鱼了。有的人是用手捞，有的人是用帽子捞，还有的人用鞋子捞，有的人把捞起的鱼放在口袋里，有的人把鱼放在包里。小伙子们的手是最快的，但是也不争斗，所有的人都同意把那些鱼平均分了。更准确地说，他们甚至还主动去帮助老人，因为老人们有时会滑倒在水里，等他们爬出水面的时候，胡子上挂满了海藻和小螃蟹。最幸运的要数修女，她们一对一对地在水里走着，用她们展开的纱在水面上舀鱼，把这一整片海域都扫荡了个干净。那些漂亮的小姑娘时不时地会叫道"咦呀……咦呀……"，因为什么死鱼钻到她们的衬裙底下去了，而小伙子们都潜到那底下去逮鱼呢。

在岸边，人们用干海带点起了火，平底锅出场了。每一个人都从口袋里掏出一个装油的小瓶子，很快就能闻到炸鱼的味道了。格里姆潘特之前就溜走了，生怕因为自己手上拿着那个宰人的家伙被警察抓到。巴奇·德里·司考利则是待在那群人中间，从他衣服上的窟窿里时不时会蹦出来什么鱼、螃蟹或是虾子，他高兴得还生吃了一条绯鲤鱼。

后 记[①]

  一个作家的第二本书很可能是对他的最大一次考验。因为有的时候,一本书,正如潘克拉茨所说的那样,是你人生中的一份礼物,是你重新体验的一次经历。潘克拉茨还指出,那时卡尔维诺的《通向蜘蛛巢的小径》刚面世,而评论当时说过,他就像那种很典型的、"只有一本可以拿得出手的作品"的作者,因为那是对他生活中某一段时期热切而短暂的回忆。然而,只有当一个作者重新回归自身的主题时,他才能勘测到自己的深度与资源,从而真正地开创自己的文学风格;所以这第二本书与其说是一种证明,不如说是一个真正的开始;而那些把自己的第一本书藏进抽屉里,等第二本书出版了以后才出版第一本书的作家绝不在少数,因为第二本书总是能为他们提供一种更为清晰的佐证……

[①] 此文以《卡尔维诺的第二本书》为题,首次出现在《团体》杂志一九四九年九、十月号(第三期,总第五号),第五十七页;然后又被引用在由莱奥内利编辑,由波拉提·波林吉艾利出版社于二〇〇一年在都灵出版的《每日评论员——一九四八年到一九九三年间那些满怀政治抱负的文学作品》的书中,第二十七页到第二十九页。

现在伊塔洛·卡尔维诺很成功地通过了"第二本书"的考验：这第二本书比第一本来得更丰盈、更多样、更值得期待。卡尔维诺是个爱冒险的作家，在这一点上，大家已经达到共识了；他的小说中充满了灵活而生动的形象，并很快被刻画和释放在总是有点奇幻色彩的幕布上。他有着诸多的可能性，这三十个短篇中，只有极少的几篇是选得不够好的；要么是我自欺欺人，要么是在我们的文坛中，已经太久没有出现过这么一个写作如此扎实而成熟的年轻作家了。

卡尔维诺的世界是多样的，大致上，乍看我们能识别出四个方向（这四个方向在《通向蜘蛛巢的小径》一书中都已初露端倪）。

第一个是童年的世界：但这不是在一般儿童文学作品中常会出现那种梦幻的，或是忧伤的童年。卡尔维诺笔下的孩子是大自然中的一部分，他们了解它的秘密、巢穴、植被和小兽，以及所有在这片鲜活而残忍的土地上展开的游戏。（我不是说这里没有海明威短篇小说的影子，但是在他这里有另一种节奏，有更多的乐趣，更倾向于童话）。

然后第二种，是战争的童话：在这里就连战争也被当作一种残忍的游戏，被瓦解在清晰而强烈的画面中，而这些画面又流入幻想与虚构中，流入冷冰冰的魔法里。就如为本书命名的那一篇，故事说的是一个意大利少年总是无情地射击每一个刚从地平线上升起几厘米的东西，而躲在石头后面一动不敢动的德国士兵也慢慢被如此精准而绝命的枪法所吸引，当乌鸦缓缓从空中落下，而早该打中乌鸦的枪声却迟迟没有传来，于是士兵甚至忘记了自己身为"靶子"的命运，忘乎所以地站了起来，向自己的敌人指出乌鸦的到来，结果被一枪毙命。再或者，《去指挥部》这篇，说的是一个人虽然被

后记
Italo Calvino

游击队员定罪为叛徒,随后还将被他们处死,但他的求生本能却因为恐惧和盲目的幻想,不可理喻地给他自己戴上了一个罩子,而这个罩子自始至终都没有被真相捅破。当然他最后被枪决了,临死前甚至还在一直希望这一切只是一场游戏。这一主题在《牲口林》那里发展到了巅峰,更是走了纯民间童话的路线。

第三个主题是通过一种特殊的现实主义(与其定义为视觉上的,不如说是心理上的)来表现一种刚刚露头的社会冲突;但是这一主题并没有被他延续下去,而且也与卡尔维诺的风格最为不符。

最后这种是"消遣"式的:火车上,士兵托马格拉坐在一个端庄而沉默的妇人身边,他先是不小心碰到她,然后渐渐过渡到去主动摸她,触摸她,等到他们俩独自留在车厢里时,他扑向了她,而妇人呢,却毫不失庄重,戴着绣了黑纱帽子的头甚至都没动一下(《一个士兵的奇遇》);在一家被盗窃的糕点店的黑暗中,出于对甜点的热爱,警察违背了自己的职责,小偷克服自己的恐惧(《糕点店里的盗窃案》);一个可怜的老头通过睡在一个大仓库的皮衣里而找到了片刻的幸福,因为在救助中心别人给了他扎人的保暖裤(《十一月的欲望》)……在这里,我以为可以看到一种非常繁杂的文化修养,以及某种能让人间接联系到果戈理式的悲剧意味。尽管到那时为止,真正的卡尔维诺,还只存在于他小说中的露天环境中,但需要特别注意的是,他后来又是如何以一种本质而简单的语言依附到那种特有的想象力上去的——而这本身就已然自成了一种风格。

詹诺·庞巴洛尼